陈巨锁 著

隐堂漫録

陳巨鎖自署

山西出版传媒集团
三晋出版社

卷首语

　　隐堂陈巨锁先生，当今海内章草名家，而不仅以擅书名。先生之于散文，溯源先秦、追摹唐代柳子厚，兼师明季小品，以简约清新取胜，以韵味恬淡见长。其所述作，有怀念书画界耆旧者，有描述山水、汲取灵气者，师事广而诚挚，游历多而情深。自八十年代以来，有《隐堂随笔》《隐堂游记》诸作问世，于书画界、文学界两博高名。古语云"文如其人"，以余品读隐堂之文，钦佩无似，诚以为先生为方外人也。今秋，先生新作忽已成帙，命余编而刊之。余有幸先睹为快。

　　先生此著，以游记居多，游记之中，有出国游、家乡游、海南游之分，而以海南游为最。其记述海南风情山水、物产极详，情近而切，读之有身临其境之感。乃惊叹先生作为书画家观物之精、体察之细，大有过人处。本书名曰"漫录"，而卷首之"吾家谱系追记"，更称精心之作。其中分述列祖谱系及事迹，无不精详，寄情绵长。余以乡梓之谊，尤能体会先生祖述先辈之心，且以为，先生以艺事著称于世，诚浸染于吾嶂西南乡灵山秀水之气，感发于列祖列宗虔敬互爱之心。此文以下，又有"我的大学"及先生与姚奠中、周退密、田遨诸艺坛耆宿之艺事交往，是隐堂艺术生涯之实录。余读之，受教亦深，固略述如上，忝作导语。

张继红

2016 年 12 月

目 录

卷首语 ·· 1

吾家谱系追记 ··· 1
我的大学 ·· 18

隐堂题跋 ·· 46
元好问怀乡诗碑林序 ··································· 66
阅读宋克 ·· 67
答《中国文化报》续鸿明问 ····························· 77
学界人瑞姚先生 ·· 92
钱松嵒先生 ·· 105
访周退密先生 ·· 111
我所了解的田遨先生 ···································· 116
缅怀王学仲先生 ·· 122
方寸之内妙趣横生
　　——品读董其中先生藏书票上的动物 ·············· 131
孙伯翔师生五台山书法展小引 ························· 136
王东满诗词书法展小引 ································· 139

花路·蜜路·水果路 ··································· 141
山居读书记 ·· 146
二月二 ·· 165

腊八在海南 ……………………………………………… 168

海南的果品 ……………………………………………… 171

三游马川沟 ……………………………………………… 180

柏枝山纪游 ……………………………………………… 185

陀罗山中 ………………………………………………… 189

神泉沟乘凉记 …………………………………………… 193

太山纪游 ………………………………………………… 199

香泉红叶 ………………………………………………… 206

蒙山纪行 ………………………………………………… 211

万亩梨花 ………………………………………………… 217

美国行记 ………………………………………………… 222

川藏行记 ………………………………………………… 236

陵川五日记 ……………………………………………… 249

甘肃行记 ………………………………………………… 256

赣行记 …………………………………………………… 269

港澳新马泰之旅 ………………………………………… 279

沁水四日记 ……………………………………………… 293

闽行记 …………………………………………………… 301

江浙行记 ………………………………………………… 314

东北行记 ………………………………………………… 328

浙行记 …………………………………………………… 337

鄂赣行记 ………………………………………………… 353

晋陕五日记 ……………………………………………… 368

轩岗四记 ………………………………………………… 379

佳县、榆林二日记 ……………………………………… 389

韩国行记 ………………………………………………… 397

太岳山纪游 ……………………………………………… 408

后 记 …………………………………………………… 422

吾家谱系追记

陈姓，在我的故乡屯瓦村也算大姓之一，接乡友电话，说"屯瓦村陈姓族谱基本编写就绪，拟付出版，唯有你们一支，尚无着落，你能否帮助完成？"对此，我深感畏难。

陈家有祠堂，在南屯瓦村"油房底"，是一处很不起眼的坐南面北的普通院子，记得我五六岁的时候，叔父娶亲，我也跟随家人去拜过祖宗，也曾把收藏在祠堂内的叫作"容"——画在白布上涂有颜色的家谱人物，抬回我们家中，挂在小西房的屋檐下，让年轻人认祖记宗。我因年纪尚小，虽然也看过"容"谱，却不曾记得祖宗的名讳的。后来藏在祠堂内的"容"谱在"文革"之初当作"四旧"焚烧了。至于写成文字的"家谱"，我不但没看见过，听也没听说过。幼年时，我也曾跟随祖父上过"祖坟"，"祖坟"坐落在南屯瓦村东2里许的"白杨泉湾"（白音迫）的地方，几坯荒丘，了无碑记，似乎已经很多年没人来此扫祭过，只一股清泉几棵白杨和树上的鸟雀相伴，其静甚感岑寂。祖父似乎也曾给我讲说了这里先人的故事，到今天我是一点记忆都没有留下。

我家的新坟在北屯瓦东北里许的"官地"的地方，背靠黄土高坡，隔着东河，面对"照山"一片松林中的一个自然天成的"石桌"，据说"风水"不错，便选择了这个地方。我十来岁时，每年春节后的初二或初三与清明节都要跟上大人们去上坟扫墓，首先把所携带所谓的"供献"（供品），即"冷菜""热菜"和各式点心（馍馍）摆上"摞摞灶"（用三块石头支起的供台），然后点上三炷香，敬烧一份香纸，跪在地上磕三个头，给坟头培培土，拔拔周边的杂草，扫墓祭祖仪式，就算结束。我记得在我家的新坟里，仅有两代人五个坟头，他们是我的高祖和曾祖。我的《吾家谱系追记》也只能从这里写起。在新坟地里，还有两通碑记，是我家老外甥永兴村郭荫南所撰书的，他曾是崞县中学第一任校长，记的1948年春天他谢世后，我跟随大人们曾以"人主"家的身份去吊唁。他为舅氏家族写的碑文，我不止读了一次，不过当时我作为小学二三年级的学生，也只是玩玩而已。时过境迁，碑记的内容也不留一丝印象，我的"追记"则是凭我的生活记忆而成的，不免挂一漏万了。

高祖，兄弟二人，即陈根升和陈永升（为行文简洁明快，恕我直呼先祖名讳）。陈根升生三子，即陈明明（大名陈佩戳，即我的不曾见过面的曾祖父）、陈新娃、陈应娃（陈佩伟），他们三位便是我的曾祖辈。因为无子嗣，便将陈应娃过继门下（此系我听祖母对我所说）。陈明明娶南屯瓦村卢氏，有卢贵堂、卢坤才为卢氏之侄子。陈明明于1936年尚在世，时年80岁，家人为之祝寿，照一全家福相片，约有40余人。生4子一女，即陈和尚（陈善）、陈青龙（陈忠）、陈三龙（陈仁，即我的祖父）、陈四四（陈孝），女为陈补娥。陈新娃有三子一女，三子为陈银银、陈二银、陈三银（陈义），一女为陈还娥。陈应娃有二子二女，二子为陈计劳（陈礼）、陈二劳（陈智），二女为陈莲叶、陈爱叶。

陈新娃活到 90 来岁，他的长子和次子在一个月内去世，都没活过 20 岁。老人晚年和三子陈三银生活在一起，他喜爱养花，在他上房的花栏墙上摆满了五颜六色的鲜花，他经常坐在抱厦里观赏，冬天便把木本的夹竹桃盆栽搬到屋子里，高高的直顶"幔子"（天花板），他过世后，家里为他作了大量的"纸扎"，其中不少是各种花卉的工艺品，丧事办得很隆重，其实那时他们的家境已经是外强中干了，因其丧事表面豪华，紧接着在土改中，便定成了富农成分，此是后话。

要说家境好的是陈应娃，他在北京地安门外的"乾泰隆"当掌柜，其时正太路还没有修好，他坐着"架窝"（骡驮轿）去北京，一走就得十几天。他的原配夫人去世后，便在北京娶了一位"旗人"作了续弦，还领着回到了老家屯瓦村。没出过北京城的女人，突然来到山沟里，那不适应是可想而知的，生活在山村里没见过穿旗袍的少妇，都来看"异器"和稀罕。那女子大受刺激，回到北京后，便和我那位三老爷分手了。后来这位三老爷还是在家乡找了一位新人作继室。到 1937 年，陈应娃在北京去世，灵柩运回老家安葬，七七事变，抗战爆发了，草草入土，结果安葬后第二日，还是被盗墓了。其实墓里没有什么珍贵的葬品，因为他的大儿子陈礼，早已染上了烟瘾，即使家有万贯，也不够吸食鸦片的支付。以故陈应娃在生前便把他的"乾泰隆"托付他的外甥经营了。

我的祖父辈和父辈的排行以堂兄弟生年为次，称之为"大排行"。下面先说祖父辈九人。

大爷陈善，堂名"崇善堂"，在南屯瓦经营着"崇德恒"的生意，有铺面两间，布匹绸缎、日用百货、油盐酱醋，凡村民所需之物，皆纳经营之范围，为祖产，有兄弟子侄也曾在此"站栏柜"，培训经营技艺和手段，名之为"学生意"。陈氏一门，多以经商为业，初期都是"崇德恒"的"见习生"。陈善原配生3子2女，子为陈吉禄、陈吉堂、陈吉祥，2女即我称为大姑姑的（叫不上名字来），二姑姑陈白白。继室又生3子1女，子为陈吉荣、陈五五、陈吉瑞（此子过继其弟陈孝），1女陈海珍。陈善父母过世后，兄弟分家，分得祖产一区，即南屯瓦"崇德恒"之所在。我只记得大爷晚年的形象，他是一位和善的长者，若如其名，像一位老和尚，一位善人。他会"打月饼"，每年中秋节前，兄弟子侄有需做月饼者，便送上白面、油、糖，他便生火开炉，亲自和面、包馅、模扣、烘烤，我曾见他揉面很吃力，有时不知不觉把汗水掉进面团里，年纪大了，精力不济，虽满头大汗，却也乐得为儿孙们做点事。祖母常逗我说："你大爷的涎水滴在月饼里，你还敢吃！"我便放下了手中的食物。祖母又笑笑说："哄你嘞，哪能当真！快吃吧！"我大爷的原配所生的女儿，便是我的大姑姑。我生也晚，加之她去世早，所以我不曾见过这位姑母。她十几岁就嫁给阳武村武访畴家做孙媳。据说出嫁时，有半副鸾架来迎亲，很是气派。武访畴在同治年间曾任榆延绥道道台，为其母所立的朱氏牌楼，已成为远近的文物名胜，我曾多次去探访。所憾我的大姑姑在武家生一儿一女后，便早早地故去了。大爷的继室，也就是我从小就记忆中的大奶奶，她是一个很爱说笑的人，也爱热闹的，每年春节后至元宵节期间，村里办"红火"（娱乐活动），她每参与其中，头戴"春冠"，身着宽襟大袖的花袄，一派"前清"的打扮，耳朵上还挂上一对红辣椒，骑着一头小毛驴，身后跟一个身穿翻毛皮袄打扮的老汉，二人在高跷、秧歌队伍里表演说笑，很是滑稽，这节目叫《穷胡嫳闺女》。我的这位大奶奶，因为一生乐观，竟活到百岁高龄。

我的二爷陈忠，他过世早，我没有见过面，也是一位很精明的商人，他有4子1女，即陈吉福（一名福堂）、陈吉财、陈吉厚（过继二老爷陈新娃门下）、陈吉富，1女为陈换珍，即我称作四姑姑的。陈忠过世后，几个男孩都已成家，不幸先后都染上吸食鸦片的烟瘾，几乎把家中的房屋变卖殆尽，我的二奶奶，不得不寻房住，晚年就居住在陈宝贵家的一间小南房里，活得很凄惶，冻饿自然是难免的。

三爷和四爷便是二老爷陈新娃的早早去世的那两个儿子，我对他们自然是一无所知的。

排行第五的便是我的祖父陈仁，他曾读过几年书，是大牛店高小的毕业生，一生经商，先后在本村"崇德恒"、原平"隆记"等商号当掌柜，新中国成立后，在公商合营中转为商务职员，一直到1968年病休回家。祖父娶本县东石封村李氏，便是我的祖母李妙香。有二子一女，即陈吉珍（我的父亲)、陈玉堂,一女陈玉珍。

土改时,我家定为富农,因祖父与人为善,一生不曾与人吵过嘴、红过脸,以"吃亏是福""崇仁崇俭"为本分,且在土改时把全部钱财和物产等积蓄统统交与农会,便不曾受点滴皮肉之苦。土改后,前几年在家务农,只因从小经商,对农业生产一窍不通,每逢点种,自然是请人帮忙。外出砍柴,也不敢登山,只在山脚下刨捡些柴火,捆扎得也不能紧凑,到傍晚背着走回家中,但见柴禾飞飞扬扬,祖母便取笑说:"你看你爷,那不是'鹅佬雌抓小鸡',够好看的!"祖父也报之一笑。过了几年后,祖父又被原来生意上的合伙人,叫回原平,重操旧业"做买卖"。

祖母即我的奶奶,操持着家务。我们家和八奶奶家同住一个院落,这院落是祖业,也是主屋,曾祖父时三个院落,即主屋,铺子院(大爷家所分的院落)和场院。我爷爷和八爷(陈孝),分留主院,这是一个青砖墁地的四合院,有砖碹大门,有"照壁"(影壁),正房五间,屋檐下挂着三块牌匾,我只记得其中一匾额是"乡饮宾者"四字,言其德行饮誉乡里吧。我少年时,匾额后住着一鸽子,每晨醒来,嘎咕嘎咕的鸽子声催着我挎起书包上学去。院内除冬天外,花木掩映,后来高高的正房檐台下和照壁前,以砖做堰成小畦畦,入夏瓜棚斗架,高高架起,半院荫凉,傍晚凉风中,是闲话的好地方。豆架上挂着"蚂蚱"(蝈蝈)笼,入秋,蚂蚱声伴着黑虮(蟋蟀)声,燃着熏蚊子的"艾腰"(艾草编成的小辫子),火光一亮一亮的,很觉得有趣味。院子是我家和八

6

奶奶家，一家一半，各占东西，同走一个大门，同用一个茅房。

　　祖母是一个既勤快又节俭，持家有道的家庭妇女。舁水、拔菜、做饭、缝衣、磨面推米，都是亲力亲为。夏天，早晨起来，洒扫庭院后，提着竹篮或箩头（加系的荆条框），到村南的菜地里"打金针"（黄花菜）、摘葫芦（西葫芦）、摘豆角、挽（拔）菜蔬，就近在南河的长流水中洗净提回，身后的路上漏下点点滴滴的水迹，衣服也被沾湿了，提携着一筐碧绿或金黄（黄花菜）的菜蔬，迈着碎步，得得的往家走，须知那还是那个时代的特有的裹着的小脚呢。"砲磨推米"都是祖母的事情，曾跟大人们水磨上去玩，祖母总是把磨面所剩的"糁头"和"麸皮"磨了又磨，统统带回家，掺和着野菜吃掉。她过日子对自己节俭的有些吝啬，不过她看见一些"揭不开锅"（少粮缺面）的侄媳，则一升一升给他们以接济。这便是我在记忆中的祖母的一斑。

　　六爷陈义，生来头向一面歪着，人称"克溜头"，初娶本村杨氏，即南屯瓦杨如弼之妹。她家于 1948 年刘少奇等部分中央领导人，由延安转赴河北平山西柏坡时，曾为路居之所。杨氏，便是我的六奶奶，一生不曾生养，曾过继了我的二伯父的一个孩子，即陈贵珠。以故，六爷又娶二房，即我称之为姨奶奶的那位。她生三女一男，女即陈腊竹、陈玉竹（早逝）、陈香竹，子即陈贵善。

　　六爷家有阔大的两进院，即前院为场院，后院，高下两层，以高高的砖砌台阶相连接。月台之上有正房五间，中心间前置抱厦，雕梁画栋，很是气派。上院西墙外建暗道，直抵房后顶端，有空地一片，上建屋三间，俗称"顶儿上"，颇安静。记得六伯父陈吉厚一家偶居其中，站在门外檐台上，可俯视北屯瓦半村人家，其视野之开旷，环境之清幽，只有上去过的人才可领略。六爷家还有一个"铺子"院，就是"庆德恒"的所在了。因"买卖"经营不善，自己也无力再做生意了，便把"栏柜"出租给五台县蒋坊村一位姓郑的人去经营。

六爷还经营有"当铺"，以故，他所居的巷子，称之为"当铺巷廊"（巷音黑、廊音浪）。抗战爆发，民不聊生，"买卖"随之倒闭，还背上了债务，空余了几处房子，土改时，定为富农，铺子院房子分给贫下中农。他和六奶奶记得找房子住，搬过几处家，最后住在一处场院里。

七爷陈礼，从我记事起，便知道他吸食鸦片，有祖留一处大院子，很为讲究，六地委在屯瓦村时期，他家是其中的一处重要办公场所。大门上还加盖了一层小楼，高高的屋脊，雄伟的兽头，很是显眼。这处宅院，人称"楼门院"，所在的巷子称为"楼门巷廊"。和我家是紧邻，这是一条尽头巷，我家坐北向南，门顶有"安贞吉"三字额，语出易坤，有应地无疆之意的。"楼门院"坐西向东。七爷家还有些地，他自己从不下地，家里雇有小工，土改时，定为地主成分，批斗地主时，七爷外逃了。七奶奶在家顶着，在磨、烫、吊等各种严刑下，也没有找到什么东西。其实他家值钱的东西，早就让七爷换大烟吸食净光，最后也只有房子和土地为农会所没收，而后重新分配。七奶奶姓何，本县山水村人，是大户人家出身。与七爷婚配后，生三男一女，子为陈正元、陈富元、陈满元；女为陈粉鱼。长子陈正元，已婚，抗战之中被日军抓进原平军营，几经折磨，以致丧命。

八爷陈孝，早年跟其三叔陈佩伟在北京学"生意"，后在地处"鲜鱼口"的一家店铺经商。每年腊月由北京返回故乡，总要带上"戏匣子"（留声机），给大家播放，上几把条，放上唱片，把"机头"移到唱片上，随着唱片的转动，钢针下，便发出咿呀的戏曲之音。这种新奇的东西，在我幼小的心灵中，它是那么的神奇和具有魅力。八爷喜欢京戏，唱片仅十来张，大部分是京戏名家唱段，听得最多的是马连良的"空城计"，以至于我都能背下了戏文。自然也有山西梆子果子红（丁果仙）的唱段，还有一张《洋人大笑》的片子，我们听着，也会引得大家笑起来，甚至会笑的流出眼泪。八爷从京中归来，也会给我们小孩送点饼干和糖果，须知在那个年代，身处山村的孩子眼里，那实在是稀罕之物。

八奶奶，姓尚，本县邱峪人，能讲很多故事，又善画窗花，也精于面塑，我们住在一个院子里，我初出生，便是吃的她的"开心奶"。以故，八奶奶常对人说："巨锁从小心灵手巧，是像了我了！"她每以此为自豪。她和八爷生了一男一女，子为陈吉贵，女为陈秀珍。生陈吉贵后，再怀孩子，每早产，遂从大爷陈善处过继了陈吉瑞，后来才又有了女儿陈秀珍。

八爷和八奶奶均以高寿而终，人长寿，也未必都是好事，自己失去了生活的能力，晚年不免会感受些许的凄惶。

　　九爷陈智在我们经商的家族中，在当时是培养的唯一读书人，他在崞县中学毕业后，考取了"北京大学"。因为他父亲是北京"乾泰隆"的掌柜，供他读书自然是不成问题的。他娶了本县神山村贾氏为妻，只生一子陈文元，原配便过世了。他的继室是贾氏的堂妹。贾家是书香门第，以故，先后把两个女儿嫁这个屯瓦沟里的念书人。这位后来的九奶奶生了一女二子，他们女儿陈某某（我忘记名字了），儿子陈幼刚、陈小刚。九爷在新中国成立后，执教山西大学历史系，我在山大读书时，九爷每让小刚叫我到他们家吃饭，九奶奶在校办缝纫厂工作，曾为我做棉袄，冬天穿在身上，暖烘烘的，至今不曾忘怀。

　　以上便是我祖父辈九位兄弟家的情况，下面就谈谈我对四位祖姑母的记忆吧。大老姑陈还娥，我小时，仅见过一两面，对人似乎总冷冰冰的，其他，再没有记得什么了。

　　二老姑姑，嫁给本县小河上村一大户人家，她的儿子继承外祖父即我的三曾祖父陈应娃在北京的商号"乾泰隆"，此后他的一生和后人便成为北京人了，二老姑姑，晚年也曾到北京居住。

　　排行第三的便是我的老姑姑，即我祖父的胞姐陈补娥。她小时对主屋炕围画上所画的人物有所反感，说那些画中的人都用眼睛"瞅她"，便用针将一个个人物的双眼刺瞎。我记忆中，这炕围画上人物的眼中都留下了小小的黑窟窿，问起八奶奶（后来八奶奶就住在这个屋子里），她说出了原委，亦可见那炕围上的人物画的多么精彩和传神，否则也不会遭到一个小女孩的针刺行为了。

老姑姑嫁与本县阳武村狄家，生三男一女，男为狄公臣、狄弼臣、狄喜臣，女为狄还爱。我小时，有几次跟随大人们到老姑姑家作客，这是一位个子娇小而性情和善的长者。她家有一个后园子，种着菜蔬和果木，我和她家的孩子们常跑到园子里玩耍，后来感觉到那便是鲁迅先生笔下的"百草园"。

四老姑姑陈艾叶，我记得是一位十分热情而且爱说爱笑的女人。她嫁与本县永兴村邢家，丈夫邢民俊，皮肤黝黑，人称"黑民俊"，婚后生一女。邢民俊从参军后，杳无音讯，四老姑姑一直不再嫁人，还收养了一个男孩，为邢家以续香火。新中国成立后，邢民俊已做了军官，另成家室，知原配尚未改嫁，便回老家一趟，四老姑姑只骂他是"陈世美"，也不离婚，一直在家与儿女生活，在经济上，邢民俊则时有给济。记得在"大跃进"年代，我上高中阶段，曾参加"观上水库"兴建工程，我就住在永兴村四老姑姑家中，她对我的关怀和照顾都是很热情和周到的。

二老姑姑和四老姑姑所嫁都是大户人家，来娶亲时，都是骏马雕车（马拉轿车），而我们村里山道崎岖，路窄坡多，为此，三曾祖父曾出资重修了北屯瓦村"戏台院"南去的大道，加宽加平，使来去车马更为便捷，这是当年乡亲们曾为乐道的善举，虽然起因是为自己女儿的出阁，却也方便了大家的出行。

下面谈谈父亲辈的一代了。

大伯伯陈吉福，这名字，知道的人不多，大家都称呼他陈福堂。他婚后生一女，叫陈毛兰，嫁本县神山村。大伯母我称之为"大大"的，早逝，我不曾有多少印象。大伯伯和他的兄弟们都吸食鸦片，将家中的房子也变卖得精光，他的母亲，即我的二奶奶住在陈宝贵院内，他独自住在本村文殊寺大殿的两小间东侧房内。这里，原本是庙老道孙某老两口的居室，他们过世后，无人入住，大伯伯便出入其中，以度残年。

二伯伯陈吉禄，婚后生三子，即陈官同、陈官章、陈贵珠。除陈贵珠过继至六爷陈义家外，一家子都远走绥远，以经商为业。他们离家后，似乎不曾再回过老家屯瓦，以故，我不曾见过他们家的任何一个人。

三伯伯陈吉堂，娶本县袁家庄张氏，婚后生一女二男，一女为陈巧团，二男为陈兔兔、陈二兔。

四伯伯陈吉厚，早年过继二老爷名下，娶本县朝霞院村王氏为妻，生二男，为陈巨章、陈巨万。四伯伯继承了二老爷的半份遗产，和六爷同住一个院子里。四大大是一个很爱整洁的人，家中总是收拾得爽爽利利，要娶二儿媳时，将下东房的炕围重新彩画，请小原平的画匠武同熬来完成。他的手艺，远近很出名，所画人物很传神，他在四大大家作画时，吸引我常去欣赏。

五伯伯陈吉财，娶本县永兴村人为妻，生一女三男，一女为陈巧然，三男陈大虎、陈二虎、陈三虎。他们一家住在南屯瓦的一处小院里，紧挨着大爷陈善的院子，也有一间门脸的"栏柜"，也曾做点小买卖。记得五伯伯的小屋里挂有本县班村张棨所书陶渊明《桃花源记》四条屏。他家的院内有一颗桑树，我小时候养蚕玩，曾爬到树上摘桑叶，有桑葚时，也便随意采摘，五大大从不叫停。

排行第六的便是我的父亲陈吉珍，他娶本县荆芥村姚巧娥，便是我的生母，后来又生了我的妹妹陈巨婵。父亲在原平经商，我和妹妹有时随母亲到原平寻父亲，小驻一段时间，平时就在村里和奶奶生活在一起。新中国成立前，原平的生意不景气，父亲到太原找我的七叔陈吉祥另谋职业。当时七叔是晋绥军的一个小军官，他安排父亲暂时住在军营里，没多久，太原解放了，父亲一夜间变成了解放军，在河北等地当了几年兵。母亲却只活了32岁，因肺痨便过早地去世了，至死也没见到父亲的面。父亲复员后，继娶了本县神山村的贾然然，便是我的继母，她是一位很和善和勤劳的母亲，在"大跃进"的年代里，曾到外村为开矿的工人们做饭，起早搭黑，很是辛苦的。父亲复员后先在村里务农，后来在原平商店和轩岗供销社供职。与继母又生育三男一女，三男为陈润锁、陈耀锁、陈亮锁，一女为陈锁婵。

七叔陈吉祥，娶本县大常村赵氏，生二男一女，男为陈廷章、陈廷怀，女为陈某。如前所述，七叔在太原晋绥军任职，因太原解放之日，不住军营，而住在家里，便没有成为解放军。后携家回老家屯瓦，在本村供销社工作。

八叔陈吉富，娶本县神山村贾氏为妻，生一女，即陈葡萄。八叔因其自身吸食鸦片，妻子与之离异，他本人却活到八九十岁，亦甚不易。

九叔陈吉贵，娶本县西营村赵拉弟，生二女二男，二女为陈池英、陈二英；二男为陈廷万、陈二万。九叔早年先后在绥远、原平经商，晚年在村务农。九婶也活了大岁数，晚年双目失明。我曾在回老家屯瓦村，去看望她，她虽看不见我，听到我的声音，便听出我是谁。我从小和九婶住在一个院子里，她是看我长大的，自然比别的"大大"（伯母）、婶婶来的亲切，我偶尔回老家，她会包一些饺子送给我，这是在农村最高的礼遇了，我是不敢有忘的。

十叔陈吉荣，娶本村谢氏，生三男一女，三男为陈大官、陈二官、陈三官，一女为陈某。

十一叔陈正元，娶本县神山村某为妻。这位婶婶，心灵手巧，记得我小时有一个兜肚，上面由绿丝线和金线绣"狮子滚绣球"的图案，实在是精致得很，便是我母亲托她刺绣。奈何十一叔被日军抓去致死，她年轻轻地做了寡妇，后回到娘家，想另已成家了。

排行十二的陈玉堂，便是我的父亲的胞弟，我则单称为"叔叔"，呼叫时，不再加"十二"的称谓，他早年在太原"成成"中学读书，后又在北京读了几年书，祖父总想把他培养成一个如同在大学执教的九爷一样，他却不爱读书，骨子里是生意人，以故，从北京归来后，便跟随老丈人在原平做"生意"（经商），后在龙宫、官地等地的供销社作售货员，晚年调回本村供销社。他娶本县王家庄（今王家营）段增宝的女儿段存然为妻，生有一男二女，男即陈锁平，女即陈锁梅、陈某（俗呼二闺女）。叔父大婶母两岁，竟在同年同月同日皆因病辞世，遂同日出殡，同葬一穴。我曾回老家吊唁，不胜悲哀。

十三叔陈文元，他从小生活在太原，至今不曾一面，故不能置一词。

十四叔陈五五，忠厚朴实，少言慢语，家中人昵称"呆五"，一生在家务农，娶西营村赵氏，生有子女，我未能知其名字。

十五叔陈吉瑞，本为大爷之第六子，过继八爷名下。后移居崞阳镇附近的一个村子里，再不曾见过面。他的子女，其中一个叫陈利廷，在忻州市做律师，与我时有往来。

十六叔陈富元，曾在太原当工人，娶邱峪白某为妻。其妻中年病逝。

十七叔陈幼刚，与北京插队知识青年结婚，先在榆次师专执教，后调北京中国人民大学作后勤部主任。

十八叔陈满元，在太原工作。

十九叔陈贵善，在太原工作。

二十叔陈小刚，在太原工作。

还有一位，就是陈贵珠，他虽过继六爷名下，且称陈义为父亲，他却是二伯伯所生的三子，以故，我便不把他排在叔伯辈分内，以其实，则是我们这一代的兄弟行了。

最后，说说我的姑母们。

大姑姑嫁于阳武村武芝田家，前面已作简介。

二姑姑陈白白，嫁于本县大牛店邸家。

行三的便是我父亲的胞妹陈玉珍，我的姑母，她嫁于本县大牛堡任家。丈夫吸食鸦片，姑母常年住在我家，有时年节时分也不回婆家，先有一女，叫任梅梅，仅活了九岁，便突然病逝，对我祖母打击甚大，一段时间内，哭泣不止。新中国成立后，姑父戒烟成功，姑母方得与之相聚。后又生一女一男，女即任拉拉，男即任夯锁。土改后，我曾去过姑姑家一次，当时，第一个女儿尚在世，母女两人生活在一处场院的长工房里，生活是很清苦的，所幸姑姑心态平和，一切坎坷都能挺过去，她活到95岁，无疾而终，可谓长寿了。

四姑姑陈换珍，嫁于繁峙县。

五姑姑陈海珍，嫁于本县袁家庄村。

六姑姑陈腊竹，嫁于本县大牛店村。

七姑姑陈香竹，嫁于本村孙家。丈夫孙卯年，在太原工作。

八姑姑陈某（九爷的女儿），在太原工作，不曾见过面。

九姑姑，陈秀珍，嫁于本村赵国璋，有一儿一女，儿赵午生，女赵某，九姑姑随丈夫先后在兰州、四川广元等地工作。九姑大我三岁，且在童年时同住一院，她领着我玩耍，后来又一同上小学，上中学。至今还偶尔通通电话。他住在上海的女儿家，已是八十岁的老人了，听声音，还是当年的样子，也引人怀往。

十姑姑陈粉鱼，与我同龄，亦七十七岁的年纪了。她嫁于本村吕家，丈夫吕文宣，亦是我小学时的同学，比我高两级。他后来到太原工作，十姑姑在太原安家后，我们就不曾再见过面。

以上文字，便是我对高祖辈、曾祖辈、祖父辈、父辈至我五代人的点滴知见和记忆，勉力写出来，多少也是屯瓦陈氏家族中，我家这一支谱系梗概吧，虽不够全面，或有讹错，却也是一份答卷的。此外，我们陈家远房本家当有陈套套和陈明星、陈明贵两家，因为记得我家若遇红白事宴，也都有这两家的人参加。

吾家谱系写到此，陈门后人已复多多，续吾追记，补吾阙失，校吾讹错，自有来者，增删补益，敢盼勉力，幸甚至哉，陈门一族！

2016 年 2 月 22 日于海南

我的大学

1960 年秋天，我从山西省范亭中学（在崞县城内）毕业后，报考了山西艺术学院美术系。

"山西艺术学院"，位于太原市东岗路，原为"山西省艺术干部学校"，是一所培训艺术干部人才的学校，是在 1958年"大跃进"的年代上马筹办的，到1959年开始招生，有戏剧系、美术系、音乐系和中央舞蹈培训班（代）。美术系设本科和中专两部分。

1960 年 8 月我和范亭中学的亢佐田、刘正兴前往考试，刘正兴报考戏剧系，我和佐田报考美术系（本科）。我对考试的科目，一点也不知道，只准备了一套自己平时喜欢的国画工具，当知道要考试素描写生时，待上考场，才匆匆跑到附近的东岗商场中买了一枝 6B 的普通铅笔（商店没有中华铅笔），然后气急败坏地跑回考场，工具不适，且无素描基础，成绩的不佳是可想而知的。好在还有创作课，我画了国画崞阳面粉厂，是我先前曾画过的一幅画，也算旧稿新作了，轻车熟路，效果还算不错。还有"口试"，主考赵延绪老师对我的回答很是满意的，自今我还记得老先生当时满脸堆笑，频频点头的情状。况且我是山西省美术家协会代招的学生，以故，心中是没有一点负担和压力的。

　　说来话长，还得插叙几句。我在中学时，一直喜欢美术课，还在校内组织了课外美术活动小组，经常参加活动的有亢佐田、王全瑞（王郁）、邢同科、王晨，还有李官义（李广义）、赵玉泉、原存根等小同学。画班报，出墙报，课外外出写生，参加县里举办的各种展览，以及在"大跃进"的年代里到先进生产队画壁画。我有时也画点习作（算不上创作）投寄画刊，虽没有被选用，却也认识了山西美协的姚天沐老师，时有书信往来，还得到了美协主席苏光同志的认可，决定请"山西艺术学院美术系"代为招收，然后将户口转入山西省文联。

　　艺术学院考试完毕，不久，我接姚天沐老师函件，要求尽快到美协报到，随即背起行李，乘坐火车，抵达太原，来到南华门东四条，走进了山西省文联的小院，成了《山西画报》的一名小同志。从山西艺术学院代招的学生，除我外，还有从新绛中学来的李春登、段吉庆和陶福尔。在省美协先后认识了主席苏光、副主席药恒、程曼以及美术工作者郝超、姚天沐、魏振祥、黄景涛、王永豪、李玉滋等同志。在画报社做一些自己力所能及的工作，还和黄景涛到晋中等地为《山西画报》组织稿件，和郝超、姚天沐等在太原布置全国版画展，更多的时间是和美协的同志在一起集体学习，不时地到"小井峪"村子里参加劳动。虽处粮食困难时期，大家仍然忙忙碌碌，工作劳动填满了看似平淡的日子，却也不感寂寞，只是画画的时间却很少，这与来美协的想法有点差距。

到 9 月间，姚天沐告诉我，因为艺术学院要你们代招的 4 个人回学校，但美协也需要人，在省代会期间，省委宣传部黄志刚部长要束为同志（省文联主席）和夏洪飞同志（艺术学院院长）商议协定，两名同学回校上学，两名同学留文联工作。结果我和陶福尔回到了艺术学院，据说还是黄部长亲自画定的，为的是各自不作人才挑选。

我是有点不想再上学，因为家庭困难。我和祖母、妹妹，靠祖父每月 28 元工资生活，微薄的收入培养一个大学生，谈何容易。我到文联每月可领到 32 元工资，这对祖父来说，那又是何等的高兴啊。然而我回到学校，继续读书，祖父说：读书深造，前途会更好！家里再穷，也会供你读完大学！

艺术学院初创未几，一切设施都不能满足教学的要求。我到校，已是 9 月中旬，距开学已经半个月了，同学们还没有一个固定的教室，课几乎没有上，每日都是校外参加劳动，名之为劳动锻炼也。为了改善居住和教学条件，我们美术系的师生很快借居到太原南城坞城路的省委党校，总算有了安定的宿舍和宽绰的教室，总算等到了开课时间。

开学第一年，主要课程是素描和水彩写生，还有透视、解剖等课程。素描由吴彻老师担任，从石膏模型到石膏头像，到大卫、维纳斯的写生，由几节课画一幅到几十节课时完成一幅作业。我的素描没基础，总是画不好，始终也没有产生兴趣，对几十节课时的素描作业，一直画不进去，所以，完成一张作业的时间老是用不掉，以故，上课时会带一本书，抽空翻读，老师来了，便压在座位上。如此学习态度，素描课，勉强及格。水彩课是肖惠祥老师担任的，她是中央美院版画系的毕业生，给我们作水彩示范，画得淋漓尽致，很是潇洒。然而在操场上时长见她一个人，坐在那里呆呆地出神。解剖和透视课由王绍尊老师讲解，他用粗糙的纸印制了厚厚的讲义，课堂上没有认真听讲的地方，下来完成作业，从讲义中寻找答案，却是很便捷的。

国画课，首先学习的是工笔重彩人物画，从欣赏到临摹，从线描的勾勒到设色的"三矾九染"，每一环节，来不得半点含糊。担任重彩画的老师是蒋采萍，胖胖的，很年轻，是油画家潘世勋的夫人，后来便调回了母校中央美术学院任教，和她的丈夫在一起工作。

1960年下半年，正处在国家三年困难时期的开始之年，人们几乎都在饿肚子，似乎党校的学员们（在职培训的县委书记、县长等干部）和政治系的同学们，生活多少比我们美术系的师生们好一些，因为他们有的领导或多或少能从农村中调拨一些蔬菜（粮食不敢说有调拨）以作食堂的添补，因为我们经常在党校的垃圾堆上能捡拾一些被丢弃的白菜帮叶和指头细的萝卜或蚕豆大小的土豆和红薯，捡回宿舍，洗一洗，放在宿舍的炉子上煮着吃，烧是不能烧的，一经烘烤，那萝卜或山药脱去水分，就似乎没有多少东西可以咀嚼了。在此情况下，提倡"劳逸结合"，体育课也不上了，有时便早早地躺在床上，但是肚里空空的，翻来覆去，还是睡不着。有的同学便开始精神会餐，说粮食过关后，首先是好好吃一顿，饱饱吃一顿，有这有那，讲得不亦乐乎；到头来还是睡不着。有的人腿上浮肿了，脸也浮肿了，用手指按下去，肌肤上留一个小白坑，久久不能恢复原状。引发的同学偷吃灶上的黑酱，有的同学钻进厨房，用手捞取油汤中的肉屑，不巧碰上了大师傅，他便把肉屑放进了衣服的口袋里，两手油油的，还是被逮着了，如此等等，系领导批评批评，写份"检查"，也就算过去了。此等"行为"，现在想起来，也实在是时代所致，是令人痛心的"大跃进"的结果。

虽说美术系当时的处境是困难的，却也有可让人说道和高兴的事情，据说学院给系里购置资料的经费还是不菲的，以故王绍尊老师到北京等地为学院购置了一大批国画资料，不少当代画家的作品是从画家本人手里或画家家中买到的，既是真品，也是精品，我记得有叶浅予的舞蹈人物（包括早期的工笔《印度舞女》），李苦禅、王雪涛的花鸟，蒋兆和、程十发的人物，还有张大千、傅抱石的山水，每幅作品才30或40元人民币，现代人最贵的作品要算当时过世不久的胡佩衡的山水4条屏，总共480元，此外还有石涛的荷花，萧谦中、吴庆云、祁井西的山水，还有徐燕荪、刘凌沧、任率英、陈缘督的工笔人物等等。因为这些作品曾在教室中作过一次展览，有不少作品我在后来都临习过，至今还保存着不少摹本。这些作品今天要去购买，每幅少说也得几十万，多则上百万、上千万。当时这是不曾想到的，这是一笔雄厚的文化财产呢。这其中也有王绍尊老师奔波于画家之中的劳顿和心血，我们是不会忘记的。

早产的婴儿，因其先天的不足，有时也会腰折的。"大跃进"中，据说山西突然冒出了 20 来所新生的大学，遇上了国家困难时期，到 1962 年便统统要下马（我没有认真的调查，只是"据说"），自然，山西艺术学院不能幸免，就美术系而言，当时有 59 届本科 1 个班，中专一个班；60 届本科 1 个班。同学们要离校了，已经有了 2 年或 3 年的学业，总该作个汇报，便有了在山西省博物馆二部（吕祖庙），举办的"山西省艺术学院美术系学生结业展览"，也许是为了推介学生的就业渠道，作讲解的是我们的老师张世祥，他操一口四川话对参观者认真地介绍作品和作者（学生）的优秀，我有一次听到老师的高度的评价，不禁有点脸红，却也深为感动，甚感老师对学生推介的深情和厚爱。

艺术学院下马了，同学们大部分也云散了，不过回到了各自的地方，都给予了适当的就业安排，同时，给予了大专和中专的待遇，也算是够幸运的。上级为了保存一批美术和音乐的师资人才，即几年中从北京等地调来的美术、音乐教师和全国新分配的美术、音乐大学生，便在山西大学设立了"艺术系"，包括美术专业和音乐专业，学制为 5 年，包括在艺术学院就学的时间。我在大学学了 2 年，急于工作的念头反倒没有了，祖父也支持我继续上学，居然通过了考核，我也有幸留校深造。此次留下来的同学，美术专业本科 59 届 9人，60 届 13 人。我们班根据各人的志愿，13 人又分为国画、油画、版画、雕塑和工艺美术 5 个专业。国画 6 人，有我和王朝瑞、亢佐田、陶福尔、赵光武、程同义。油画有武尚功和孟宪治，版画仅李增产 1 人，雕塑有杨建国和张玉安，工艺美术有阎富宝和姚淑英。其时也，艺术系虽然是山西大学的孩子，党校里却没有更多的宿舍和教室。我们美术专业师生们，便从山西省委党校搬到了山西省建筑学校，仍然寄人篱下，条件仍不宽裕。我们班的12个男同学，同居一间教室里，每人一张床外，还有一张小桌子，倒是很热闹，也不感逼窄，3年中同处一室，感情则更为密切，故事也更多。有的专业老师比同学多，或者和同学同等数量，我在的国画专业6个人，老师的平均数量相对少一些，也有教山水画的赵延绪老师，教花鸟画的王绍尊老师，教人物画的赵球和焦金杯老师，有时系里的娄霜主任也到课堂作指导，这几乎也是一个老师带一个学生，比导师带研究生都来的优厚。

赵延绪老师，山西寿阳人，早年在北京大学画学班，曾师事徐悲鸿、胡佩衡、凌文渊等导师，后留学日本，与李叔同等先后同出东京美术学校，学成返国，把写生、素描等现代教学方法带回山西，一改往日单一临摹学画的传统模式，执教数十年，培养了大批的美术人才，诸如赵子岳、力群、阎丽川等名家，都曾是赵老师的高足。他讲课有时似不着边际，却最受同学欢迎，有时讲阳光、空气、水分，随即让同学们开窗户，地上洒水，有时插点小故事，很风趣，很幽默，两节课并在一起上，时间往往不够用。他不但教我们山水画，还给我们上书法课，在课堂上作示范，写画很认真，赠画也很慷慨，有人索取书画，老师总是有求必应。在20世纪50、60年代，人们没有买画的意识，画家也没有卖画的氛围，一句话，当时没有书画市场。赵老师在太原开一次画展后，画作几乎被索要完毕。问起赵老师，他只一句话，还反问你："人家喜欢！怎能不给呢？"赵老师不管什么时候，总是笑眯眯的，与人为善，心气和平，虽然早年留洋出国，除执着于书画教学和创作外，却朴实的有点像老农，他只知道真心诚意的在讲堂上耕耘，在家中对孙子铁中、春牛和孙女红月百般的呵护和培养，他是一位令人尊敬的长者，他活到102岁，实在是山西书画界的人瑞了。

王绍尊老师，北京人，曾先后师事齐白石、王雪涛，学大写意花鸟画、学篆刻，新中国成立后先后在北京和山西的大学院校执教数十年。他是一位全能的老师，先前给我们带解剖课、透视课，现在又给我们上花鸟画课和美术史。每上花鸟画课，他在课堂上讲构图、讲笔墨、讲设色、作示范，铺纸染翰，用笔轻重疾涩，用墨干湿浓淡，遂讲遂画，一幅生机盎然的花卉鱼虫顿现绢素，同学们眼前一亮，且多有体悟，得其写意门径。而其示范画作则留与同学，只是所作，多不题款，更不加印记。

王老师对音乐也有颇深造诣，善拉二胡和弹琵琶，也能自制琵琶，每从原平同川购置梨木，制作琵琶，从造型到音准都是很为规范。偶过老师宿舍门前，传出《十面埋伏》激越的琵琶声，便会有不少人停下脚步，待一曲结束，还不忍离去，以待下一曲的嘈切。

我是美术史的科代表，便有机会常到王老师的宿舍里，也是他的办公室。小小的一间室子，临窗置一大案，备课、作画、治印于其上，靠墙放一张单人床，被子也不叠起，胡乱堆在一角，床头、地角、桌上、凳上堆满了书籍，几无阙处，颇感拥挤零乱。每有客人见访，零时把椅子上的书籍移置他处，客人方得落座，泡一杯清茶以款客，那青花茶杯却是引人入胜的，每每让客人把玩不置。不少人是向老师求治印章的，因为老师是遐迩驰名的篆刻家，在抗战期间于云南曾为周恩来、邓颖超、龙云、卢汉等治过印，新中国成立后亦应邀为楚图南、李可染、叶浅予、冰心等知名人士、作家、书画家治印，到山西后，省内的领导、书画家几乎都请王老师治印。老师为我先后制印十几方，至今仍在使用着。这些印记在老师所出版的几种印谱中都可以见到印花。老师治印不取分文，甚至还得贴上印石。老师也能自制印泥，捣艾绒，晒印油，都是亲力亲为。

在山西大学，老师们可记的故事还很多，纸短情长，我只能割爱了。

下面谈谈"艺术实践"课。

所谓艺术实践，便是到生活中去、到大自然中去，体验生活，外师造化，收集素材，应用在课堂上所学之技艺，描绘眼中所见之景象，有选择、能概括，为今后之创作打基础。第一次外出是 1962 年秋天的汾阳之行，我们来到了杨家庄公社的高家庄村。这是一个盛产核桃和花椒的村庄，速写没多画，在秋收后的核桃地里寻找遗失在树下的果实，收获委实不少，将近中午，速写作业草草完成了指定的数目，坐在地边捣着吃捡来的核桃，粮食困难时期，似乎已经过去，肚子里好像还缺什么，这核桃是最好的补充，到下乡返校时，我

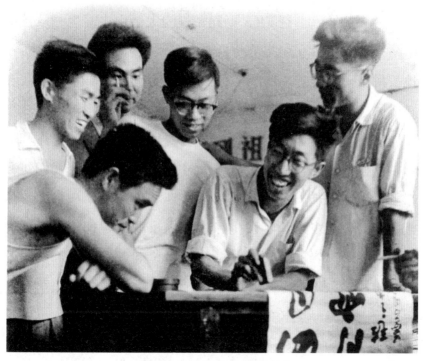

1963 年 7 月与大学的同学们

（左起：亢佐田、李增产、孟宪治、陶福尔、陈巨锁、阎富宝）

的体重居然升到了 120 斤，当时自己的体重也算创纪录了。带我们下乡的赵球老师，是一位年轻的教师，比我们也就大 3 岁或 4 岁，到晚上，我们在一起玩扑克牌，老师和学生的界限就会忘却，同学有时会放肆，老师也忘了自己的师道尊严，总之是很亲切很融洽。

第二次外出，是 1963 年到左权的太行山中写生，从县城坐马车到麻田，这可是当年在抗日战争中八路军总部的所在地，村中还流传着邓小平一家在这里的生活故事。后来我和几位同学经柴城，住到蛟沟坪的小学中，还深入到叫作"李家岩"的村子里画画。据说当年赵树理曾在这一带工作和生活，创作了《三里湾》和《李有才板话》的小说。我们每日在太行山中徜徉，碰上好景致，便坐下来画上几幅水墨写生画，有时请老乡讲当年发生在这大山里的故事，总是听得有滋有味。李家岩仅 8 户人家，我们 5 位同学，当时下乡是吃派饭，每户派 1 人，几乎吃遍了全村。饭后躺在队长李有才家的炕上休息，队长的妻子过世了，有一个儿子，家里收拾得很干净，满炕铺着黑毛毡子，在深山老林里，很是暖和。听李有才不紧不慢地讲他的经历，有时夹带着朴素的风趣和幽默，仿佛是赵树理笔下的人物。

第三次的艺术实践是 1964 年夏天到洪洞广胜寺临摹壁画。

6 月初的晋南大地，已是难耐的炎热，上午在洪洞由李副县长陪同，游览了国保文物单位明建苏三监狱和县衙大堂，曾记得读过国家文物局局长王冶秋先生写得介绍"虎头牢"

和"苏三监狱"的文章，身临其境，不禁想起了《起解》和《三堂会审》的戏剧，以故，苏三监狱给我留下了深刻的印象。此外还去"大槐树"一访，看到了"槐荫燕赵"的胜迹。下午坐马车往广胜寺，到得山寺，已是月上东山，寺门掩闭，于寺前，不禁想起了贾岛"僧敲月下门"的名句，其时也，一片清凉，不复炎热矣。

下榻下寺西厢，山寺下临霍泉，每坐分水亭上，见山泉喷涌，浪花飞溅，荇菜浮沉，碧波幻影，也复陶情怡意。听当年洪洞赵城两县分水故事，读抱柱楹联，想见彼时分水激战局面，又复令人心生激荡。

在广胜寺两月，由王绍尊、赵球、焦金杯三位老师和我们5个国画专业同学，为山西省博物馆临摹两幅壁画，一是下寺明应王殿，俗称水神庙的"元代戏剧壁画"，一是上寺毘卢殿后壁的"十二圆觉"。由工人搭架壁画前，每人面前挂一盏汽油灯，勾稿、过稿、勾线、着色，每一步极为认真细致，不能丝毫疏忽。画幅由高丽纸夹裱而成，勾线设色前，在画面的某些地方打蜡，作旧处理，以留原壁画破损痕迹。所用石色颜料皆在研钵中打磨漂澄，着色时先调色块在灯上烤干，放在原画上比对，以绝对一致时，方肯落笔所临画幅，待整幅画面完成后，铺在地上审查，仍需香薰，加置屋漏痕等壁画效果，以求所临作品的乱真。

在戏剧壁画"大行散乐忠都秀在此作场"的大字上，还有长长的题记，由我一人用了整整一个星期才临摹完成，那时老师和其他同学都去上寺开始临摹十二圆觉了。深广的大殿中一盏汽灯陪伴着我，偶尔点汽灯的工人走进殿来和我说上一句话。

"十二圆觉"是分段临摹的，释迦牟尼为一段，十二位菩萨各为一段，临摹完毕，屏结而成通景，统一作旧，力求天衣无缝。在上寺临摹壁画，朝而往，暮而归，每日要在从下寺到上寺的山路上打个来回，陡坡小径，古柏奇石，踩朝露踏夜月，谈笑不已。一次小雨后，我在泥泞中摔了一跤，竟在地面上留下了印迹，有同学取笑说：此处可立一块碑，标为"巨锁朝天处"。上寺峰头有"飞虹塔"，亦为国家文保单位，是一座瑰丽无比的琉璃塔。某傍晚下午，朝瑞说谜语："一物生来黑糊糊，上头没有下头粗。"话未说完，佐田抢着补充了两句："有朝一日颠倒转，上头又比低下粗。"又是一阵哄笑。

上寺毗卢殿前，有两颗白皮松，临画间隙，我们有时会用长竹竿敲打松球，剥食松子。光武同学偶尔出坏，把已经剥食过的空松球又抛入空中，其时也，王绍尊老师拾起的往往是空松球，待自己发现时，也只是莞尔一笑。大家怪光武的恶作剧，他吐吐舌头，这位来自广西的壮族青年，竟然也会不好意思起来。

在上寺临摹壁画的日子里，我们的午餐是由食堂大师傅做好后，亲自担着送上山来的，饭后在僧房里睡上 1 小时，奈何僧房老鼠多，每每待我们休息后，便跳上桌子，再转跳到在房梁上挂的荆筐中偷吃食物。我未曾入睡时，每每看到老鼠跳跃轻捷的身影和荆筐大幅度的摆动，不忍其烦，便步出僧房，在静寂的寺院中踱步，有时疲累了，会走进大殿，合并几只蒲团，躺下身来休息。有一次，我无意卧到了供桌下，突然在中午来了个礼佛的大妈，跪下来叩头时，发现我的形迹，大大地吓了一跳，起身便走。我的行为，实在是对佛对人的大不敬，不禁忏悔一番。从此午休时，再不敢卧在大殿内。

广胜寺，有不少的诗碑题刻，遇到星期日休息时，我便自制托包，携带洪洞白麻纸，所谓的尺八呈文纸，在飞虹塔下，寻托刻铭文，因为是初次尝试，碑字虽然拓了下来，拓片表面却有一圈圈的浓淡不同的拓痕，携以王绍尊老师指导，老师说：拓碑有"蝉翼拓""乌金拓"，你这是"烧饼拓"，不错，也是一种发明。老师在说笑后，又仔细地对我讲解了制拓包和搨拓碑刻的方法，至今不曾有忘，而我自搨的"烧饼拓"，则成了广胜寺给我留下的永久的纪念物。

在广胜寺，还有一位人物，给我的印象也很深，他便是山西省佛教协会副会长，原广胜寺住持力空法师。我早知其法名，是因为他在抗日战争中，为了保护和转移金版赵城藏，在与日本侵略者斗争中，所表现的足智多谋的斗争策力和忘我牺牲的大无畏精神。炎夏，力空法师由太原回到霍山避暑，小住广胜上寺，我曾多次拜他，他不曾谈起保护赵城藏的故事，只讲了崞县张培梅（张鹤峰）在临汾作南镇守时的残暴，以致一说到"张培梅"的名字，正在哭叫的小孩子也会突然停止，正如你们崞县人哄吓小孩子一样："你再哭，大马猴就会出来。"法师对我的老家的乡俗尚能如此熟悉，后来才知道，他在出家前，曾做过定襄县的县长。还请教了他什么问题，现在已想不起来了，他给我留下了一个学问僧的印象，确是无疑的。

在山西大学就学期间，到农村"宣讲十条"和搞"四清"是不能不说的，因为它用去了半年多的时间。

1964年春节前后，山西大学大批的师生在刘梅常务副校长的带领下，到五台县选讲"双十条"。"双十条"的内容，已经过去50年，我是忘光了，不过它是为了搞"四清"运动，做舆论准备，宣传群众，发动群众，了解搞"四清"运动的目的和必要，从而积极参加运动。我只记得我们艺术系的同学在春节前冲雪冒寒来到五台县城培训的情况。集中学习讨论几日后，我和几位同学分配到"蒋坊村"开展工作，住在老乡家里，吃派饭，晚上召集群众大会，等待会员之时，音乐专业的同学唱上几首歌曲，也会得到热烈的掌声。待社员来的差不多时，开始宣读文件或宣讲文件精神，不久，会场中弥漫一股旱烟味，烟火头一亮一亮的，会场也会变得非常安静，因为不少人已在打盹了。春节在即，家家都在准备过年，我们放了几天假。春节后，我到高洪口公社的"唐家庄"，住在小学校，记得山村只有一位老师，姓孟，我们很谈得来。刚过年，各村都要准备节目，参加在公社举办的"社火"表演，我有幸看到近似"傩戏"的社火，老人们戴着以麻自制的"髯口"和以彩色纸自制的"头戴"，手执长矛或大刀，有节奏的在场上起舞和"对打"，脚步铿锵，表情严肃，衣着虽然简陋，却让我看得出神且肃然起敬。此外有

"旱船""车车灯""踩圈秧歌"等，也甚祥和热闹，远近社员，咸集观看，一圈圈围得水泄不通，小孩们打闹着爬上树枝、屋顶，或钻入重围，甚至站到了表演区，有时还妨碍表演，招到了维持秩序者的呵斥。不过孩子们全不在意，这里挨骂，便很快转移阵地，又站到演员的另一边。在这热闹场面中，音乐专业的师生也会在欢迎声中插唱几段歌曲。

我在赖若愚的家乡"唐家庄"宣讲几日后，又先后转移到了"大流治""大城（小庙）"的村子里，和两三位同学共同完成任务。对"双十条"的宣讲仅个把月，我们就返回了学校，也算是一次锻炼吧。在五台县期间，很想上一次五台山，却没有机会，我和另一位同学在大城村爬上了一座高高山头，放目台山方向，算是一次远望呢抑或是神游。

同年（1964年）9月，秋季开学后，艺术系的师生便开始参加了清徐县"四清"工作队，在县城集中培训期间，我抽暇游览了"香岩寺"，以一读"无梁殿"的砖石建筑而快意。我对古建筑情有独钟，不管到什么地方，参加何种活动，凡自己心目中知道的古建筑物，总会去拜访。此次去香岩寺，是独自去的，因为大家在"四清"运动中，是不应该有此闲情逸致的。

言归正传，再说搞"四清"。集训完成后，我分配到"孟封"工作队，这是一个很大的生产队，有10个生产小队，工作队队长是刘贯一同志，时任山西省副省长，河北通县人，先前曾任全国人大副秘书长，善诗词书法，也喜欢跳交谊舞，在"四清"期间，他曾以早年所作《燕人曼吟初集》示我，并为我所携《毛泽东诗词十七首》题字签名。他收藏可观，在太原期间，曾约我到他家欣赏所藏书画，记得客厅的正面挂着黄庭坚大字条屏，楼道内挂着齐白石的花卉和黄宾虹的山水，他拿出郑孝胥的两件条幅说："字写得不错，不过他是大汉奸，不能挂，人品不高，字即便再好，也是让人摒弃的。"

话扯远了，再回到"四清工作队"，我分配到第十生产小队，也便是第十工作队，有精明强干的队长老曲和其他工作队员，我如同一个见习生，做些自己力所能及的工作。当然，首先是"三同"：和贫下中农"同吃同住同劳动"，在生产小队的贫下中农家中吃派饭，住在十队的贫协主任安二只家中，每天参加半天生产劳动，深秋季节，主要是深翻土地，晚上便是召集会议，宣讲政策，开展运动。我本体弱，不到两个月时间，便患上痔疮症，时有便血，却也不愿啃声，慢慢地支撑着，后来大队搞村史展览，因我是美术系的学生，便把我抽了上去。后来刘省长让我在村里的墙上写标语，偌大的村子，临街的墙上都要写满，我的工作量也是不轻的，好在当时村内有所谓的一批"牛鬼蛇神"和四类分子"地富反坏右"的协助。他们平时早早起来打扫街道，铲除垃圾，我要写标语，大队派他们中的一些人为我粉刷白墙，搬板凳，端煤烟（以代墨汁），很是勤快，唯命是从，起初连话也不敢说，长时间相处，见我从来不发脾气，其实他们工作的很认真，慢慢地也敢跟我搭话，有时也会露出笑脸来，他们多年老体弱，对这种力所能及的"劳动改造"是很乐意接受的。

又到一年的春节了，第十生产小队贫下中农的春联几乎都担在了我的身上，有胆大的中农人家的对联，也给我送来，白天写不完，晚上加班，有时竟写个通宵达旦，为贫下中农服务，我是不知倦怠，只是任务大，不免写得草率些。

在清徐，正月扮"红火"，群众是很看重的事情，"清徐背杠"很是出名的。三村五里的"红火"互拜新年，所谓"背杠"，就是几个年轻小伙子，抬着一个架子，架子上有机关，把几个 5 岁 6 岁的小女孩或小男孩装扮成戏曲人物，固定在机关上，因为有衣服彩带的遮挡，孩子们如同凌空仙女，在架子不停地起舞，是由抬木杠的青年踩着锣鼓点上下晃动而完成。他们走街串巷，来到"孟封四清工作队"的总部门前，刘贯一同志带着全体队员热情地迎接他们，给他们拜年。他们也会尽情地做出各种"颠""晃"动作以呈技艺。然后工作队用许多的纸烟、糖果等以作谢忱。元宵节前后，大家一直沉浸在年节欢乐的气氛中，刘省长，可谓乐此不疲，他说：这才是与民同乐呢！

孟封是清徐县的一个大镇，所产"孟封饼"很是有名，但我在孟封的几个月里，不独没有尝到"孟封饼"，连"孟封饼"的样子也没有见过，须知那还是在物资十分匮乏的年代。

后来，我被抽调到另一个叫"西罗"的"四清工作队"，任务有二，一是帮助整理一个专案材料，另一个任务便是为村里画几幅壁画。第一个任务好完成，因为"材料"是现成的，只是作文字上的加工，似乎没有费多大工夫。第二个任务，一个人完成几幅大壁画，这个村里又没有派"五类分子"来"帮忙"，确实感到有些手忙脚乱，首先我与另一个同学徒步几十里到太谷县城购买颜料。此次太谷之行，顺便逛了一个旧书店，花十几元钱买到《颜东方朔画赞碑阴》、龙门造像《孙秋生碑》、欧阳询《礼泉铭》、赵孟頫《道教碑》，特别是颜书碑帖中还有"曹氏家藏"等几方印记，知为"三多堂"中曹振镛所藏之物。

在西罗画壁画，我临了李亨同志的年画《说红书》，虽画面为勾线平涂，却人物众多，画起来也颇费时日。一日下午，我一手握毛笔，一手端颜料，站在梯子的最高处正专心致志地为人物着色，不料一阵大风袭来，所站梯子横木脱落，我便从梯子高处摔了下来，碰掉一颗门牙，下唇也被磕穿了，到晚上，血流不止，双唇肿得已不能进食。挨到第二日上午，我不知道哪里派来了一辆车，送我到山西省人民医院治疗，在那里偶然遇到了刘贯一同志也来看病，他约我伤愈后，到他家看书画，才有了前面写到的那一节。

我的伤口痊愈了，再没有回到"西罗"大队，不知那幅《说红书》是否有人继续去完成没有。不久，我的同学们陆续回到了学校。因为我们这些60届同学，到1965年8月就要毕业分配了，仅有的几个月时间，还要搞毕业创作，操行鉴定，工作分配，似乎还有很多事情要做。

先说毕业创作。"四清"临来，毕业近在目前，虽有创作任务，同学们却对工作分配更为关心，对毕业创作有上心者，似乎并不多。创作要求：每位同学完成一幅有思想内容的人物画。我于人物画，基础差甚，画起来，也颇吃力，勉强以民间木版年画形式，画一对门画《站在家门口，心怀全世界》，后来此作曾参加了山西省美术展览，不过作品展出后，也就丢失了。记得还画过一幅《列石寒泉在》的山水，毕业时未曾展出，转赠刘贯一同志了。

盘点大学五年，包括在省文联工作的月余时间，和毕业后到芮城修复永乐宫壁画的三个月，所记忆的人和事，还有一些是不曾忘怀的，也附记于后。

在文联时，我不仅结识山西的一大批画家，还认识了马烽、西戎、孙谦和胡正等著名作家，虽说交往不多，但他们尝以著述见赠，我读他们的文章，也深感亲切。另一位在文联小花园偶然相遇的老前辈，就是柯璜先生，他住在精营东边街62号，与南华门近在咫尺，我有时间就去拜访老先生，此后，便成了我在校外的书法导师，我给老人研墨理纸，看老人挥毫作书作画，先生引领我学书，不知不觉中步入"章草"之路。有一次，我以所临孙位《高逸图》请其指导，先生多有褒奖，并赠我玉照两帧，希望以照片为参考，为他画一幅肖像，深知自己造型能力差甚，人物临摹，尚能完成，而为先生传神写照，实在是难以胜任的，不过我不能当面拒绝，只含糊其辞地说："回去试试看。"况且当时先生还拿出了一方砚台，其底部是"凤先生"（吕凤子）为柯老所画肖像的刻石，大作在前，我更胆怯了。在1963年秋天，柯老以88岁的高龄辞世了，他的追悼会办得很风光，周恩来、董必武、陈毅、郭沫若等党和国家领导人送了花圈和挽联。从此我失去了一位恩师，我永久地怀念他。

在文联时，有一位老乡，他叫樊仲屏，50多岁，字写得很好，一笔魏碑体，他曾为我写过一张条幅。他在太原桥头街办了一个"美术服务部"，是文联的下属单位，曾购买了大量的近现代名家书画作品，在文联的小礼堂曾举办过一次展览。我有时间，便会泡在那里观摩，张大千的一幅《华山苍龙岭》青绿山水，给我留下了深刻的印象，至今回忆起来，历历在目。

在学校，赵延绪老师经常教导我们"多学、多问、多师友。"因在赵老师的带领下，参加过几次省城书画界的文艺雅集活动，大家呼我为"小友"，我得以认识了几位老前辈，此后我便相继拜访请益，先后向罗元贞、陶伯行学习诗词，罗先生是山大历史系的教授，广东番禺人，因曾为毛主席改诗词，得毛主席回信谢忱而驰名。拙稿《梦石诗抄》得到过罗先生多次指教，大受教益。也曾去太原大北门街访问画家贾敬之先生，他曾是前清如意馆的画师，新中国成立后为山西省文史馆馆员。我前去拜访老先生时，他已70多岁了，坐在炕上小书桌前，拿出一把折扇，上面密密麻麻的小字，是毛泽东诗词17首及其注释，是"意书"，不拿放大镜，那文字是万万不能看清楚的。

我也曾先后拜访过医师宁绍武，他同是一位书法家，他写的《朝侯小子》残碑是在山西省首届书法展览会上最为引人注目的书法作品之一。在姚奠中先生书房访问时，先生真是坐拥书城，在书架林立中，一张小桌临窗而放，我请先生作书，他从窗台上拿起一支先前用过而不曾洗去余墨，而今已经干透的毛笔，蘸水在砚台中硬戳了几下，便濡墨作字，其书苍劲，含魏体颜体而以行书出之，朴质而高古，所书内容是人民公园赏花自作诗，这大概是先生20世纪60年代所留下的少数作品之一了。此外，也曾向山西省图书馆赵建邦老师请教学书之道。这些前辈对我的教诲，我是永远不能忘怀的，也是深为感恩的。

在校中也有遇到一些小事，当时觉得很有趣，便也没有忘却。

艺术系设党委书记一人，是一位老干部，叫王青野，他似乎住在校外，也很少到系里，以故同学们认识他的人很少，有一次突然一个人走到了雕塑专业的教室，两位同学正在和泥作雕塑小稿，老书记见状，很是不悦，不过没有说什么，只是流露在表情上。后来，他见到系主任卢霜便问："你们系的学生那么大的年纪了，怎么还在教室里捏'泥人'玩？"问的卢主任哭笑不得。

在国画专业，我和王朝瑞喜欢书法，经常买帖练字，也占去了不少时间，卢主任见状，颇为不满，有一次竟然发火了，说道："我们是培养画家的，不是培养书法家的！"说完便愤然离去，奈何我和朝瑞顽固不化，写字买帖，仍然乐此不疲。

我在书画之余还喜欢文学，在系里先后创办了《砚边》和《艺苑》小刊物，以壁报形式张贴，文字大家写，稿件编选后，由我和朝瑞等同学用毛笔抄写，还加入老师题词，有的同学把小幅的作品也拿出来补白，权当插图，也甚别致。它可都是文学、书法、绘画的原创作品，自然吸引着大家阅读和观看，我的最早的散文，诸如《挂画》，便是发表在《砚边》上的。

1964 年，还有两件事，印象也颇深刻。一是 4 月间，广东画家黄新波、关山月、方人定、余本四人有雁门关之行，返太原后，曾应邀到山西大学与美术专业的师生座谈，并作书画示范，同时把一路所作书画在系里展出，以供观摩，记得一幅广东画家和陪同的山西画家苏光等合作的《打伞骑驴过小桥》的国画颇为引人入胜，在书画示范中，关山月即兴画四尺整幅梅花，方人定章草书吴敬梓诗"不敢妄为些子事，只因曾读几行书……"一首，二位画家运笔用墨，都给我以深切的启示。席间关老谈石鲁在广东美院为同学们示范，创作了《家家都在花丛中》一幅，画完后，画面还没有干，便折叠成小方块，放入口袋中，并说："画得不好，回去另画一幅，补寄来。""其实他是画出精品，舍不得留下来，要不这幅作品拿到北京，便在《美术》等杂志上发表，你说石鲁多小气？"这自然是老朋友间的说笑，也逗得同学们一乐。因为这次的接触，1973 年 8 月，我在广东参加"广州秋交会"的筹备工作，抽暇去流花湖新村拜访了方人定和黄新波，向方老请教学习章草书法之道，73 岁的老人，身患中风不语症，还与我笔谈，引经据典，为我指出"学章、务简、忌肥"的道理，还赠《方人定诗抄》刻印本，内中有《雁门关纪游》

二首，亦见其文采飞扬，情真意切。于黄新波处，先生以新作版画《鲁迅在香港的讲演》为赠，奈何此作在隐堂保存中，因鼠害所啮，略有伤损，深以为恨也。

另一件事是同年国庆放假期间，巧值中秋节，我和朝瑞、佐田、福尔、光武不曾离校，中秋晚上喝着一元钱一瓶的红葡萄酒，吃着每人应分配的半斤月饼，似乎还买了一些瓜子，赏月之余，每人作诗一二首，合作了一幅秋花图，朝瑞在画上作"胜似春光"的隶字，我写了题记，便把这些拙作贴在教室里。待假期结束，同学们走进教室，发现了我们的"中秋所作"，便认为是"小资产阶级意识"，"没落阶级的思想行为"，随即大加批判，以致作为团员的王朝瑞还在团小组会上作了检查。这便是我们这些大学生所处年代的切身经历了。

逛书店，对我来说，是很有兴味的事情，课余，常独自步入坞城路书店，站在书架前读书，因为那里不独书多，且与学校近在咫尺，往来方便。有时偕同学一二人徒步进城，来回20里，到"五一路"新华书店购几册书以归，若实在腿脚乏力，或日子近晚，便花1角2分钱在大南门一路公交汽车站排队，然后依次乘车返回坞城路。于此，亦见当时读书人的困境了。

大学五年，说是长，却也快，转眼间，同学们便也分配完毕。行文至此，本该结束，奈何我还要枝蔓些，谈谈我的同学们。

先说国画专业的同学，共6名。

王朝瑞，1939年生，山西省文水县人。毕业后分配到太原市玻璃瓶厂做美工，后调山西省测绘局工作，再调山西人民出版社任美术组，最后调山西画院任院长，兼任中国书法家协会理事，山西省书协副主席，山西美协副主席，山西美术研究会会长等职务。2008年5月1日逝世。

亢佐田，1941年生，山西原平市人。毕业后分配到雁北地区朔县二中任美术教师，后调雁北地区文联工作，任文联副主席，再调山西画院，为专职画家，所作国画《红太阳光辉暖万代》为中国美术馆收藏，为近百年画之代表作之一。曾任山西工笔重彩画学会会长。

陶福尔，1941年生，山西省新绛县人。毕业后分配到临汾师范任美术老师。

赵光武，1938年生，广西来宾县人。壮族，上大学前曾为战士，后转业为工人，得以带工资上大学。毕业后分配到山西日报社美术组，后调山西群众艺术馆，最后调山西神头电厂工作。

程同义，1941年生，山西昔阳县人。毕业后分配到阳泉市工作，后调阳泉市群众艺术馆任美术干部。

陈巨锁，1939年生，山西原平市人。毕业后分配到忻县地区文教局工作，1970年10月调忻县地区文联工作，后任文联副主席，兼任中国书法家协会二、三届理事，评审委员会委员，山西省书协二、三届副主席等职务。

油画专业的同学2名。

武尚功，1940年生，山西省原平市人。毕业后留太原工作，后调山西画院为专业画家，所作油画、版画、宣传画等作品，多次入选国家展览，并获有金、银、铜牌等多种奖项，后因患脑血栓而废笔，2000 年 1 月病逝。

孟宪治，1940 年生，山西省介休县人。毕业后，分配到大同市二中任美术教师，后调太原市工作。2015 年逝世。

版画专业的同学 1 名。

李增产，1940 年生，山西省祁县人。毕业后分配到长治师范任美术教师，后调榆次轻工业学校教学，最后调太原工作。

雕塑专业同学 2 名。

杨建国，1940 年生，山西省浮山县人。毕业后分配到阳泉市工作，先后在阳泉群众艺术馆、阳泉画院任院长，工作后，投身阳泉美术队伍的组建和培训，将阳泉工人画推向全国。曾兼任山西省美术家协会副主席等。2000 年 1 月病逝。

张玉安，1941 年生，山西省定襄县人。毕业后分配到雁北地区浑源师范任美术教师，后调忻州师范执教。

工艺美术专业 2 人。

阎富宝，1941 年生，山西省大同市人。毕业后留校（山西大学艺术系）任教，后调大同市文化局工作，任副局长。

姚淑英，女，1941 年生，山西省大同市人。毕业后分配到山东省青岛市工作。

（以上情况，仅我记忆所及，未能全面，或有讹错之处，敬请诸同学见谅，并盼纠正和补充。）

工作已然分配，大学生活似乎已经结束了，其实大部分同学们都还不曾到工作单位去报到，亢佐田、陶福尔等住到

"文庙"（省博物馆）筹备"社教展览"呢？还是"学大赛展览"，我已经记不清了，我和王朝瑞、赵光武、程同义、武尚功、孟宪治、李增产、杨建国、张玉安等9位同学受文化部之安排，在著名画家潘絜兹先生的带领下，到晋南芮城县修复迁建后的永乐宫壁画。

三个月的时间内，面对国保文物单位元代建筑群和精美的壁画，同学们在潘先生的悉心指导下，小心谨慎得去完成修复任务，从龙虎殿、三清殿、纯阳殿到重阳殿，逐一修复，其间，中央新闻电影制片厂曾来录制了我们修复壁画的实况。曾请古建专家杜仙洲先生为我们讲解古建知识。某个星期日还去40里外的永乐宫迁建前的故地永乐镇巡礼，泛舟黄河，我还从艄公手中以香烟换得一个小佛头，仅有核桃大小，却很精美。在国庆节休假中，我和朝瑞等4个同学偕同潘先生一早离永乐宫，乘车到风陵渡，在风浪中过黄河，走潼关而上华山，攀高历险，写生作画。这次上华山算是我第一次走出山西，行脚华夏访胜探幽的起点，山水之胜的魅力，实在是令我忘情的奔波。此次去华山在黄河待渡之时，我画了一张《黄河激浪》的小横幅，尚功同学心生错爱，硬是割爱把他假期几日中临摹的一幅《神猴》换给了我，它促使我俩各自认真的重画了一幅以为留稿，然而虽然用心去画，却不及原创来的生动。

在三个月的壁画修复过程中，始终有一位大家都称呼他为"小柴"的同志，他经常把"捂"好的晋南柿子一盘盘地送到我们的屋里，他便是后来大名鼎鼎的古建专家柴泽俊，他在永乐宫的迁建中付出了巨大的心血，从拆到迁到建，他的身影始终出现在梁架上，出现在卡车中，出现在殿堂里。实践出真知，"小柴"成长为一位文物专家，他是用心血在实践中铸就的。

到11月底，壁画修复工作顺利结束，潘先生让我们每人写一篇关于在修复壁画过程的心得体会，然后由先生归纳总结，将在《文物》杂志上发表。离开芮城，在返回太原的路上，顺便参观了平遥双林寺，那技艺精湛、眉目传神的菩萨罗汉，是实在令人难忘的，难怪后来在北京王绍尊老师家遇到了著名雕塑家傅天仇，他说双林寺的雕塑比晋祠圣母殿的侍女人物更为精绝，是山西泥塑作品之最了。

回到太原，潘先生应邀为山西大学美术专业的同学作了国画重彩人物画的示范和讲解，我陪同潘先生同往，回到了阔别3个月的母校，见到老师和低年级的同学们自然是分外的亲切。这3个月，虽然已经毕业离校，似乎感觉到尚在做学生，修复壁画，不啻是一次艺术实践，因为始终和大多数同学在一起。

此次返校，我还看望了赵延绪老师，他执意留我吃饭，还亲自下厨炒菜，并让他的孙子铁牛拿着仅有的肉票（那时吃肉是凭票供应的）骑着车子跑10多里路进城买肉，结果买来的肉质量差，老师歉意地说："原材料不够格，菜哪能炒好，能吃饱就好！"老师的感情，我是永远铭记在心的。

1965年12月初，我回忻县地区文教局报到，我以为这才算结束了我5年的大学生涯。

隐堂题跋

（以时间为序）

购书题记

时在一九六五年夏日，由清徐到太谷，过文物书店，以倾囊之资，购得魏邑子像、欧九成宫醴泉铭、颜东方朔画赞碑阴、赵孟頫道教碑。此四册皆为旧拓，余爱而宝之，故谨记于清徐县西罗客寓。

题罗铭《华山图》

崎峰壁立压秦关，老树岩花冷云间。
世上多少涂抹手，何曾梦见罗华山。

一九七六年十一月，余适西安，往谒罗铭先生，请以作画示范，老人欣然命笔，写《华山图》《竹雀图》二帧见赠。唯《华山图》，先生似不能称意，遂不署款识。余携归得俚句以志之。

跋潘受书法墨迹

余观潘受先生之书法，厚重秀拔，品格不凡，远窥颜平原之堂奥，近得何子贞之风神，笔精墨妙，共仰千秋，偶发清思，或见古稀老人挥毫之倩影也。

题黎泉简书《千字文》

陇上名家号黎泉，书迹书论称大贤。

简牍千文今日看，挥毫落纸岂等闲。

初疑紫燕凌青竹，翩翩飞来自居延。

又似鲲鹏腾北溟，大翼扶摇而图南。

墨池渥洼深几许，龙马跃出生白烟。

惊闻高天雷电急，须臾笔锋扫楼兰。

翰逸神飞不可羁，青光九道射祁连。

凉州沙州几万家，家家粉壁墨团团。

张伯英、索幼安，古来书家属陇垣。

敦煌宝藏世所珍，若已有园尽搜研。

小楼月高人不寐，临池消得身憔悴。

沉潜九渊探骊珠，初师简牍后篆隶。

熔铸今古成一家，羡君墨妙千秋岁。

时在癸未秋月步韵

跋孙其峰函札

当代书画名家孙其峰，吾之良师益友。先生山左招远人氏，生于一九二零年，执教津门数十载，培植桃李满天下。向仪先生人品之高洁，艺事之精湛，遂赴沽上谒拜焉。识荆二十余年，偶有过从，多受教益，接席侍座，如沐春风，临歧握别，勉励有加。又每以书画大作见贻，迄今隐堂庋藏先生之墨宝不下十数幅，幸何如之，幸何如之。先生厚我，令我终生不能忘，亦不敢忘。甲申岁尾，忽接先生自招远电话，声音如昔，风趣依旧，虽为八五老人，然精神健旺，作画不辍，又言将以新作见惠，我自感动不已，竟忘却说一句感谢话。日昨整理师友简札，检得先生所赐宝函六通，拟付装池，理为一卷，日后偶作展玩，如对先生，如闻謦咳，乐何如之，乐何如之。

跋《广武令赵郎奴造像记》

定襄县七岩山有磨笄洞，祀惠应圣母，乃祭磨笄夫人也。《史记·赵世家》有记载：有灵光寺，乃千佛洞也，为东魏之遗构。二洞之内外岩壁有北魏、东魏、北齐以及唐宋之摩崖刻石和造像碑多多，余居忻之日，尝往拜谒摩挲，坐卧其下，尽日不去。丁亥八月十九日再访之，惊见赵郎奴造像崩塌回光窟左下路边，巨石倒卧，乱草半掩，不禁神伤，急请焦君搥拓，仅得上层佛龛造像及两边题记。造像三尊，为一佛二菩萨；题记六行，分列左右，若对联状，而行文连属，有"大齐天保七年九月壬朔一日壬寅""广武令赵郎奴""敬造"等字样。字为楷书，自具魏晋风韵，呈隶意，结体疏朗，笔姿劲健，诚为佳构，奈何久处山林，罕有知见者，特为之记。

题案头杏花

戊子清明后五日，偕文成、新华学棣往顿村西坡赏杏花，兴尽，内子效英折二小枝以归，置诸清水瓶中，方一夕，花大放，盈枝如雪，冷艳天工，别眼相看，俚句初成：

杏花林中觅小诗，折得蓓蕾两三枝。
斜插胆瓠成清供，一夜竟放冰雪姿。

题窗前月季

隐堂北窗下，手植月季，倏忽已八年矣。每春朝秋夕，徜徉花畔，今见枝干高者过人，低者亦二三尺，花头百数个，或红或白，风姿绰约，其香氤氲，余每驻足引颈，以鼻近花，若蜂蝶吮蜜然，人或见而窃笑："好个痴老头！"余自不知。戊子四月。

题婺源龙尾砚

岁在戊子暮春之初，余适婺源。一日过李坑，于街头，见有售龙尾砚者，其形朴拙，其质温润，而其色绿中泛紫，甚是可爱，遂检一枚小而易携者购得，置诸隐堂几案上，读书之余，把玩不已，偶见研池中之纹理，流美自然，韵致无穷，正皖南山水之再现者也。

题赠王一品斋笔庄

笔参造化墨留香，天马西来阵堂堂。
问渠那得书如许，为有湖颖一品王。

智明法师

智明法师，俗姓邹，名德全，一九七三年二月生，黑龙江七台河人氏。年十六，出家于成都昭觉寺，师事清定老和尚。五载学修，勇猛精进。二十有三，遵师命，来五台山华严谷口，结茅能海上师塔下，守塔十数年，含辛茹苦，备受冻饿，而发愿重建金界寺。寺乃宋之相国张商英在晋时所复建，后毁，仅存一址，余惟断碑残瓦荒烟蔓草耳。

戊子秋月，仆过台山金界寺，见一僧人，甚为俊伟，驾一吊车，忙于工地之上，而新建之大殿，已具规模，气度恢宏，雕琢精微，诚台山复建寺院中之佳构者。伟岸之僧，正为智明，年方三十六，与之晤谈良久，益见其志行苦卓，颖悟敏慧，亦今僧中之英杰，且常以笔墨作佛事，遂与之游。索书"能海上师纪念堂"额字，客中，不敢草草命笔，归以恭楷寄之。

跋本焕老和尚书血经

岁在己丑初夏，于深圳弘法寺，谒见百零三岁本焕老和尚。聊披开示，豁然有省，得是一代高僧，具正知见，正赵朴老诗赞本焕禅师句云："定力能经沧海变，丛林尚有典型存。"据云七十二年前，法师学修五台山碧山寺，起大悲心，发大深愿，刺血为墨，书写经典，夜以继日，成十二卷。此《大方广佛华严经普贤行愿品》，正是其一，亦是今日仅存之手泽。余自深返晋，携普贤行愿品血经印品一册，置诸隐堂案头，时作展对，每受启示。学佛如是，学书亦如是，当发大愿，承继传统，效仿先贤，身体力行，积学储宝，修身养性，广采博览，取精用宏，不落窠臼，远离时风，不求速化，入古出新，不分顿渐，俱有妙用，不为物彰，勇猛精进。

题沁水西峡

沁水西峡之幽，堪与青城媲美，野逸之趣而或过之，今人之知之者甚少，何以故？惟乏文人墨客题咏耳，其名故不彰。所幸名不彰，青苔美石，得免践踏而野趣常在焉，幸甚幸甚！

苏皖行题记

岁在己丑暮春之初，与内子石效英偕潘新华、黄建龙二君，有苏皖之旅，下扬州，游瘦西湖，过廿四桥，登平山堂，谒大明寺；经瓜洲，渡长江，抵镇江，览金焦之胜，寻北固之幽，摩挲瘗鹤之铭，长歌稼轩之词，不亦快哉。转赴当涂，凌采石之矶，拜太白之墓，赏林散翁之法书，其乐也无穷。至滁州，探琅琊之深秀，访醉翁之醇香，怀欧阳先生与宾客之游也。于南京，谒中山之崇陵，攀灵谷之高塔；徜徉夫子庙前，漫步秦淮河畔，徘徊鸡鸣寺中，小憩豁蒙楼上，纵览台城柳色，眺望玄武烟水，六朝余绪，顿涌心头。此行也，遍访胜迹，重温名篇，归来记之，以为他日之怀想耳。

跋元好问《西溪二仙庙留题》拓片

岁在辛巳十月，赴陵川访红叶，于西溪二仙庙，在过殿后壁，见嵌有乡贤遗山先生诗碑一方，诗云："期岁之间一再来，青山无恙画屏开。出门依旧黄尘道，啼杀金衣唤不回。"向读遗山集，不见此诗，遂请工槌拓一纸以携归，校之忻州野史亭刻石，疑为金章宗泰和五年（1205 年）之所作，是年先生年方十六，诗乃今之所见为最早者。其碑刻当为后人所补镌，跋语剥蚀，不可竟读，其书也不类先生所跋米元章《虹县诗》墨迹。

傅山诞辰四百周年醉书

傅山诞辰四百年，我今年方六十九。
挥毫欲书丈八幅，把酒先饮三五斗。
五乖五合尽忘却，四宁四勿偶遵守。
万里雷电腕底来，千秋溪藤生奇丑。

题贺兰山岩画《双驼图》

行尽大漠，入此贺兰。

腰肢虽瘦，脚趾未残。

濡沫将尽，喜得甘泉。

精进不已，相伴永年。

题贺兰山岩画《双鹿图》

贺兰山中，呦呦鹿鸣。

和乐友之，偕我同行。

适我隐堂，时对嘉宾。

人之好我，与之相亲。

题范越伟所藏朱拓丹凤画像砖

朱拓丹凤，面东朝阳。

口衔佳珍，献瑞呈祥。

时见起舞，时或高翔。

偶闻鸣唱，如笙如簧。

歌之颂之，其声琅琅。

风调雨顺，丰稔稼穑。

四海安宁，大地清凉。

庄严国土，万寿无疆。

题白永平赠梅桩

隐堂谁赠梅桩？已是三度花开。

月淡数枝影动，风轻几度香来。

我欲移之绢素，下笔颇费剪裁。

安升远四山摩崖写经拓本赞

四山摩崖，国之宝藏。

北朝刻经，排岩列嶂。

虎踞狮蹲，书中龙象。

安老传拓，功德无量。

助我临习，天风浩荡。

跋柯璜《芭蕉图》

黄岩柯定础先生，名璜，别署绿天野人，吾之师也。辞世近五十年，而所作《芭蕉图》，挺然高标，飒然临风，正绿天斋院旧物者也，移之绢素，传诸千年，或以沙门不坏之身视之，不亦可乎。岁在庚寅冬月，志刚友兄得于并垣拍场，携以见示，暂留隐堂十数日，得以亲近先师手泽，朝夕相对，此乃胜缘也。赏其韵致，笔参造化，墨沈淋漓，非大家者不能为也，灯前月下，直疑白阳青藤再造耳。

跋屈兆麟寿星图

先叔祖佩伟公，与前清画院如意馆画家屈兆麟相友善，屈每有画作赠公，此寿星图，为其一也，辗转八九十年，传至隐堂中，已复破旧，款字几不存，所幸钤印尚完好。月前文安兄为之揭裱，谨题数字，以志其传承耳。辛卯重九。

跋常赞春函札

右常子襄先生致小亭老哥手札十七通，徐徐展对，喜见灵翰飞动，古香扑面，亦吾晋近代书家之《十七帖》者。其函札，资料丰赡，记事翔实，颇可稽当年晋中书坛之掌故也。而先生之人品、学养以及性情思维皆尽现此中矣。呼之而出，晤对于隐堂之中，诲我良多，欣然而记之。时在壬辰中秋节，微醉命笔。

跋赵延绪山水

文友王利民携缵之师背抚蒙泉外史大意山水轴见示，悬诸粉壁，赏对良久。但见山峦起伏，海天空阔，而近岸丛树披离，水阁高耸，阁中幽人，凭栏远眺，神态闲适，其境界之清寂，其意趣之无穷，正见先师之情怀也。而其笔墨苍润，气息高古，诚师作之佳构者也。惟款字中"己巳"当有笔误。师享年百零二岁，一九二九年值己巳，尚无此笔墨，一九八九年再逢己巳，时入暮年，其画格又非此等韵致。以此作风格，似写于一九四九年前后，或为"己丑暮冬"当可近之矣。

跋"山西省首届书法篆刻展览题辞"

月前乡友王君携"山西省首届书法篆刻展题辞"见示，内有吾师柯璜先生署签。容庚、王葵经、常国棨、罗元贞、陶伯行、马鑑臣、吴连城、宁绍武诸前辈之墨迹耀然眼前；尚有小子吾之恶札竽列其中，虽为二十三岁之少作，然字非字，诗非诗，今日读来，徒增汗颜，无怪彼之作者毁其少作，比比皆是。吾之少作，今为他人作者，毁之不得，自是笑柄者也。题词诸老大多作古，唯姚奠中先生得百岁高龄，时有把晤，日前曾陪老人谒忻州遗山祠，尚题百字长篇，足徵老人体笔双健，思维敏捷，诚为学界之人瑞也。题辞中有姚老诗三首，词一首，五十年前手笔，观之，令人艳羡不置，而山西省首届书展洋洋之题词，亦为吾晋书法活动之轨迹，能不宝而存之乎。

跋董寿平狂草联

余尝居五台山显通寺，于大雄宝殿见一抱柱联，乃洪洞董寿平先生九十以后之手泽也，其书一反常态，以狂草出之，正所谓落笔如风、覆却万变，大有醉素奔蛇走虺之气概，老年变法，愈见神采，此或蛟龙腾鹙，雷电飞升之象偶现欤。特为之记。

跋董寿平《墨梅图》

癸巳上元夜，蟾光入户，雪窗空明，展对董寿平先生

《墨梅图》，但见疏枝横斜，似觉暗香浮动，犹行孤山道路上，偶值处士家中，鹤鸣花放，清气逼人，不知其为诗境耶？画境耶？而或梦境耶？久之神回，谨题数语以应志刚友兄之属。

跋周退密书《兰亭叙》

四明周退密先生，吾之忘年交者，曩游沪上，曾往谒拜，亲接謦咳，慧镜圆照，正蔼然博雅之大家也。日昨获观所书《兰亭叙》一卷，清雄劲健，神完气足，师心匠意，变化超妙。先生以九六之高龄，走笔豪迈，运斤成风，若非仙班人物，焉能书此面目。文友张磊仁兄，幸得是卷，当珍藏什袭，永以为宝也。岁在庚寅之夏月，偶题于隐堂南窗之下。

跋卫俊秀"书城有乐"墨迹

观卫老晚年之书，任情适意，平淡玄远，如听天籁，心生禅悦，似饮甘泉，香留舌本。赏读"书城有乐"墨迹，犹见先生坐拥书城之倩影也。把卷而读，乐何如之。

题张颔法书册页

品读张颔先生法书，似瞻绵上古佛，神情肃穆，法相庄严，令人起敬；再观文字简札，幽默深邃，耐人品味，深有意焉。岁在辛卯五月一日，小荣携是册过忻索题，不免佛头着粪者也。

跋张颔书李白诗卷

曩游峨眉山，小驻万年寺巍峨宝殿楼上，夜听蛙声如琴然。寺僧曰：此本寺弹琴蛙所鼓耳，其蛙乃蜀僧濬之转化者。遂披衣下楼，循声而觅蛙，但见清泉明灭，碧草披离，而蛙终无缘一面。僧之言，姑妄听之。今忽值颔老所书太白《听蜀僧濬弹琴》诗卷，复忆昔游之见闻，不知前辈可闻此传说不？

题郭宝厚画梅

宝厚先生喜欢梅花，尝于邓尉香雪海中，问梅消息；又于孤山岭头，探梅踪迹，归来写梅，忘却倦怠，黉夜秉笔挥毫，不知东方之既白。

题杨建忠治印

太原印人杨建忠，善书法，精篆刻，尝以为吾所治印章数枚见赠，赏其所作，能传赵叔孺、陈巨来之神韵，婉丽工致，楚楚动人，正胎息松雪道人元朱文者，令吾想见其奏刀切玉之时，其声驳驳，骦然铿然，亦复可喜。杨君正当盛年，假以时日，勇猛精进，当执吾晋印坛之牛耳也。

题白爽印谱

方寸谁言小天地，铁笔君作大文章。
更兼书画成三绝，人中爽爽过子朗。
《南史·何思澄传》，子朗早有才思，周舍每与谈，服其精理。世人曰：人中爽爽有子朗。今人白爽，别署三爽斋，其才思敏捷，不独印坛有声誉，若书画文章，亦多有建树。昨以《三爽斋印存》与《天干地支六十年印纪》印谱见寄，勉题数语以归之。时在壬辰夏月。

题景俊勤书法

景俊勤之书法，祖述二王，于《圣教序》用力尤深，故其所作，行草书，笔画精稳，且富神采。时或稍加放旷，迹近苏米，亦复恣肆可爱。而其小楷书，以墓志碑版出，结体妙丽，韵趣高古，则见其新变也。

题王朝瑞《镇海松涛图》

癸巳五月一日，偶理旧物，得见朝瑞所惠《镇海松涛》小青绿一帧，乃写五台山镇海寺之一角也。古寺钟磬之声，犹传耳际，松涛泉韵，尚溢楮墨间，而朝瑞西去，忽忽五年矣，读画神伤，掩卷泪下，匆匆为记。

自题临王羲之《豹奴帖》

见古今法书名迹，匪不摹写，先观其神采气韵，后察其点画形质，偶有会心处，遂命笔临习，虽不逮其十一，然间有创获，则心生欢喜，其乐趣亦无穷。

自题《邓石如长联》钩填本

余少年学书，苦于无法书名帖，偶见师友所藏者，则借观数日，品读之暇，双钩廓填，得一副本，置诸案头，次第临习。其勾勒之举，补益尤甚焉。此乃五六十年前事，今见箧笥中，尚存旧物，睹迹怀想，书以志之。

题《鲁公书画赞碑阴》

余幼而学书，初摹柳公权《玄秘塔》，继临颜真卿大字《麻姑仙坛记》，于颜书，爱其雄浑壮阔，伟岸绝伦，以故用力尤勤。一九六五年过太谷，购得鲁公书《东方朔画赞碑阴》旧拓本。不一岁，浩劫十年始，书画典籍，尘封高阁，不复研习。癸巳夏，再过太谷，弹指已愈四十八年矣，复忆昔年购书之窘迫。归忻捧读《有汉东方朔先生画赞碑阴之记》，但觉墨香四溢，印藏鲜焕，有"铁轩审定""曹氏家藏""曹氏振镳宝藏""铁轩平生真赏"等印记。知是册为"三多轩"之旧物。对此墨宝，不禁伎痒，援翰临写，不知能否得其万一也？

跋郑诵先二札

富顺郑诵先先生，精书法，为近现代章草大家，余上中学，即以其所著《怎样学习书法》《各种字体源流浅说》二种为读本，初涉书翰，蒙以养正。后偶然得见研翁墨迹印品，辄揣摩研习，颇发心智。癸巳冬，幸得先生二短札，不独法书古朴圆融，妙造天成，即其文字，谈买花之事，亦见其清兴高致也，而论学书，虽寥寥数语，亦度世之金针。遂置短札于座右，永以为"师表道范"者也。

自题山水画旧作

拙作山水画《一镜峡中开》《溥沱烟雨》二小幅，为志刚友兄购得，携以索题。此余五十年前之旧作，见之一喜一叹。所喜者，于此中，得窥少作面目之一斑，以古人之笔墨，写眼中之山水，画虽稚拙，而气象则初具焉，是谓之喜也；其所叹者，吾之旧作，抛撒殆尽，百不存一焉，且近年来，疏懒成性，几不作画，见此少作，徒增愧叹耳。

跋海南书作

甲午初春，自正月初八居海南五指山中，至春分时节返晋北。其间四十余日，于游山观海、读书赏花之暇，则临池作书。以其地多水气，纸故湿润；多林木，且富负氧离子，人故畅适。每挥毫，笔下清气滃渤，墨沈淋漓，顿下十数纸，且多巨幅。窃喜山光云影、花香墨韵溢出指掌间，不也快哉！

元好问怀乡诗碑林序

诗人元好问，金亡不仕，专事著述。鸿文巨制，出入于汉魏晋唐之间，古调乐府，追配古人，时之学者，罕有匹敌。余居公乡秀容，垂五十年，案头常置先生之诗文卷帙，开卷吟诵，掩卷咀嚼，时有感悟，则兴然命笔，或直录遗文一二段，或写题跋三五行，先贤人品学问，惠我多多，临纸骋怀，肃然起敬。

先生墓园，自忻州刺史汪守愚重修已来，越二百余载，中间虽有修葺，奈何风剥雨蚀，终归荒落。余于"十年浩劫"中，初往谒拜，但见残垣破壁间，断碑扑道，空亭漏雨，牛羊砺角于翁仲，狐兔出没于亭堂，斜阳夕照，触目伤神，面对寒丘，不能久立，披蔓草以择路，心怅然而归城。

复建遗山祠，重修野史亭，亦当今盛世之盛举也。续接文脉，继往开来，树金元文宗之大旗，扬忻州文化之雄风。感姚奠中先生之倡议，幸有关领导之运筹，精心设计，悉心指导，祠宇已然开放，墓园也复一新。新辟碑廊，集元子怀乡诗数十篇，邀海内学者以命笔，倩书坛大家为挥毫，镌墨宝于贞珉，飨游人以吟哦。伟哉遗山老，乡思动河汾；声闻八百载，犹得仰风神。

陈巨锁序并书

66

阅读宋克

宋克（1327 年—1387 年），字仲温，一字克温，居南宫里，自号南宫生，吴郡长洲（今苏州吴县）人。在书法上，当时与宋璲、宋广、沈度、沈粲齐名，有"三宋二沈"之称，然其书法成就与影响，诸子远不能与宋克相比肩。宋克又善诗，与高启等十人著称诗坛，号称"北郭十才子"。能画，尝作竹石丛篁，亦为人称赏。

据记，宋克性豪爽，身伟岸，喜走马击剑，任侠好施，以至家产殆尽。于元末，北走中原，举义起事，未料中道受阻，不能如愿，遂转亲山水，泛长江，下金陵，游金华，过会稽，搜奇览胜，寻幽探古。归家则潜研书画，专心翰墨，亦曾师事饶介，间接康里子山书脉。

洪武初，宋克曾任陕西凤翔县同知，然性本放浪，岂能适应官场羁绊，赴任未几，便辞官还乡，与文友杨维桢、倪瓒等诗酒唱和，书画流连，寄情笔墨，乐此不疲，给后人留下了一份值得永远研习的文化财富。

一、宋克"庚戌七月十八日"书皇象《急就章》

古往今来，成为书家者，无不承接传统，皆以临摹古人法书名帖为不二法门，舍此手段，而成家者，未之有也。宋克，元末明初之大家，其章草书，享誉数百年。宋克初师饶介，继而临古，"杜门染翰，日费十纸，遂以善书名天下"。正青出于蓝，艺过于师者。其书迹，传诸而今，有"庚戌七月十八日"书皇象《急就章》，尤为人所称道。是时，宋克四十四岁，正当盛年，精力弥满，书道功深。观其所作，想见书家命笔时神闲气定，徐徐写来，不激不厉，洋洋洒洒两千余字，无一点苟且，无一画草率，从始至终，用志不分，一以贯之，但见结体纯正，笔致精微，足徵其作字之敬业精神。成化中，周鼎跋是卷，有句云："余所见（宋克临写急就章）盖不可指计矣。"亦可知宋克对章草临习之勤甚。而吴宽云："仲温学索靖草书势，盖得其妙，而无愧于靖者也。"则见宋克学章草，不专主一家，而能博采众长，又知其掇拾之宽且精也。

章草源于篆隶，秦末汉初即见于世，秦文隶变，赴速急就，省简为用，应运而生。至西汉元帝时，黄门令史游作《急就章》，整饬文字，规范结体，损隶之规模，存字之波磔，行笔简捷，纵任奔逸，是为草书，初具法则。后之崔瑗、杜度、张芝诸家，继其余绪，增损补益，愈臻成熟。任何一

68

种字体的产生、成熟，都需要时间的打磨，渐至定型而完善。至三国时吴皇象所临《急就章》，尤为后世所触目，虽屡经传摹搨拓，残缺严重，而波磔顾盼之神态犹见，简古沉远之气象尚存，以致后之书家无不研读临写，以为范本。

章草因今草之流行而式微，至隋人书《出师颂》，几成绝响。到元代，赵孟頫在书坛，大兴复古之风，章草书，遂为昭苏，一时书家辈出，且多善章草者，赵孟頫外，鲜于枢、邓文原、康里子山、俞和、杨维桢以及后之宋克，皆为一代大家。然以汉晋间书家与元明间书家所书章草作比较，自有古质而今妍之差别，究其原因，前者章草书，以篆隶入，篆趣隶意，从母体中自然流露，波挑神采是原生态的；而后者之章草书，其母体是楷，是行，是今草，故其面目虽存波磔，却是后天的补饰，巧则巧矣，总觉有隔，此亦时代使然，今古不同，基因所致，宋克虽一代宗匠，概不能例外。

临古法帖，不独要研习其结字用笔，体察其姿致神态，同时对其文字，亦须诵读理解，披其文，明其义，入其情，然后秉笔临写，宾主亲近，声气相投，手调适，心欢娱，下笔便有入处，所临自现神采。形质意趣既现，心摹手追愈勤，如是往复，不知倦怠，日久功深，自入堂奥。宋克临古章草，不可"指计"，所书皇象急就章，以此为最，其谨严工整，一丝不苟之临习态度，从楮墨间当可体察，令人敬佩，发人深省。

附识《急就章》，凡三十一章，以七言句为主，大体押韵。在其传承过程中，因传拓摹写，或有缺失，或有倒置，或有衍文，或有脱字，以致某些章句，今天读来，便不能顺畅。简言之，第一章总起七言五句，接则"请道其章"，便开始以三字句以作姓名之介绍，从第七章起，到第三十章止，则"分别部居"，"罗列诸物"，为丝织、为农产、为衣食、为金铁、为竹器、为陶皿、为装饰、为乐器、为身体、为车骑、为庐舍、为六畜、为鸟兽、为病疾、为医药、为风俗、为礼法……不一而绝，皆大体罗列当时之常用字和日常事与物，以为蒙童课读之需要。最后第三十一章则以四言为颂词作结，惟第十六句为三字句。

宋克所临皇象急就章，虽为精工，亦有笔误处，谨为标记："第四"中，有"聂邗将、求男弟"，误作"聂将求邗男弟"，"邗"为脱字，待发觉，遂补写"求"下。"第廿一"中，第二句"雌雄牝牡相随趋"，脱"雌"字，"第廿二"中，第六句"虐瘀痛瘀淋温病"，脱"瘀"字。"第廿四"中，第七句，"哭"下衍"吊"字，第八句"官"下衍"龟"字。"第廿七"中，第二句"诛罚"之"诛"字，误作"诚"字。"第卅一"中，第四句"臣"下衍"万"字。此外，整篇中尚存倒置脱落处，以致不能畅读上口，待后得暇，再作整理标识。

二、宋克书《急就章》（与所书《唐张怀瓘论用笔十法》相连属者）

明人周鼎有云："仲温《急就章》，有临与不临之分，临

70

者全；不临者，或前后段各半而止，或起中段，随意所至，多不全。"此篇《急就章》，正"不全"者也。与其所书《张怀瓘论用笔十法》相属，知为同时之习作。《论用笔十法》，仅书寥寥十五行，楷、行、章草并用，所谓"混合体"者，最后三行，以章草之字法，作今草之连绵，随机变化，自然天成。而所书《急就章》，止前十章。"急就章"三字，以楷书出之，可见其胎息钟王，出入魏晋，运笔洒脱而法度严谨，风神秀逸而韵致高古，与《论用笔十法》中之楷书，一脉相承。其下正篇，略去序号，连章而书，其字纯以章草出之，虽互不连属，字字独立，气贯神畅，运以己意，而不斤斤于点画之形貌，由临习而进入自由书写之状态。审其所作，因时见变体、脱字、甚而笔误者，乃知此作为背写而非对临者。诸如"急就奇觚"之"亝"作"急"。"罗列诸物"之"尓"作"尓"。"荣惠常"之"荣"字作"荣"。"乌承禄"之"写"字作"写"，"承"字误作"季"。"朱交便"之"交"字作"反"。"昭小兄"之"昭"字误作"昭"。"柳尧舜"之"柳"字作"柳"字。"萧彭祖"之"萧"字更省简为"萧"。"崔孝襄"之"孝"字作"孝"。而"聂邡将"，"聂"下脱"邡将，求男弟，过说长，祝恭敬，审"十二字。"柴桂林"中脱"桂"字。"减罢军"之"罢"字误作"罢"。"豹首落莽"之"莽"字误作"荤"。"烝栗绢绀"之"豹"字作"豹"。"素帛蝉"之"蝉"字作"蝉"。"丝絮绵"之"丝"字作"孙"。"纶组继绶以高迁"中"纶"下脱"组"字，"以"下衍"齐"字。
"取下付予"，"予"下脱"相因缘"三字，"徽饴饧"，"饴"
下脱"饧"字。"园菜果蓏助米粮"，"禾"字作"一禾"
二字状。"菜"下衍"梁木"二字，"蓏"下脱"助米"二
字。"甘麩"之"勺"字作"卫"。"襜褕袷复"，"褕"上
脱"襜"字，"褕"下脱"袷"字。"尚韦不借"中"尚韦"
改书为"裳帏"，则似有意为之。"愈比伦"，"愈"字作
"愉"等等，仅此，可见是作为书家背临无疑。亦征宋克对
《急就章》用功之勤，所得尤著。观其此作运笔，轻撇重捺，
提按有度，随心所欲而结意纯美，有若清风生树，翠叶飞动，
其声瑟瑟，其势曼妙，虽为习作，而其魅力无穷。宋克不愧
为明初书坛之宗匠，章草之楷模。

三、宋克"洪武丁卯六月十日"书《急就章》

现藏天津博物馆。宋克所书《急就章》，书于"洪武丁
卯六月十日"，乃为书家辞世前半年之作品，或可称其为绝
笔。前六章全失，第七章残部分，是为"不全"本。此作虽
曰"临"写，却纯出己意，以自家之笔墨，书古人之章句，
不拘陈法，纵情奔逸，波捺险峻，时出新致，正书家之本色，
与其个性豪放相表里，书中犹见走马击剑之风神。有以"波
险太过，筋距溢出，遂成恌卞"之诮，岂真知书者？刘熙载

《艺概·书概》有云："学书者始由不工求工，继由工求不工。不工者，工之极也。"宋克"庚戌"年所书《急就章》，乃理性之书，给人以端庄纯正、典型和平的感觉，乃临古之作，谨守"拟之者贵似"的法则，力求古质，以追前人之韵趣与气象，是为作者"求工"之作，笃行敬业，乃书家成功之门径。而其"丁卯"年所作，则为感性之书，落笔千字，徜徉恣肆，跌宕起伏，适意任情。虽为放逸，却不失简古沉雄之根本，正"由工求不工"者也。其结体运笔或有过之，即是缺点，却也正是特点。有此特点，宋克方为宋克者。入古以出新，继古以开今，成大家者，无不具自家面目，读某甲某乙之书迹，便见某甲某乙之须眉。舍此须眉，某甲某乙为谁，则难言矣。观此作，尚见作者精神健旺，健笔凌云，孰料不到半年时间，这位年仅六十一岁的章草巨擘便与世长辞了。

　　此残卷在书写过程中，也有衍、脱和笔误，诸如第15行，"莳"下脱"介"字。第21行衍"缕"字，后已点去。第44行"疏"字误为"流"字。第59行"颈"下脱"项"字。第85行"雄"上脱"雌"字。第86行"鹄"下脱"雁"字。第99行"苓"字误作"答"字。第105行"保"上脱"社"字。第139行衍"檄"字，为改写。第142行"街"下脱"术"字。

四、宋克书孙过庭《书谱》与张怀瓘《论用笔十法》

读书史、书论，熟悉书法发展之历史，明了书体之流变，探索书法之传承，品藻书家之高下，赏鉴书艺之特色，解析书法之技术，或为长篇巨制，或为零星短章，总观之，则各抒己见，包罗万象，以故，书史、书论，向为历代书家重视，宋克自不会例外。从其所书孙过庭《书谱》与张怀瓘《论用笔十法》，即可窥其对书论研读的认真。孙过庭，工楷书、行书、草书，尤以所作草书为著称，宗法二王，得其法脉，"垂拱三年（1687 年）"，所书《书谱·卷上》，文章文辞简约而章句典丽，义理明晰而旨趣深邃，略论汉末魏晋之书家，叙书家品性修为到书作之形质性情，探章法与笔法之变化，解"平正"与"险绝"之关系……无不探幽索微，诠释详尽，颇能开启后学之器识，弘扬既往之风规。孙过庭尚工章草，有传所书《佛遗教经》一卷，亦为后人所珍重，多有摹写翻刻者。宋克对此同乡先贤之书论、书迹，定是仰之敬之，钻研临习，不知倦怠。而开元中书家张怀瓘，虽其书迹鲜见，而吕总《续书评》有云："怀瓘草书继以章草，新意颇多。"《书史会要》亦有云："怀瓘善真、行、草、小篆、八分。"仅此，即可知张怀瓘所作章草书必能入古出新，篆情隶意流溢楮墨间。而其书论，乃为学书之度世之金针，宋克见之，奉为圭臬，抄录《论用笔十法》，当为其佐证。

克之所书《书谱》与《论用笔十法》，皆以"混合体"出之。楷书与章草互相生发，各尽其妙，又能神韵相谐，血脉通贯，谋篇布局，新意独创，则为宋克一家特有之面目。前言楷书清和淳雅，而不失灵动洒脱，章草运笔谨守楷书法度，点画笔笔到位，二体对接呼应，若合一契，天衣无缝。想见书家作字时，研习书论之余，摄其旨要，会通精义，然后端心正念，伏案作书，或楷或草，如山间流水，浪石飞花，如闲云在天，卷舒自如。而其终篇，无一笔之苟且，诚一代之典范，传诸而今，亦稀世之遗珍。其所书《论用笔十法》，前已论及，乃为率意之作，由楷而行，由行而章草，由章草而今草，行笔渐见急速，而整体则和谐统一，俯仰呼应，融合映带，楷不板滞，草能凝重，亦见其书论之精神。

以上两件书迹，皆为残本，已难觅其年款，而其风格，与"庚戌七月十八日"所书《急就章》相仿佛，当在元至正末到明洪武初之间。

五、宋克的草书

宋克草书，今之存世者，有"至正己丑七月廿八日"所书《进学解》，时值公元 1349 年，宋克年方 23 岁，少年意气，犹见豪端，把笔疾书，有奔蛇走虺之气势，或一行一笔，连绵直下，有如高山坠瀑，远绍颠素之纵迈，近汲子山之超脱；或一字独立，若岭头之孤松，波磔顿现，画如屈铁，时见章草之意趣。弱冠之作，骨力劲健，书道功深，一代宗匠，初见端倪。而其34岁时，即"至正二十年（1360年）三月"所书《唐宋人诗卷》（旧题《宋仲温录唐人歌》），则为另一境界，书家经十数年磨砺，火气退尽，品自日高，笔下简劲沉稳，体势娟秀妍美，行笔不激不厉，能传二王韵致。此作是今草，又多章草意趣，今妍中不乏古质，是为宋克之力作。此外所书《刘桢公讌诗》立轴，则见其放笔流走，挥洒自如，以章草为根柢，作今草之面目，风度翩翩，允为佳构。然宋克所书今草，虽有姿致，总不脱章草藩篱。在中国书法史上，特别是元明之际，宋克的章草书，不愧为一座高峰，可谓影响深远，后来之学章草者，亦多承其法脉。

2014年8月15日于隐堂

答《中国文化报》续鸿明问

1. 您刚刚出版了《隐堂游记》，请介绍一下此书内容，以及您推出此书的考虑，对"游记"这个文学体裁的认识，您为何喜欢写游记？

从小山居，便喜欢上了故乡的山水，大学时专修中国画，知道了"外师造化，中发心源""胸罗丘壑""造化左手"的道理，便发心"行万里路，读万卷书"。在中国画中，尤喜画山水，便寻求机会，经常外出写生，足迹遍华夏，跑遍了祖国的山山水水。作画之余，写点文字，以记游踪，归来，剪裁整理，便成了所谓的《隐堂游记》。写生也好，为文也好，眼中之景为"景境"，对之，有取舍，有提炼，有夸张，有概括，有集中……而心中之景为"情境"，触景生情，所画之画，所作之文，便有寄托，有情绪，有思想，浓而不华，淡而不薄，味之象外，能见性灵，虽不能至，心向往之。所作力求意境幽深，韵趣绵长。当然这些意愿，每当动笔之时，是不曾考虑的，下笔为文，一任自然，有如写字，任笔挥洒，不知有我。

《隐堂游记》分卷一卷二，共收文章七十余篇，乃隐堂游踪之记录，详者细者，稍事铺陈，简者略者，仅记行迹。

文物古迹，山水胜境，或苍穹，或野逸，或见乡俗，或闻天籁，只有拣选，绝无虚构，求真务实，质朴平淡，似无可观。结集出版，亦敝帚自珍，不忍在寒馆逆旅中一笔一画行诸文字的心血，在短时间内风飘云散。读者诸君，在拙文中，或可卧游，或生遐想，或有得稍许怡悦者，我便知足了。

2. 请介绍一下您幼年、青少年时期学习书法的经历。

幼年、青少年时期，一开始不懂什么是"书法"。初上小学，有"写仿"课程，每日写"仿"一纸为作业，大楷周围，写满小楷，"仿引"是教书先生题写的。作业由先生用朱笔批改，在字旁标有"圈""扛""叉"，为"好""差""错"。若能得"双圈"便是先生对作业的肯定和褒奖，习字的劲头会更大。幼年时虚荣心强，我多次得"双圈"，便对写"仿"下功夫，兴趣也渐渐培养了起来。课外还得到一本所谓的《王羲之草诀百韵歌》，便开始背诵和临习，以至把"草圣最为难，龙蛇竟笔端"等草诀背得滚瓜烂熟。高小二年，开始对临柳公权《玄秘塔》和颜真卿《大字麻姑仙坛记》。中学六年，在美术老师段体礼先生的影响下，开始在课余钻研美术和书法。段老师当时已是山西知名的书画家，国画作品在1952年参加全国展览，所书小篆作品，在晋陕，也颇有名气。在老师的指导下，创作美术作品，参加崞县的展览活动，也为县小报题写栏目标题，在学校，开始为老师和同学书写条幅、扇面等，壁报、板报更是自己发挥作用的阵地。图书馆有限几册书画集，记得有《中国艺术传统图录》《文物精华》《丰子恺儿童漫画集》等，便是自己研读和临摹的对象。还曾在范亭中学的教导处举办过一次习作展览,算是一次学习成绩的汇报吧。

3. 您在大学时除了自学古人法帖外,有哪些老师对您学习书法有过指点?

在大学时,山水画家赵延绪老师,1924年毕业于日本东京美术学校,于书法对《郑文公碑》和颜楷颇有造诣,遂跟赵老师学魏碑;花鸟画家王绍尊老师曾师从白石老人学篆刻和写意花卉,王老师且富收藏,经常为我展示他的书画藏品,也为我选购碑帖,所憾不曾跟王老师学治印。校外有柯璜先生,浙江黄岩人,29岁时毕业于京师大学堂,历任山西大学教授,山西图书馆、博物馆馆长,北京故宫博物院陈列室主任,重庆西南艺专校长,全国政协委员等职务,是著名书画家,1957年,定居太原。我于1960年考取大学,时往谒拜先生,请益书画,并为其理纸研墨,笔墨侍奉,得以观其做字,耳濡目染,受其影响甚深。先生毕生研习"阁帖",所作气势开张,法度严谨,骨肉停匀而韵致超迈。晚年作字,每以章草出之,寓巧于拙,更见朴茂浑古。其时也,柯老每以自书毛泽东诗词拓片和墨迹手泽等见赠,我则认真临习,一时间所书作品参加省城书画展览,多呈柯老面目。其间,有山西省博物馆副馆长梁俊先生见告说:"柯先生已是87岁的老人了,你才是20多岁的青年,你的作品,一派老态,要学章草,临临宋克的字,会有大的改观。"我听了梁先生的话,决心脱去"一派老态"的警告,开始在古籍书店等处寻觅宋克的法帖。

4. 您大学时专修国画，后来以书家著称。如何看"书"与"画"两者的关系？您在哪方面下的功夫更多？

尝闻李苦禅先生见告说："书至画为高度，画至书为极则"。古往今来，凡善书者多能画（指中国画，后同），善画者必学书。画家陆俨少先生每日工作 10 小时，3 小时作画，3 小时练字，4 小时读书，我受其启示，当年作画、练字、看书三不误。

画家不写字、不读书，徒成匠作，读书、写字当是画家的必修课，也是画外功。书家画画，在韵律，墨法章法上会有感悟。"书画同源""书画互补"。君不见今之一些国画家，本来画画得不错，一经题字，便被污染，一幅好端端的画作变成了下品或废品。

我学画时，视书画同等重要，外出写生，废寝忘食。1975 年初上黄山，在山 22 天，作毛笔写生 91 幅，以致口齿生疮，疼痛难耐。所幸在山邂逅李可染先生，得先生谆谆教导，并赐题"天道酬勤"四字为勉励。有《黄山写生记》志其始末。有《三上华山》一篇，文中曾记录在华山写生的状况。特别是 1976 年 11 月，在冰天雪地中，于零下 28 度呵冻作画 11 幅，以致感冒，卧病临潼，高烧不退。此中皆可见我对山水的热爱和对画山水的迷恋。此外，每外出在北京、上海、广州等大城市，总要挤出大量的时间，在故宫和各地博物馆仔细观摩书画陈列，并作文字记录，得《云烟过眼录》数册，亦见我对绘画用功之勤。唯当时全国美展，提倡主题性创作，以人物画为主，山水花鸟只作点缀，在大展中，有几位老画家的作品足矣，以故我虽有大量的写生稿，却真正认识进行创作的作品不很多，随着时间的推移，由于参加全国的书法活动比较频繁，我便阴差阳错的由画家行列步入书家队伍，由于近年来的疏赖，作画便愈来愈少，偶有展览相邀，才勉强画上一两幅见诸画册，朋友们才想起我原来是一位掉队的画家。

5. 您在人生的各阶段最喜欢的古代书家有哪些？对他们的认识有过怎样的变化？

我的青少年和中年，是处在一个碑帖十分缺乏的时代，偶尔能淘到一本碑帖，便会作认真的研习，总是见一本爱一本，临一本，凡古代书家的作品都喜欢，似乎没有选择的余地。颜、欧、苏、黄、米的作品，都做过范本。在大学阶段，王绍尊老师为我购得一本日本影印本《澄清堂法帖》，很长时间内我便临习二王的作品，觉得晋人书法的神韵、气息、风致尤为高雅，而结字、章法又能潇洒自如，观其书，犹见《世说新语》中魏晋人士风度，一段时间内，昕夕相对，心摹手追，似有所领悟晋人法书风韵。

其时，身居太原，得暇便到"纯阳宫"观赏傅山书法墨迹。"纯阳宫"为山西省博物馆二部，长期陈列馆藏傅山传世精品，我每次入馆，逐幅观摩，诵读文字，品察气韵，解析运笔，探索用墨，同时以硬笔在随身所携带的速写本上逐幅钩摹，几于废寝忘食。观摩日久，体察日深，此段时间内，每作字，亦呈傅山体貌，以故，王学仲先生评拙书有句云"绍米颠而旁汲青主"。

此外，在大学期间，因酷爱东坡著述，对东坡书法亦倾心临摹。1964年在广胜寺临摹壁画期间，一本黄庭坚小行楷法帖，也临得津津有味。因题工笔画之需要，也曾认真临写过一段赵佶的"瘦金书"。

"文革"十年，僦居忻州文庙，借得一本《宝晋斋法帖》，日日晤对，临写不辍，远离"批斗"，"逍遥"其中（其时我没有积极参加"文革"运动，有人送我"逍遥派"称号），学业日有所进，终算没有虚度光阴，今日想来，也颇感欣慰。

其间，因参加展览筹备工作，为写展标、语录、标题等大字，又对"郑文公碑"作了深入临习，每有书写，皆以魏碑出之。

工作以来，每外出，不忘访碑，先后在泰安、曲阜观摩汉碑；在掖县云峰山，在洛阳龙门石窟，参访魏碑；在泰山经石峪观北齐人大字；在镇江摩挲瘗鹤铭；在登封赏"嵩高灵庙碑"；在集安读"好大王碑"；在正定寻"龙藏寺碑"；在西安读唐碑……所到之处，购买有关资料，归家作一些粗疏的研究，也算是不虚所行。

近三十年来，其精力虽多专注于章草的学习，同时对历代书法精品，凡有所遇，皆不放过观摩和品读的机会，在台北故宫，观摩"毛公鼎"和"散氏盘"以及宋人手札，只是来去匆匆，未能尽兴。

我于碑帖，师友褒奖为"广采博览""熔铸百家"，冯建吴先生有句云"三绝风流粹一堂，铸熔今古出新章……"实则，我于古代书法作品虽有广泛涉历，然多浅尝辄止，未能深入堂奥，不曾探骊得珠，深以为愧也。

古代书法，在发展流变过程中，形成了不同风格，不同流派，众多书家，各具特色，各呈面目，在传承中，均起到了承前启后的作用，在历史书法坐标上自有其应有的位置。而我等后人，由于学养深浅有别，审美趣味各异，取法前人，自有取舍。我则兼收并蓄，以为营养。惟深爱者，则亲近之，尚未领略其要妙者，暂作疏远，而绝不唾弃，更不敢妄自尊大，信口雌黄。

6. 谈谈您在章草上的取法对象和学习经历。您怎么看章草的演变史？章草要有自家面目，难在哪里？

二十世纪六十年代初，到太原上大学，校外从黄岩柯璜先生学书法，效其面目，自不知步入章草范畴，经师友指点，广搜章草碑帖，奈何难得一二。其时，王羲之《豹奴帖》、王献之《益州帖》便是我反复临写的范本，只是有限的几行字，实在不够用。后来得到一本赵孟頫的《六体千字文》，其中的章草体，就成了我师法的对象。

相继又看到俞和的章草题跋和宋克所书的陶诗等印品，凡是能看到的，都作认真的观摩和临写。1964年广东画家方人定先生在山西大学作章草演示，给我留下深刻的印象，1973年我在广州参加广交会的筹备工作，抽暇携拙字拜访了方先生，先生以解缙句抄示：

隶者篆之变，章草又隶之变也，虽益趋于简便，而要以不失古意为良。若形肥而神滞，皆后世之俗流，笔精而意畅，在近古以为难得也。

寥寥数语，大受教益。后在郑州访问了谢瑞阶先生，谢老乃弘一法师弟子，所作章草得《月仪》诸帖意趣。向老人请教章草之道，先生以"章草隶之草也"或谓"草隶亦可"，言简意赅，启迪后学。随着时间的推移，所见章草碑帖日多，以《出师颂》墨迹本等为圭臬，研读临写，不计其数。亦曾临写赵孟𬱖、邓文原、宋克等所书《千字文》，终觉元明诸家章草由今草入，而古章草由篆隶入，就高古浑朴，元明人远不及魏晋以及隋贤所书章草之意兴浓厚，遂发心临摹汉隶、汉简，为章草作一基础，近人沈曾植、王世镗、郑诵先诸前辈之作品，均有所涉历。

章草源于篆隶，秦末汉初即见于世，秦文隶变，赴速急救，省简为用，应运而生。至西汉元帝时，黄门令史游作《急就章》，整饬文字，规范结体，损隶之规模，存字之波磔，行笔简捷，纵任奔逸，是为草书初具法则。后之崔瑗、杜度、张芝诸家，继其余绪，增损补益，愈臻成熟。继之者，皇象、索靖，渐至定型而完善，虽屡经传摹搨拓，而波磔顾盼之神态，简古沉远之气象，为后来者所追慕而师法。唐宋以来，章草式微，几近绝迹，至元代，在赵孟𬱖书法复古活动中，章草中兴，出现了一批善章草之书家，尤以明初宋克为杰出。我曾以《亲近宋克》《阅读宋克》为题，予以评述。近现沈曾植等诸位大家，或以篆隶为基础，或以魏碑为根柢，或取《二爨》之意趣，或汲简牍之神韵，各适其适，尽得风流。

任何成名书家，都具自家面目，我之为我，自有我之须眉，章草书家当不例外。然自家面目，皆由客观而来，非刻意追求者所能成。此取足于人品、学养、修为、意识、审美、情趣、性灵诸方面。一言以蔽之，"入古出新"，"入古"者，继承传统之谓也，"出新"者，自有我在。东坡有云："古之论书者，兼论生平，苟非其人，虽工不贵。"书如其人，"作字先作人，人奇字自古"，乃傅山先生之警训。尝以"先器识而后文艺"为我之座右铭。

7. 您斋号"隐堂"，深居简出，潜心治学，您从何时起用这一斋号，其中寓意？

1957 年，我在山西范亭中学读高中，当时买过一本潘伯鹰先生选注的《黄庭坚诗选》，是上海古典文学出版社的出版物，58 年过去了，这本小册子，仍在我的书架上。甚爱《次韵子瞻送李豸》的最后两句："愿为雾豹怀文隐，莫爱风蝉蜕骨仙。"志其大者，不求速化，玄豹雾隐，成其文采。1964 年 6 月居广胜寺，便请杨陌公先生以郑文公碑字书为对联，悬以自励。到"文革"结束，始请楚图南先生书"文隐书屋"颜其额，此后日本梅舒适先生亦曾为之题写。"隐堂"者，"文隐书屋"之简称也，上海周退密先生又以小篆书之。吾不敏，做事治学，不敢亦不能速成其事，却深知勤能补拙，遂日日磨砺，且以读书、写字为乐事，只管耕耘，不问收获，乐其所好，适吾所适。

8. 读您的《隐堂师友百札》，可以看出您在年轻时是非常活跃的，与文坛、学界很多名家都有往来。也许在人生不同阶段本该有多样的姿态。在逐渐步入老年的现在，您如何看"入世""出世"？回首自己的人生，最大的感慨是什么？

从没有想过"入世""出世"的事情。不过人生一世，都不能离开衣食住行，该吃饭便吃饭，该睡觉便睡觉，我不是高僧大德，不会有人去供养。长大了，便开始工作，国家需要做什么就做什么。单位安排什么任务，就去完成什么任务。尽管工作有难易，任务有大小，都能尽心竭力而为之。由于自己大学时专修国画，兼及书法，工作以来，先后在晋北小城忻州地区文化局、地区文联供职。从事全区的美术和书法组织辅导工作，同时也抽空搞点自身的书画创作，也算工作对口，学有所用。所欣慰者，在30多年来的工作岗位上培养了一批书画人才，组建了忻州的书画队伍，大部分人已成为忻州书画事业的中坚力量，成为国家协会的会员。由于自己多次参加全国书画活动的机会，也由于事业和工作的需要，我有幸与文坛、学界的前辈相往来，过从日久，遂成师友。感谢诸前辈的提携与厚爱，也让我的生活和工作充溢着友情和愉悦。随着时间的推移，诸多师友已作古人；随着通信工具的发达，电讯替代了函札，自己几乎一个月也等不到一封像样的书信，不免有点寂寞。而隐堂中所存不曾整理的师友旧札盈箱累箧，得暇董理编印，当非无益之事。

9. 与众多师友来往、请益、通信，对您的书画艺术提高，学术视野开阔，具体说来有怎样的帮助？

古云：三人行，必有我师。况我所交师友，多学界前辈，多书坛大家；或为青年俊彦，亦皆饱学之士，他们的人品道德，学养艺术，都是我学习的榜样。投函请益，求师问道，小扣则发大鸣，释疑解难，惠我多多。偶有展览活动，书画征集，无不有求必应，共襄盛举。当年在京拜访李苦禅、董寿平诸先生，皆应请当场做书画示范，倍开眼界，大受启迪，深为感激，永以铭记。

10. 您作为当地文化名人，促成了《五台山碑林》等影响广泛的文化活动。您觉得一个文化人也好，书法家也好，如何体现济世情怀？如何尽到自己的社会责任？

一个人来在社会，得上天眷顾，父母养育，社会关怀，师长教诲，才得以立身人类。感恩和回报则是中华民族与生俱来的美德。一个人能力有大小，但聚沙成塔、集腋成裘的胜寓，总是起着激励的作用。五台山为中国四大佛教圣地之一，在历史的长河中，创造了灿烂的佛教文化，留下了辉煌建筑瑰宝、雕塑艺术、壁画艺术，而随着旅游事业的发展，来山游者，不绝如缕。然在二十世纪八十年代却流传着一句话："白天看庙，黑夜睡觉。"似乎在五台山除了佛教艺术再没有可以驻足的地方。我便发心在五台山建一座现代书法碑廊。起此愿心后，随即向省、市有关领导提出建议，四处奔走游说，终于得到各方重视，组织专家论证，拟定筹建计划，安排筹建细则。再则认真选择书碑内容，邀请书法名家惠赐墨迹，钩摹上石，镌刻检理，建廊立碑等项工程，从不敢稍有粗心。积数年之功夫，建起了有赵朴初、沙孟海、顾廷龙、沙曼翁、钱君匋等海内外 125 位书家的现代碑廊，为五台山增添了一处文化景观，供游人参观、学人品读，亦令我心生欢喜。

由于自己竽立书家行列，有缘结识全国各地书法名家，遂于五台山碑林完成后，又先后帮助介休绵山、河曲文笔塔等处征集稿件，兴建碑林。对社会以尽绵薄，此乃余之责也。

11. 请谈一下忻州这方土地对您的滋养和影响？元好问等先贤对您的影响？

忻州，我生于斯，长于斯，工作于斯。我跑遍了忻州的山山水水，壮阔的山河，勤劳的人民，淳朴的民风，深邃的文化，给我以衣食，滋我以气质，惠我以智慧，养我之天年。对这片土地，我便充满了感恩之情，真诚相待、默默劳作，以一瓣心香奉献于天地，以报其万一。

金元文宗元好问，山西忻州人，金亡不仕，构亭于家，著述其上，名为野史亭，其间奔走四方，采撷旧闻，凡有所得，则为纪录，终成《中州集》《壬辰杂编》若干卷，诚所谓金源一代之文献，率赖野史亭著述之力也。余居忻州数十年，"沐山川之灵气，得遗山之诗教"（周退密《跋陈巨锁章草书元遗山论诗三十首》）不知不觉中亲近前贤。研读其著述，谒拜其墓园，海内外每有书法展览，则书写其诗章，以广传布，令不知遗山先生者有所认识，让熟知先生者引起回忆。于我，则以久居公乡引以为骄傲。近年来，忻州复建"遗山祠"，扩修"遗山墓园"，欣然参与其事，建廊立碑，征稿作序，不遗余力，以为芹献。

忻州历史悠久，人文荟萃，元好问外，高僧慧远、晋贤郝隆、元曲大家白朴、清之傅山（忻州顿村有傅山旧家）、徐继畬等人物故事及其著述，我皆作肤浅涉历，虽仅得其皮毛，然对我人生之磨炼，气质之升华，学养之丰富，智慧之开启，为人为学之道，似都发生过或还在发生着潜移默化的作用。

12. 现在书法被很多人视为一种视觉艺术，您认为"书法"的根本特征是什么？在今天，书法的实用功能无疑越来越弱，很多人提笔忘字，更不用说学书法了。在未来，书法艺术会如何发展？"书法家"又该如何定义？仅仅是会写字或把汉字书写变为纯视觉艺术？

"书法"，我以为是有"法"之书，有文化内涵，以学养为基础，造诣精深的"法书"。在今天，它虽然在实用属性上已经淡出，而仅留其艺术属性，在视觉上可给人以怡悦，而读其文或诗（内容），又散发出文学上的魅力。以故，欣赏"书法"不惟只停留在表面的艺术形象上，也要由表及里，如同观昆曲和京剧，不能只停留在化妆、服饰和表演陈式上。在书法中要领略文字的内涵，感受书家的情怀，甚至达到读者与作者（书家）同呼吸共哀乐的境地。读王羲之的《兰亭序》、颜真卿的《祭侄稿》和苏轼的《寒食帖》等，无不令人发出慨叹。

今之书家，重视技法者众，忘却学养者多。虽临碑帖，不能诵读碑帖之内容，提笔忘字，不要说对古文字的研究了，即繁简字也分不清，以至在全国书展获奖作品中不乏硬损出现。

书法之未来，会如何发展，非书家个人所能想到。每个历史阶段，都会产生自己时代的书家，有共性，则为时代特点，有个性，便是书家的个人风格。窃以为古代书法的几座高峰，今人恐怕是难以逾越的。这缘于今天书法实用功能的消减，国学在五四时期便被否定，书法抽去学养，无疑是釜底抽薪，在"文革"中，"臭老九"被打倒，以故，"写字人"不读书，没文化，徒成字匠而已。

书法本为学人之余事，或有不屑为书法家者。今之书家，视书法几成为职业，以作品而射利，作品当商品，以致，不求精品力作，粗制滥造，从而书件变垃圾，书家沦为机器，此等"机器"所制造之"作品"若能传世，岂非笑谈。

真正的书家，不是因头衔的高下，不是因一时的宣传，不是因拍卖行的炒作，更不是因价位的多寡，而是书家之作品经得起历史的检验，时过境迁，若能永葆其光华和魅力，此作或可成为传世之作品，其作者便可称之为提携时代的书家，其余大浪淘沙，尘埃落定，皆为过眼烟云，真不足道也。

13. 您追求的书法境界是什么？现在做哪些努力？如何看"人书俱老"？

我于书法，本属爱好，因其兴趣所在，以故乐此不疲，原本学画，阴差阳错，却步入书家行列。学书，与古为徒，入古出新；作字，不拘陈法，不离陈法。平淡天真，质朴自然，不矫情，不浮华，不矜持，不使气，以平常心态，随其情性，作日常书写，字之工拙，始不计也。境界源于书家气质、学养、修为，乃自然之流露者，非追求可得。我已是伏枥老骥，虽无千里之志，却也不知懈怠，一如继往，读书、写字、游山，做点有益之事，不忘匹夫之责，助教助残，欣然而为。人之寿命，修短随化。书之精良，未必在于年高。能"人书俱老"者，一则是书家年事能高，二则需书家身心健康、精力弥满、思路敏捷。其时也，握笔挥毫，一派天机，所作有法而无法，书不求工而有工，天真烂漫，或见童趣，或古朴，或厚重，或超逸，或生拙，返璞归真，总之随心所欲而不逾矩。若书家仅享高年，而身心衰朽，虽能偶尔提笔作书，其字当不足观，仅具书家本人之资料价值，而非为"人书俱老"之谓也。

学界人瑞姚先生

百零一岁的姚奠中先生，精神矍铄，思维敏捷，临纸挥毫，神闲气定，笔走龙蛇，更见风采。认识姚先生，屈指算来，已有半个世纪的光阴了，细细一想，先生给我的印象虽多细枝末节，却又是十分深刻而耐人回味的。

二十世纪六十年代初，我到省城太原上大学，时值三年困难时期，莘莘学子，食不果腹。肚子填不饱，上课之余，便在文化生活中找乐儿，看电影，听音乐，在画展中徜徉，在林荫道上漫步，在书店里寻觅，享受着所谓的精神食粮。大约是1962年夏天，我跟着赵延绪老师，参加了"七一"迎泽公园文艺雅集。在这次活动中，第一次见到了儒雅的姚奠中先生，游园赏花之余，挥毫泼墨，就中姚先生的诗翰是分外引人注意的。先生是山西大学中文系的名教授，我是艺术系的小学生，便多少沾点师生的名分了，尽管我没有听过姚先生的课。时过未久，我便造访姚先生。在图书叠架的书房里，临窗摆一张桌子，便是先生读书和备课的地方了，墙上挂了一张白石老人的虾子图，是杨秀珍女士所赠的，先生题句云：

拜访姚奠中先生

老人女弟杨秀珍，惠我此图胜瑰宝。

迩岁老人已登霞，此图在眼春不老。

在姚宅，我展开所携生宣一张，敬请先生惠赐墨宝，先生慨然应允，并当即移去书桌上的东西，将纸铺好，又从窗台上捡出一支毛笔，看上去这是一支上次用后不曾洗过的毛笔，先生将它在水中一蘸，然后在砚台中，硬戳几下，笔头松开了，却有些许笔毛还不曾裹拢，就舔墨而书，一幅笔势健劲而韵趣苍浑的作品就跃然纸上：

女帝催花空自给，黄王宏愿付蒿莱。

而今天命为人制，桂菊兰梅一处开。

这是姚先生在迎泽公园花展上的题咏，为我重书一纸，迄今存隐堂箧笥中，当是先生早年所书为数不多的存世作品之一了。当时，我满心欢喜地捧着墨宝，走下姚宅台阶时，先生站在楼门外，便一躬身送客，令我惶恐之至，不知所措。过后想来，此举正可窥见中国文人之传统礼数了。

"十年浩劫"，我一个初出茅庐的大学生，尚遭到审查和批判，那"资产阶级学术权威"的姚奠中先生，当是在劫难逃的。

"文革"结束后，百废待兴，濒临绝境的书法事业，得以复活，1981年11月中国书法家协会山西分会在太原召开代表大会，姚奠中先生出席了大会，并当选为副主席。此后我和姚先生见面的机会多了，幸得教诲，受益多多。

1985 年，元好问学术研究会在忻州成立，并举办了"元遗山学术讨论会"，姚先生应邀参加，并发表了讲话，谒拜了元墓。记得先生曾有吟咏：

> 野史亭前作胜游，杂花夹路墓园秋。
> 遗山文史双名世，合与江河万古流。

到 1990 年 9 月，正值遗山先生诞辰八百周年，元好问第二次学术讨论会，又在忻州召开，各地学者，云集古城，可谓人文荟萃，盛况空前。其间，曾举办书法笔会。我荣充执事，周振甫先生很早便到了书法现场，首先开笔，紧接着姚奠中先生、林从龙先生、蔡厚示先生……都来了，现场甚是热闹。到场的不少是姚先生的弟子，如刘泽、孙育华、孙安邦、李俏伦等，机会难得，无不启齿向老师讨要墨宝，姚老一一应酬，一改"弟子服其劳"的传统，而是"先生服其劳"的场面了。

此后，全国各地书法活动蓬勃发展，兴建碑林之风，日见为盛。先生应我之邀，先后为五台山碑林、绵山碑林惠赐了作品，前者写魏伦诗《金阁岭》：

> 山行情不极，复听远流声。
> 夜来拥衾坐，僧窗月自明。

后者自撰《为介休绵山题》：

有道清风远，潞公德业高。
绵山灵秀处，文史富波涛。

此等文化公益之事，姚先生是有求必应，传承文化，力体力行，为人师表，令人敬佩。到河曲文笔塔碑林兴建之时，先生又送来了纪念白朴题词：

词继苏辛，曲同关马。
杂剧四家，齐驱并驾。

先生鼓励后学，提携新人，我则深有感受。2007年曾以拙书元好问《台山杂咏》十六首卷子，敬请姚老题跋，先生欣然命笔：

巨锁以章草名家，可与王蘧常老人媲美。此卷笔墨酣畅，堪称精品，允宜珍藏，以贻后人。

姚奠中

又为某藏友所藏拙书卷子跋曰：

近世章草王蘧常外，少有作者，惟陈巨锁独出于三晋，此卷为巨锁力作，甚可保爱。

九三叟姚奠中

又有藏拙书二册页者，为其题一曰：

传承急就，书道之光。

九八叟姚奠中

二曰：

书道别体，历久弥光。

姚奠中

从这些题跋中，便见姚先生对我的厚爱；褒奖和过誉，愧不敢当，唯有努力，以不负前辈良苦之用心。谨记先生为我所摘书老子章句：

为而不恃，功成而不居（处）。

此条幅，悬之座右，朝夕相对，永以为警策而自励。

先生题赠不独在国内多有影响，即在国外，也颇有提及者。我于1992年10月有日本之行，于横滨会见相川政行教授，他曾问起姚先生近况，并说几年前，他访问中国，与山西书协举行书会，姚先生曾有赠诗，至今不能忘怀那诗句：

值此秋高爽，古城会远宾。
遥承仓史迹，翰墨与时新。

临别，托我回国后转达对姚先生的问候。

有缘鲤对姚老，那是一种福气。然而先生毕竟年事已高了，便不敢也不忍过多的叨扰。仅有几次的造访，便留下了清晰的记忆。

2007年11月13日，我趋庭拜访了95岁的姚先生，老人鹤发童颜，精神健旺，脸上始终漾着笑容，话语舒缓而平稳，有时带出点家乡稷山的口音。当我问到先生在"文革"的情况时，老人饶有兴趣地回忆说：

"在'文革'中，烧了三个月的锅炉，我做得很好，得到工宣队的'重视'，每有别人干不了的事，就让我干。每锹铲煤15斤，送到火上，撒得十分均匀。做什么事，都得认真。做，就要做好。"

问起先生的养生之道，回答说：

"一是心态好，保持平常心，二是生活规律，我是长期坚持冷水洗脸，热水泡脚，还练练太极拳，只是近来脚力不支，'金鸡独立'的动作做不好，不能一只脚独立了。"先生说着，比画着动作，他莞尔一笑，逗得在座者都笑了。

临别，先生取出一册大八开本的《姚奠中书艺》，为我签名。首先从笔筒中抽出一支小号毛笔，蘸蘸水，在砚台中硬戳了几下，舔好墨，在书本的扉页上题写了：

巨锁学友郢正

　　　　　　　　　奠中持赠　二〇〇七年秋（冬）

并加盖了"姚奠中印"白文图章。

离姚宅，又在姚先生的秘书李星元书友陪同下，参观了姚奠中艺术陈列馆。

2009年1月13日，再次赴并探望姚先生，相见甚欢，送上新出版的拙著《隐堂琐记》和旧作《隐堂随笔》，以祈赐教，老人翻阅着说："印制很精美，文章慢慢看。"

我打量着屋壁上挂着的章太炎的画像，老人说：

"章太炎先生玉照，曾有保存，战争年代遗失了。1962年请赵延绪先生画了这帧素描，画得很像。"

问及白石老人的虾子图，老人说：

"那幅画，是杨秀珍先生赠送的，我在上面曾题有两首诗。没有了。"

说着淡然一笑。

2010年4月，接李星元电话：

"《山西省姚奠中国学教育基金会》将要成立，姚老让你题写匾字。"

"不妥！这分量太大了，我不行。全国和省城书家很多，还是请别人写得好！"我回答说。

"姚先生反复考虑过，决定让你写，就不要推辞了。"星元说。

我略作思考，虽有难色，却不敢再推诿，便应允下来："既然是长者之命，就不敢有违了。我将认真来写，希望姚老严格把关，如不可用，换人再写，我绝没有意见。"

同年8月23日，我参加了《姚奠中先生荣获兰亭终身成就奖祝贺大会》。省委领导来了，书家来了，弟子来了，来宾和姚老合影留念，分享着快乐，留一种纪念。

9月8日，为复建忻州"遗山祠"书碑事，我受市委领导委托，前去拜见姚先生。抵姚宅客厅，姚老的女儿姚力芸递上热茶说：

"为'遗山祠'碑廊的字，写好了，你拿上。老人这几天有点感冒，不能出来见你，待会儿，你到卧室里和老人坐一坐。"

"老师感冒了，我就不打搅他老人家，请转达忻州市委领导的问候和感谢。"正交谈着，李星元从卧室里走出来说：

"姚老说'不妨事，'请陈先生进去。"

姚力芸说"我还得去医院取些药，失陪了。有星元陪您去见老人。"

这是一间很小的卧室，约有十来平方米，靠墙放着一张单人床，逼窄的地上，仅置一小桌，一靠背椅。看上去，十分简朴。老人微笑着坐在椅子上，腿上盖着一块小毛毯。我趋前向老人问候，老人伸出右手和我相握着，并示意我坐在紧临的床铺上。星元对姚老说："你用劲握陈先生的手。"九十八岁的老人像孩子很听话，笑着便用力握我手。我真切的感觉老人的手，既温暖绵软，而又十分有力量。我也笑着说："老师的手，真有劲，握得我都有点疼了。"先生又是莞尔一笑。星元是有心人，他早已打开了摄像机，还不时地为我们拍照。和姚老谈话的内容大多忘却了，但在星元的录音机里是不难查找的。

同年12月26日，回母校山西大学，出席"山西省姚奠中国学教育基金会"成立大会。在揭牌仪式上，省委领导拉下红绸子，拙书红木匾额豁然露出绿字来，全场报以热烈的掌声。我能为姚先生的基金会尽一点绵薄之力，自然为之欣慰。

2011年5月10日，太原双塔寺牡丹盛开的季节，我出席了姚奠中先生书《永祚寺建寺四百周年记》的碑刻揭幕仪式。九十九岁的老人看到了自己的书碑，又为名区永祚寺添了新景致，高兴地为与会者诵读着碑记的内容。我不禁想起了先生早年题双塔重修落成的诗篇：

> 双塔凌霄久，名都建设新。
> 游观迎世界，文化万年春。

去年，我因《陈巨锁墨迹展》晋京展出，特请姚老题写展标，以壮行色。3月16日，知展标书就，便匆匆赴并来取。在姚老客厅方落座，老人拄杖从卧屋慢慢走出，我赶紧趋前握手问讯。待先生就座，并拿出题字展对，我向先生再三致谢，并取出随身所带薄酬四万元奉上。

"绝对不能要！"姚老说。

"姚老这般年纪，为我题字，不收润资，实在过意不去。"我说。

"你为我题了字，也不收费，我也过意不去。"老人一手指着对面拙书《山西省姚奠中国学教育基金会》的牌子，笑着对我说。

"姚老让我题字，是对我的提携和鼓励，是我的荣幸，感激还来不及，哪里能收费。"

李星元插话对我说：

"姚老说话从不'绝对'，今天说了'绝对'二字，不会收你的笔资。钱，你收起来吧。"又指着地下摆着的盆花对姚老说：

"你喜欢花，陈先生送你栀子花，骨朵很多，就要开放了，会很香！还有杜鹃什么的，你看，多有生气。"

"是朋友送的，我高兴。谢谢，谢谢。"姚老说。

其实，这几盆花是李星元事先为我买好的，他出钱，我领情。

谈及忻州市委领导重视"遗山祠"的复建，先生说：

"忻州的领导了不起，为古人做了一件好事。山西领导给人介绍山西历史，总是说'山西古建占全国古建的74%'，这是见物不见人！山西的历史人物，没有得到足够的重视，晋南至今没有完成司空图祠堂的建设。"姚先生说着，遗憾之情，溢于言表。谈起戏剧，老人说：

"几年前，我到苏州参观戏曲博物馆，那是在山西会馆的关帝庙中陈列的，我曾题了字：

金元杂剧，明清传奇。

汾晋吴会，先后争辉。

宏之扬之，展翅齐飞。"

百岁老人，对旧句背诵如流，如此记忆，令人叹服。

去年8月21日九点许，姚奠中先生以百岁高龄，兴致很高的步入忻州"遗山祠"。本来家人为姚老预备着轮椅，但老人还是坚持要步行，除上台阶，过门槛让人参扶着，在平路上，则拄杖而行，其步伐，还有几分矫健呢。先生认真地参观着各个展厅，诵读着碑廊中的诗词，并随时站下来，和大家合影留念。最后到休息室吃茶小坐，并应邀在册页上题字。老人提笔挥毫，不到 20 分钟时间，便写出了疏疏朗朗、韵致十足、人书俱老的十九行：

> 遗山先生，金元之际文坛最大代表。忻州市委、市政府，在纪念其八百周年后，营建其故有祠堂，使其为忻州历史的标志，是大盛事。纪念前人，正足以启迪后人，不徒为景观而已。余得三临忻州，慨见当局有此盛举，钦佩之至。书此数字，以表敬意。
>
> 姚奠中记　二〇一二年八月廿一日

期颐老人，题此百字，传诸后人，当为佳话。上午十一点，姚老离开遗山祠，坐车到奇村温泉小住。

行文至此，录出《隐堂题跋》一则，以为拙篇之尾声：

月前，乡友王吉怀，携《山西省首届书法篆刻展览题辞》见示，内有吾师柯璜先生署签，容庚、王葵经、常国榡、罗元贞、陶伯行、马鑑臣、吴连城、宁绍武诸前辈之墨迹，跃然眼前。尚有小子吾之恶札，竽列其中，虽为二十三岁之少作，然，字不成字，诗不成诗。今日读来，徒增汗颜。无怪彼之作者，毁少作者，比比皆是，吾之少作，今为他人所有，毁之不得，自是笑柄者也。题词诸老，大多作古，惟姚奠中先生，得百岁高龄，时有把晤，日前，曾陪老人谒忻州遗山祠，尚题百字长篇，足征老人体笔双健，思维敏捷，诚为学界之人瑞，书坛之圣手也。题词中存先生七绝三首，词作一首。五十年前手笔，再三赏对，令人艳羡不置。而山西省首届书法之题词，亦为历史之见证者，能不宝诸而存之。

陈巨锁漫记

2013 年 4 月 2 日于隐堂

钱松嵒先生

钱松嵒先生辞世近三十年了，书画界的人们似乎已经将他淡忘了，有些年轻的画家，听到钱松嵒这个名字，也有点陌生，需知钱老可是一位新金陵画派的领袖人物呢。时间虽说是无情的，然而真正的艺术品，却是永远放射光华的，不因你的无知而消减真光彩。

月前，忽然听说有《钱松嵒画展》在山西省博物院展出，我便约了王利民和杨文成去参观，不巧正值星期一，为博物院公休的日子。只好到书家张星亮的"盛鼎轩"饮茶，还欣赏了所藏刘海粟、魏启后、冯其庸诸先生的画作。在氤氲的茶烟中消磨了一个下午，晚饭得到了印人杨建忠的款待，在三楼的雅座里，消受了几款风味小菜和特色面食，其烹调技艺，也够精致的。餐毕，打道返回忻州。

过二三日，再由黄建龙驾车往太原，终于在博物院中看到了钱老的画展。总共八十幅作品，都是钱先生为了回报乡梓，无偿捐赠故乡无锡，现藏无锡博物院的精品。作品尺幅都不大，仅有两三张四尺宣整幅的，一般是四尺宣三裁或六裁的小幅。尺幅虽小，而气势却很宏大，笔笔中锋，沉稳而不乏灵秀，设色典雅而时见出新，山光水气，充溢着江南特有的神韵。如《满湖疏雨织楼台》《北海宾馆》《惠州西湖点翠洲》《湖田新绿》《瘦西湖》《淮安萧湖》《山村寂寞著奇文》等，无不意境幽远，耐人寻味，赏对之间，出入画境，犹行太湖之畔，犹登黄山之峰，或泛舟瓜州之渡，或寻诗黄叶之村。还有《韶山春晓》《延安颂》《梅园新村》《红城春早》《西岳朝辉》等，亦见老人仰瞻革命圣地，低回流连，对景写生，图之绘之，以歌以颂。先生不乏贴近时代，贴近生活之创作，诸如《深山旭日》《运河工程图》《秋耕突击队》等，场面宏大，气氛热烈，画中人物虽如饤饤，却刻画细腻，眉目传神。先生晚年以指代笔，所作指画十数幅，老辣生动，画如曲铁枯藤，点如坠石崩云，笔情墨趣，跃然纸上，梅香浮动，蛙声阁阁。钱老不独工于画，亦擅于诗，诵读画上之诗，愈见画中之旨。如题指墨《钟馗图》，"啗尽魅魑除尽害，迎来正气满乾坤"，想必是老人在"四人帮"被打倒后的情感抒发了。展览中，唯一幅书法作品，是钱老86岁的两首七绝诗，谨录于后，以见先生老而欣慰，奋笔作画，勉后学之情怀：

撩我双眸万象娇，策筇橐笔不辞遥。
老夫耄矣掀髯笑，祖国山河抖擞描。

吒墨淋漓年复年，泰来未晚是尧天。
欣看艺苑瑞光照，更喜莘莘起后贤。

这两首诗，当是钱老的绝笔了。1985 年 9 月 4 日，先生以 86 岁的高龄谢世了，给人们留下数以千计的书画艺术品，也给人们留下了无尽的哀思。我徘徊在展厅里，不禁怀想起了解钱松嵒先生的始末和两度拜访老人的景况来。

大概是 1962 年左右吧，我还在太原上大学学美术，某日参观了《钱紫筠黄山写生画展》，画中山水给我留下了深刻的印象，便写了一篇题为《不登玉屏楼，也见黄山面》的文章，表达了一个读者对画家作品的认识和推崇。后来还收到了在大同工作的钱紫筠的来信。信中大意说她随同父亲钱松嵒先生曾作黄山写生，此作是在家父的指导下完成的，此举是一次习作展览，让大家观摩，愿大家批评。此后我便熟悉了钱松嵒的名字，也就更加留心他的作品。其中《芙蓉湖上》《红岩》《常熟田》等名作，多次见诸报纸杂志，给我留下了永恒的记忆。也曾在潘絜兹先生的"春蚕画室"中见到一幅《泰山顶上一青松》，那也是钱老的力作，一张稿子，画过多幅，"春蚕画室"中那幅，当是其中之一了。

1975 年 10 月 18 日，我在南京第一次拜访了钱松嵒先生。在中央大道（当时称为大庆路）117 号的楼上见到了久仰的老人。室内很俭朴，连一张沙发都没有，老人坐在床头，我坐在临近床头的一个小板凳上交谈着。当钱老知道我是山西人时，说山西的傅山，那字写得太精彩了，画得水平也很高；还有一位柯璜的先生，也是很有名气的。我说柯老在十多年前已经过世了，老人听了，脸上露出了惋惜的表情。又说他的大女儿钱紫筠在大同工作，他曾于 1959 年和 1965 年两次北游，饱览晋北风光，云冈石窟、恒山胜景、梯田高灌、山村窑洞以及遍地的红高粱，都是可描绘的对象。创作了《古寨驼铃》《云冈道中》《大泉山》《万山红遍》《雁门关外大寨田》等作品。他说第一次出门远游，印象太深了，曾写过一首记游诗：

看过江南淡淡山，初来朔北一开颜。

连峰大漠入奇赏，边塞繁华迎晓丹。

谈及先生的作品，他说自己徒有虚名，山水画的是家乡无锡太湖一地的风光，早年是个教书匠，没有出过远门，自从到了江苏国画院，才有机会万里远游，写生作画，眼界开阔了，画才有所提高。说明年春天还计划到大寨作一次漫游。七十六岁的高龄，可谓老骥伏枥，壮心不已。当我说到在我的案头有一本先生著述的《砚边点滴》时，钱老赶紧插话说："有唯心处，还在着手修改。"其实那是一本绘画经验谈，平平实实，质朴无华，既无说教，也不玄虚，实在是学画的度世金针。须知那还是在"十年浩劫"中，钱老小心翼翼，说话中，不时流露出自我批判的语言来。当我提出希望看看钱老作画示范时。老人欣然回答说："明天我有接待外宾任务和对台广播宣传的安排，没有时间，20 号上午九点到家来。"看看表，已叨扰钱老个半钟头，便起身告辞。

10 月 20 日，如约再登上钱先生的楼头。见钱先生的夫人秦纯理打开门，小声对我说："你勿说话，老人从医院回来，刚入睡。他昨天外出疲劳过度，不得不看医生。神经衰弱，大脑不得休息，很苦啊！"老夫人说着为我倒了一杯水，便蹑手蹑脚走开了，生怕惊醒卧床的老先生。没过10分钟，钱老醒来，老夫人一边剥香蕉皮，一边对我说："他便秘，很难受的。"钱老坐起来，吃着香蕉对我说："画不能画了，对不起。"又让夫人取出四张作品，供我欣赏，还说："请多提意见。"这四张画是：《泰山松》《太湖疗养院》《塞上风光》和《蔬果图》。谈到"文革"中"批黑画"事件。钱老说："黄永玉那猫头鹰，是画在宋文治的册页上，有人给上面打了小报告，不得不上缴啊。"老伴打断先生的话说："你少说点吧，会招致麻烦的。"钱老就换了话题。见老人疲累的样子，就赶紧站起来说："下午我要返回山西了，请钱老多多保重！"秦夫人送我到楼头，操着无锡口音说："走好！再见！"

　　1978年5月间，我有黄山之旅，在山22天，作水墨写生画96幅。返途中，经道南京，遂捡出稍有可观者18幅，于5月26日携拙作再次拜见钱松喦先生。离上次造访，三年时间过去了，老人年龄虽然增长了，而精神健旺，"四人帮"打倒后的欢悦之情，溢于言表，脸上堆着微笑，眯缝着双眼，飘洒着长髯，坐在画案前，便细细地翻阅着我的画稿。先作了充分的肯定，这自然是前辈对我的鼓励了；然后语重心长地提出了中肯的意见，说"画面画得太满了，将空白留大些"，"主体要夸张突出，陪衬要减弱些"，"对比既要强烈，又要统一"，"着色将汁绿改用花青，会更雅致些"，"有些作品墨色画够了，就不要着色，或上些淡赭色就可以了"，"回去以后，把这些稿件加工成完整的作品，要懂得取舍，要画出意境来，作画不能局限在眼中所见，还要有心中所想"。先生谆谆教诲，令我铭感无喻。见老人心情舒畅，精神矍铄，我便把所携带的一本册页取出来，敬求墨宝。老人打开册页，一面赞叹着李苦禅先生画的《竹鸡图》和李可染题写的"天道酬勤"，然后濡墨挥毫，老笔顿挫，沉稳截铁，一块奇石，顿生眼底，又换取一支小狼毫，饱蘸朱砂，中锋画竹干，逆锋画竹叶，一丛新篁，挺然石畔，并在画的右方题"巨锁同志教正，钱松嵒八十岁作"，加盖朱文"钱"印和白文"松嵒"印，左下角加盖白文"生命不息"印。此作后来在1980年人民美术出版社出版的《钱松嵒作品选集》中也收有一幅，那是钱老重画的一幅，只是上面增题了诗句："劲节鏖风烈，虚心印日丹。迎晨欣画竹，霞蔚上毫端。古人怒气写竹，此写朱色新篁，似有喜气。松嵒又题。"从此题跋中也可窥见先生为我作画时同样是怀着喜悦心情的。新篁出土，劲节虚心，而或寄寓着前辈先生对晚生后学的善诱和期盼呢。

每当展对钱老的《朱竹图》，老人那掀髯微笑蔼然可亲，"仰钦奋彤笔，挥洒曙光中"的形象，便跃然眼前，令人怀想，让人敬佩。此后，我曾多次去南京，那中央大道上的"顽石楼"依旧矗立着，而楼上的钱松嵒先生已归道山，楼下的林散之先生也已辞世，遥瞻陈迹，人去楼空，低回良久，怅然有失，不禁生发出几缕感怀来，便又想起林老那副对联：

楼上是谁？钱郎诗句；
个中有我，和靖梅花。

2013年4月6日于隐堂

访周退密先生

记得郑逸梅先生有篇文章中说他曾请周退密先生为他的"纸帐铜瓶室"篆额。我依稀在郑老的一本著述中还看到过所影印的题额的手迹,只是印刷质量不算好,字迹有些模糊,大大影响了周老的书法水平。郑老还说周家是宁波的大户、富户,在沪甬一带颇有名气的,上海出现的小轿车,编为沪字1号的,就属周家。周家在上海还经营房地产,他家拥有的房子是数不清的。

周老现在是上海的名人,集教授学者为一身,精诗词,擅书法,著作宏富,闻名遐迩。我与周老自2002年第一次通函请益,便得到了先生的赐教。数年中,朵云每颁,嘉惠后学,令我感动而敬佩。

2006年4月,我适沪上,15日午后四点,与周老通电话,预约拜访这位交往已久而不曾谋面的老前辈。周老说:"你若方便,现在就可以来。我等你!"老人爽朗热情而有力的声音,给人以温暖和兴奋。随即打的往安亭路而来,旅友王建国、焦如意二君,意欲一睹退老仙颜,遂相偕同行。奈何司机不熟悉所去路径,加之寻购鲜花所用之时间,待到安亭路41弄,尽用去了半个钟点。车停"安亭草阁"楼下,一座花园式的小洋楼跃然眼前，心想着老人宽绰的客厅，讲究的陈设，叠架的图书典籍，满墙的名人字画，这该是一位房地产后人，一位教授学者的生活环境吧。

当我步上三楼的楼梯时，闻声而起的周老和他的夫人已站立门口迎客了。我赶紧趋前奉上鲜花："周老，叨扰了。"老人接过花束，随即转给夫人，对我们说："请进！请进！"踏进屋门，却不是我想象中的大客厅，而是一间颇感拥挤的房间。门在东墙靠南的地方。一进门，两三步便有一张白色的板桌，长不满4尺，宽不足2尺，丁字儿临南窗搁置。老人请我们落座，我和王君面西而坐，焦君坐在桌子头，周老坐我对面，在桌子的另一方。其时，周夫人为我们每人沏上了一杯绿茶，香茶蒸腾着热气。按节令，已经过了清明，室内的温度似乎还不够高，周老着一件宽松的外套，头上还戴着用毛线编织的帽子，对我们说："接了你们的电话，我到楼下等你们，站了15分钟，不见来，就又上楼来。"

"对不起，让周老久等了。司机路不熟耽搁了很多时间，所以迟到了。"我说着，让如意把我们携带的五台文山绿石砚搬上案头，赠送老人。

周老抚摸着砚台说："这么大，这么重，我都搬不动，你们从忻州带到上海来，受累了，受累了，谢谢你们。"

我说："几年来，周老你每有新作出版，便费心寄我，供我拜读研习，大受教益；给我的每件书札翰墨，哪怕是片字只字，都视若拱璧保留着。"

"过誉，过誉，希望你多多指教。你给我的翰札，也都留

在上海拜访周退密先生

着，有人看见了，想要一件，我都不舍得。"周老说。

"此次来上海，能得见周老，是我们的荣幸，今后还希望周老对拙作多多批评。"

"你出的散文集，我拜读过很多篇，有文采，写得好。有新作，不要忘记惠寄上海的老朋友。"

"我写得不好，还会经常向周老讨教。你不嫌麻烦吧。"

"哪里，哪里。"

正交谈着，室内的电话铃响了，是海外来的，周老去接电话，我才有时间打量周宅的安排。不大的屋子，当地放一张双人床，靠东墙置一书橱，堆放着满满的书籍，西墙下，紧靠南窗的地方，置一张书桌，桌子上摆放着文房四宝，最为醒目是两只红木笔筒，一只搁着纸卷，一只插着毛笔，西墙上挂着画幅，远远望去，看不清是谁人的手迹。桌前放着一把藤椅，那里当是周老读书和写作的地方了。我不禁想起刘禹锡的《陋室铭》来，这真是"山不在高，有仙则名，水不在深，有龙则灵"了。

待周老打完电话，又坐在我的对面时。我说：

"周老你的住所不够宽绰。"

"够用了。有23平方米之多呢，是租用的。适吾所适，起居其间，饮食其间，读书、看报、写作其间，更有老妻陪伴，乐其所乐，夫复何求。"老人漾着微笑，充溢着诙谐与幽默。

看看表，是下午七点的时刻了，已打扰周老个把钟头，便起身告辞，老人说：

"请稍等。有一本书，是孙儿周京编印的，送给你们作留念。"周老说着从床脚柜中抽出三册《退密楼墨海萃珍》，是八开本，装帧典雅，印刷精良，封面上有高式熊先生的签题。老人用硬笔为我在扉页上题写了"巨锁先生惠存指正，九三弟退密面呈。二〇〇六年四月十五日于上海。"

我们手捧着周老赠书，再三感谢着老人的接待。步下楼梯回头时，老人仍伫立在草阁楼头，目送客人呢。

2006 年 6 月 20 日

我所了解的田遨先生

"海右此亭古，济南名士多。"昔游济南大明湖，寻观历下亭，流连亭中，重温杜甫诗《陪李北海宴历下亭》之名篇，不禁诺诺然浅吟低唱；更见何子贞书此佳句为嵌绿抱柱联，为古亭平添香色。

济南田遨丈，今之名士也。先生大我 21 岁，是我的长辈。与先生交十数年，虽时有翰札往来，至今却无缘一瞻清辉，故尔，我知先生，不能万一也。

先生生于 1918 年，值农历戊午年，属马，遂刻一方马的肖形印为纪念，尝见钤盖于赠吾墨宝中。先生大名谢天璇，出身名门望族书香门第，其父为清岁进士。想必出生时，有钧天之乐，或闻王之登弹八琅之璇，以和董双成吹云和之笙，正天降之灵璇者也。田遨者，天璇之谐音，以笔名代本名，我曾误以为先生为田姓。

先生早年任报社记者、编辑。1948 年随军南下，为《解放日报》国际版主编。后调上海美术电术电影制片厂任编剧。离休后，仍然笔耕不辍、著作颇丰，仅先生签名寄赠在下者就有《诗之梦》《心痕与屐痕》《红雨轩十二种》上下册，《田遨丛稿》前六卷以及《梦神走笔》等。

116

先生为诗人，任中国诗词研究院副院长，上海诗词学会顾问，中日俳句交流协会理事等。尝捧读其诗作，回环往复，不忍释卷，建安风骨，盛唐气象，时或流露于楮墨间；回眸历史，展望未来，表达时代之心声，鼓吹奋进之号角，此亦诗人之本色也。

1946 年作《感事·调寄沁园春》：

千古江山，三五英雄，谁最铮铮？算曹瞒横槊，徒逞权术，秦皇按剑，犹恃长城。杀吏黄巢，称兵李闯，倒为人间弥不平。完人少，问人民战士，强半无名。

而今时运递更。看海上风云正沸腾。恰列宁主义，分来赤县；普罗文化，播及编氓。火涨熔岩，风鸣秋瀑，如此雄怀作远征。今而后，论古今人物，别具权衡。

读此百余字长调，便可见青年时代之先生，胸怀家国时事，评说历史人物，其豪迈襟怀，远见卓识，则顿现眼前矣。而 20 世纪 90 年代，先生在电视银屏上看到巴塞罗那奥运会，我国健儿获金牌 16 枚，总共得奖牌 54 枚，70 多岁老翁不禁欢呼雀跃，又作《沁园春》一阕，以记其胜：

小别家山，携手巴城，飒爽英姿。看熊熊圣火，三千岁月，堂堂虎阵，十万旌旗。轻燕戏球，游龙击水，艳说中华多健儿。三强外，创崭新纪录，别具雄奇。

荧屏光景纷披，是赢得金牌快意时。喜挂奖当胸，笑容可掬；向人招手，热泪横颐。猛气兼人，雄风助我，放眼河山花雨飞。多少事，要弯弓驰马，且趁芳菲。

举此两首，以见先生所作豪迈韵高之一斑。读先生七律《悼亡》三首，更见其真情流淌，百感凄恻，吟诵之间，不禁潸然，竟让我想起济南词人李易安的篇什来。

而先生离休以来，与海上诸名公时相往来，诗酒流连，吟咏唱和，依声叠韵，佳作连篇，寄哲理于妙想，见真率以童心，隐秀者自深婉，雄强者而飞扬，读来或蕴藉隽永，或荡气回肠。

与先生交十数年，每以拙作书画文章等印品奉寄祈教，先生不以为烦，而时颁朵云，每赐诗作，至今幸积先生翰札廿余件。惟多过誉，愧不敢当，然先生提携青年，奖掖后学之心，则吾永不敢忘，也不能忘也。

先生为作家，是中国作家协会会员，有长篇小说《杨度外传》、中篇小说《宝船与神灯》《鹊华秋色》《钟馗新传》，以及古典文艺研究、童话、剧本、杂著等20余种作品出版行世。于此亦足见先生著述之勤奋，涉略之广泛而成就之丰硕了。余不敏，未能一一领略先生之鸿篇巨制，仅拜读其《钟馗外传》，深感其故事魅力无穷，寓意深邃，而文笔犀利而又不乏诙谐幽默，与其乡先贤"刺贪刺虐""写狐写鬼"的柳泉居士蒲松龄相接续，读来，不独淋漓痛快，亦深感其旨趣之深邃。先生于1988年《蒲家庄访聊斋》一首：

狐鬼纷纷变相生，蒲庄尚有著书楹。

我来一借先生笔，奇谲荒唐写世情。

另一首为《新民晚报》写连载小说《钟馗新传》写竟自题云：

神威自足压歪风，写人齐谐意未穷。

寄语老馗休手软，尚多小鬼暗明中。

以上二首，正夫子自道也。王蘧常先生读后，有评曰："……其间有醒世语，有调侃语，有妙语双关处，有迷离惝恍处，要在读者自得之。余喜其博洽……"因题一联：

非鬼非神，留威名可驱邪祟；

亦奇亦正，读稗史如接平生。

先生之著作，报刊亦多有评述，于此不再作文抄公。

先生于书画，本为余事，然幼承庭训，临池为日课，书道功深，挥毫不辍，老而弥坚，以故翰墨飘香，传诸海内外。先生之书，不主一格，以抒情达意为旨归，质朴自然，伟岸雄强，似得之于颜平原之风采。读其论颜真卿书法二首，可知先生对颜书之神往：

鲁公变法迈群伦，天骨开张力万钧。

记得徘徊碑下久，更从整幅见精神。

书家情意笔能传，怫郁瑰奇各有天。
雅爱颜家争座位，淋漓元气满云笺。

先生之书，时或流露草情篆意，有焦山《瘗鹤铭》之仪态，有泰山《金刚经》之神韵，而或何道州之意趣，各具天机，风致自远。忻州城南，有"遗山墓园"，去年扩建有"元好问怀乡诗碑廊"，先生法书，豁然其中，健笔纵横，人书俱老，正先生近年之佳构。

先生不独是书画家，更是书画鉴赏家和书画评论家。昔有元好问《论诗》30 首，开诗论之先河，诚一代之典范；今遨丈作《论书》100 首、《读画》80 首，不独体量壮阔，更见品评精微。正喻蘅教授之谓也："捧读论书读画诸什，诚阅风继马、高瞻远瞩之巨笔也。再三雒诵，唯有叹服而已。"我则时时展对此篇什，深感其发蒙心智，大受教益也。

齐鲁大地，历史悠久，人文荟萃，引我屡屡造访。观日出于岱顶，访孔圣于曲里，抚汉柏于岱庙，探郑碑于云峰，蓬莱阁上听涛，太清宫中问道，柳泉侧畔，崂山道上，请蒲翁谈狐，与婴宁说笑……虽时过境迁，终不曾忘怀。于济南，遗山先生有句云："东州死爱华不注"，"有心长作济南人"。余亦数过其地，雨中登千佛山，月下游大明湖，山色空濛，水光潋滟，有甚似西湖之游也。又尝出入于"李清照纪念馆""辛弃疾纪念馆""李苦禅纪念馆"，诗人之气质、画家之品格，已是令读者钦仰万分，非独其诗画之迷人也。前得"鹊华诗社"之函札，知济南筹建"田遨文学艺术馆"，于先生，实至名归；于地方，又一文化之盛事，令人兴奋，可喜可贺！奈何我知先生浅甚，不曾置一词，唯有感愧耳。但愿早日造访红雨轩，亲近謦咳，一睹仙颜。行文至此，还是抄先生《一剪梅·贺年词》作结吧：

　　一纸往来春信传。承贺新年，我贺农年。仅凭吉语问平安。相见无缘，且续诗缘。　亥年怎样写新篇？上马宏观，伏案微观。吾曹好梦总能圆。美在心间，春在人间。

2014 年 5 月 10 日于隐堂

缅怀王学仲先生

八十八岁的王学仲先生在津门辞世了，不禁令人伤悼。近十年来，王老病痛缠身，我便不敢打搅老人家，遂致通问久疏，然先生赠我之著述、函札，却不时翻阅和赏读着，心中默祷着老人的康复。人生无常，先生作古了，彻底免却了多年疾病的折磨，也算是一种解脱吧，想到此，心中的郁结，多少有点释放。

1985 年，全国第二次书法家代表大会上，我结识王先生。然先生久居津门，我住晋北小城忻州，山水相隔，少于见面，而简札则时相往来，常通音问。先生惠我多多，让我终生不能忘怀。

1990 年 1 月，我于深圳举办《陈巨锁书画展》，时为中国书协副主席兼学术委员会主任的王学仲先生为我撰写了前言：

巨锁同志善写章草，为书法家；善作诗，有元遗山幽并之气，为诗人；善写文章，颇多波澜，为作家；善画花木山水，为水墨画家。巨锁同志，人在中年，就已涉猎到中国文学艺术的几个领域中，潜心致志，会通书诀画理。其作不矜才，不使气，水墨画妙合自然，神融于物，于书法取简牍而丰富章草，绍米颠而旁汲青主，从师承中延伸出个人朴实严整的格调。巨锁以北人而出展南国，必将带去一股忻州清气。

王学仲 一九八九年十二月

先生对我褒奖过甚，自不敢当。然而我心里清楚，这是先生对我的鼓励和希望，为我指出一个为之努力的方向和目标。在先生的鞭策下，我不敢稍有懈怠，每想到先生的评介，不免脸热而为之更加勤奋，时至今日，我生怕虚度时光，有负先生之厚爱。

1990年8月，首届元好问学术研讨会在忻州召开，天津社科院门岿先生莅忻参会，会毕，托门先生吉便带荷叶形澄泥砚转致王学仲先生，以表为我撰写前言之心意。奉芹之举，便得快函：

巨锁书友：

　　门岿同志带到惠赐澄泥砚一方，受之拜嘉，实为愧赧！何时有莅津之便，希到敝所一叙，先此致谢。致敬礼！

王学仲顿首 8.30

奈何俗务冗繁，迄未往津谒访，留下了深深的遗憾。

1992年夏天，佛教圣地五台山拟举办一次书法活动，特致函先生，邀请拨冗光临，又得先生复函：

巨锁会友左右：

正驰念间，得获雅教，邀及出席五台之会，厚意至感！缘论文及各种序言积筐盈案，又加尘冗仆颜，至难脱身，徒骋神思耳。专覆拜候文安！

王学仲　6.9

先生总是忙于讲学、著述、书画创作；到五台山登临放目，消夏怡情数日，当不是无闲暇，似不忍虚度时光者也。此种精神，永远是我等学习的榜样。

1990 年左右，我曾为五台山筹建碑林，历数年而完成。期间，曾征稿于王老，先生书明僧觉玄诗一首：

魏帝銮舆避暑来，旌旗卷日映山台。

盘陀石上空留迹，风雨千年印绿苔。

到 1995 年，方得完成拓碑工作，便与先生奉寄拓片一份，遂得先生回函：

巨锁同志，所寄拓片收到，你做事善始善终，甚为快慰。

我通报你一件小事，有一位自称为熙云的居士，住北京黄村枣园西里……（笔者隐去地址），他自称是受五台山的庙宇委托，让我为重修的殿宇写对联，还盖有佛教协会的图章，他利用了我对五台山佛教善事的感情，骗走了两副对联。事情的发现是：事过数日，有一日本画商，将这两副对联，来核验是否我的真迹，为此，我发现自己受骗。问题是，他利用的是五台山的名义，这样就会给五台山声誉造成坏的影响，我是个不复是非的人，这事特告诉您一下，以免让他继续利用五台山佛门圣地去骗别的书画家，真是世上人无骗不有。我因函件每日积压甚多，答复后即行把函处理掉，不然存放不下，故此其骗人原函没有保存，也没有时间去追究，特此奉陈。至少，别再让他骗到山西书家的头上，以资预防吧！此颂祝安！

王学仲拜　3 月 28 日

奉读先生函件，我知此事关乎五台山之声誉，遂与有关领导汇报，并通知相关部门予以重视，以杜绝此类事件再度出现。其实，我也有此受骗之经历，某年月日，有江西进贤某寺院方丈，致函与我，邀写匾联，我素钟情名山古刹，敬重高僧大德，遂欣然命笔，奉上长联一副，未几，此对联竟出现在山西某拍卖市场，我方大梦初醒，原来有人假借寺院之名义，而作行骗之手段。正是行骗有术，防不胜防。不过人总是要接受教训的，吃一堑，长一智。此后，虽每每收到以寺院名义征写匾联者，或煞有介事的寄赠所谓开光的念珠、香炉者，我都慎之又慎，更有王老的告诫时时在耳，此等行骗者便不能得手；而骗人者或又改换伎俩，另出新招，我自愚钝，上当受骗的时候，还是有所发生。

1995 年某月，在石家庄举办的华北五省书法联展开幕式上，我再次邂逅近王老，先生谈及新中国成立初曾在忻县有受拘留的不幸遭遇，对忻县留下了极坏的印象。因当时相见匆匆，未能了解事情的缘起和经过。返忻不久，我便致函先生，询问事件之经过。先生遂于 1996 年元旦回复长信：

巨锁同志：

今接大著《隐堂散文》一册，属文典雅，文采灿然。匆匆未得率读，忙于新年接应，先以旧著《黾勉集》一册相报，未知此册是否曾已赠过阁下，已失于记忆，如重复，可转赠他人。

1954 年夏，我与雕塑家张建口（曾参与天安门雕像纪念碑工作）、山东画家于希宁，赴云冈旅行写生后转赴五台山，到忻县火车站利用换车时间，计划在这里停留后访问忻县古城，并去元好问故里韩岩村访古。访问了忻县四个城门并速写后，在一个老式马车前画了水墨的写生，时有一红脸汉子和一中年人驻足观画，然后把我的写生画没收，工作证及火车票收起，并强行带到公安局盘问，当晚收审在一临时拘留所内，系一三间破旧老宅，人员多系扒窃及斗殴的村民之类。与之理论，他们称为画地图搜集情报（录供另附），在此拘留三日。把张建口、于希宁无事放行。第三日，由忻县公安部门通电天津大学作为可疑人物进行审查。

放行后，我仍坚持坐马车到了五台县城，画写生，并去参观了南禅寺，然后去佛光寺画宁公遇塑像。不久肃反运动开始，学校召我回去清查山西的行动，恰好在这年的春天有一个小偷偷窃了我，好事的积极分子举报我为可疑的敌特进行隔离审查，在团员大会上清查出团，并举行了一次全系批判会。过后调查了一年，于55年平反，但成了糊里糊涂一本账，究竟也没有向我说清是怎么一回事。给我的青年时代蒙受了难于平复的创伤，所以，一直没有忘掉忻县这个引发创伤的地方（那时每个运动，都是墙倒众人推，以应付运动，免烧到个人头上）。

因时间过久，年高健忘，具体细节，难于备述。后来提及忻县这个地方，就有些触痛伤疤一样，所以五台山一直未再去过。

今将报纸评我诗的片断剪下，以供参考，顺致新年节安！

王学仲　1.1

同函附寄的还有"1954年夏忻县公安局当时拘留提审的一段对话"因文字稍长，便不复引用。

在这欢度新年节假之日，先生因我的询问，又揭起了疼痛的伤疤，写了千余字的长信（包括附录）。我捧读着先生的回函，悔不该向先生提起此事，然而事已至此，便也无可奈何，遂根据先生提供的材料，写成了一篇短文：《王学仲先生在忻县》，文章在地方报纸发报后，将剪报寄奉王老，遂得先生回函：

巨锁老弟：

匆匆春去夏来，因赴日讲学，致稽裁答。前得所写忻县受阻报纸，不胜今昔之叹，然往事不管苦乐悲喜，均已化为春梦鸿爪，值得纪念之事。看情况今夏已难赴旧地重游了。喜迎香港九七回归一首，书笺呈政。宋培卿同志时来津沽相晤，草此奉答，即颂著安！

黾翁王学仲　六月十一日

随函附诗笺一纸：

百年难逢世纪交，收回香岛真当豪。

鬼雄人杰应同唱，最后一条国耻消。

迎九七小诗寄巨锁方家　黾翁

读回函，知先生对在忻之遭遇已然释怀，亦见先生旷然达观之胸襟，我心因之以安，又得先生手书诗稿，笔精墨妙，更是欢喜无量，赏对不已。

2000 年左右，我为介休绵山碑林组稿，得王老函件：

巨锁先生：

顷诵朵云，我因中风膝力不支，难作大幅，仅呈旧作一首，人家也不会采用，惟不悖于友义而已。今年书协换届，我即退役了。大书章草高古，至佩。颂砚安！

电翁手　7.28

先生自患中风后，病疼缠身，体力渐弱，遂不复应酬之作，在病中还为我寄来一幅《绵山诗》的复印件，诗云：

焚母孝何在？绵山殉祝融。
人言割股事，百代有愚忠。

是诗可见先生特立独行之性格和深邃高远之思想，独持己见，迥异成说，发人深思，令人深省，此正先生为诗立论之新意者也。

自先生身体欠安后，我便不愿更多打扰，只在年节时致以祝福和问候；而先生还不时给我寄书、寄信，只是函札写得简短了，或者只在书籍的扉页上写上一句话。诸如：

巨锁先生：

6月10日晚7：35分，中央教育台播出本人专题片，暇时望指导！希文联诸君指正！

另赠藏书票一张，以布盛情，颂时绥！

王学仲　6.3

巨锁老弟台：

收到第三册散文集，初看柯璜、丈蜀老和叙我的两

129

篇。所述皆一时俊彦，余则掠美滥竽，沾溉匪浅。

无以为报，聊寄拙展画片及论家吹嘘之文。忻县初拘三日，已成为我老年的温馨之回忆。此颂砚安！

黾翁顿首　八月三日

尚有多札，不复抄录，先生赠有《王学仲书画旧体诗文选》，扉页题"巨锁先生郢正，黾翁王学仲"；有《王学仲散文选》，扉页题"巨锁同志留念，王学仲"。有《黾园国际研讨会文集》，扉页题"巨锁方家正之"，下加盖一"天津大学王学仲艺术研究所赠"印章一枚。有《三只眼睛看世界》，扉页题"借此小册，以通音问，巨锁先生。黾翁。"有先生题签温冰然著《缘份的天空》，扉页小楷题"巨锁君：赠此以当致候。黾翁王学仲顿首。"有时先生随函附赠小幅墨迹，有"见素抱朴"颜楷条幅。有时惠寄一些诗文墨迹复印件。

先生所惠墨迹、著作、函札，除部分遗失外，大都收集一处，时有捧读，每一展对，如见先生，春风化雨，恩泽深深。今先生顿归道山，令人痛悼不已，怀思无限，惟不忘教诲，黾勉努力，以期寸进。

2013 年 10 月 20 日

方寸之内妙趣横生

——品读董其中先生藏书票上的动物

　　我爱版画，偏爱版画中的木刻，而若收藏，黑白木刻便是我的首选了。以故，隐堂书屋的粉壁上，也不时会轮换着挂出力群、黄新波、张望、董其中诸先生惠赠的佳作，朝夕相对，尽日欣赏，妙境佳趣，引人入胜；而情思哲理，则又会发人心智的。

　　日前，听说《董其中藏书票作品展》在太原展出，我便迫不及待地在展览开幕的当日驱车太原，直奔"新华德加画廊"观摩展品。六十幅精美的藏书票，逐一品读，流连忘返。藏书票上的"小动物"（其实也并非都是小动物，只是我感到它们很亲切，遂加诸"小"字以概括），都给我留下了深刻而难忘的印象，闭起眼睛，这些"小动物"便会一一走到眼前来。

　　董其中先生刀笔下的"小毛驴"，应该说是书票中出现的最多的艺术形象。于1984年的《毛驴》，似乎是进行在山村的小路上，回头张望，招呼着后进的伙伴们，顾盼有神，灵气焕然，四蹄落地，得得有声，引领我回到了少年时代的山村，晨光中，炊烟下，几声嘹亮的驴叫声，给宁静的山村，

听董其中先生谈藏书票创作

平添了几许神韵。而其构图的饱满，运刀的爽快，有剪纸的情趣，更见汉画像石的意蕴，深厚质朴，耐人寻味。

1994 年的《小毛驴》，则是我对先生藏书票中的最爱，简净生动，对比强烈，阳光普照着大地，小花散发着幽香，在一片和平宁静而温馨自在的境界中，小毛驴背负书包，轻快走来，让人亲近；也像一只案头的泥玩具，憨态可掬，逗人喜爱。而另一幅为 1995 年的《读万卷书，行万里路》，则是先生藏书票的代表作，在创作中，数易其稿，精益求精，从而在全国藏书票展览中获得金奖。品读是幅，使我联想起"张果老骑驴"的故事，呈现出"牛背横笛信口吹"的诗意，想起了"骑驴看唱本"的俗语，想起了我童年时骑驴到外家在路上看山水的景况。也让我深省读书破万卷要始于足下，脚踏实地，循序渐进，不要速化，而终有所得的道理。读书是我的嗜好，行路也是我的嗜好，我践行着"好书不厌百回看"的教诲和"谢安不倦登临赏"的榜样。此幅书票中的小毛驴，一仍前两幅，在得得的行进中，溅起夹道的花香，撒下一路的书香，传出清越的铃声，夹杂着琅琅的书声。这是何等愉悦何等欢快的境界呢！

"牛"也是先生所钟爱而勤于刻画的对象，1996 年所创作的一幅牛的藏书票，只一只牛头，布满画面，两耳外出，撑破边框，双角含抱，力量内敛，旋毛若动，得似风轮，是一幅寓动于静，充满活力的佳作。在创作上，似乎借鉴了折叠剪纸左右对称而又有变化的法则，牛头左右，饰以一条条横线，既像平摞的书籍，又丰富了画面，虚处不虚，给人以想象的空间，这也许是画家留白的用意吧。另一幅，也是

1996年创作的《饮牛》，同样是我很喜欢的一枚藏书票，牛立浅水中，浅水才能没牛蹄，斜阳朗照，倒影迷离，波光粼粼，秋水无边，牛低头而畅饮，鸟怡然于牛背，其境清寂，其趣幽深。虽是山村寻常之景致，一经先生之刀笔，顿化神奇，诗意盎然，生机无限，这当是先生作品的魅力所在了。

读1984年所创作的《小咪藏书》一票，则亦见其匠心独运，不同凡响。小猫咪两耳高竖，六须开张，双眼灵光四射，短尾反翘，将小猫咪机灵、警觉而又有些稚嫩顽皮的神态，刻画得惟妙惟肖，跃然纸上。那背景中飞动的横线条，又衬托小猫似在深夜中速捷地穿行，而小猫身上有转轮样的"小漩窝"，不独点缀出猫咪的可爱，也加强了猫咪的动感。静夜中，躺在床上，听听一声两声"咩唔"的小猫声，也该是一种享受吧。小时候，我也曾喂养过猫咪，每见它睡在炕头上，盘曲着身躯，紧闭着双眼，发出呼噜的鼾响，祖母说这是"猫儿在唸佛"，我便坐一旁静听着这舒缓的声音，生怕惊醒了熟睡中还在修炼的猫咪。读《小咪藏书》票，能引发出我如许的回忆来，这正是我喜爱先生艺术作品的因原之一。

还有两枚是为力群前辈创作的书票，画面上是"松鼠"。因为力老喜欢"毛圪狸"，家中饲养着，它们总是不知倦怠地蹦跳着，我在怀念力老的文章中，曾有过描写这些小精灵的词句。先生在书票上刻画这些松鼠，我想自然也是因了力老对这些小动物的厚爱吧。书票第一枚的两只松鼠，虽然是直接移自力老《林间》的形象，而布局却更为简洁明快，主体突出，以梯田土坡替换了疏枝密林，自然是一种再创作。而另一幅更为精致，有如设计精巧的邮票，四边以小圆口刀捅出齿牙，"力群书票"四字，分置四角，四字间排列疏密有致的竖线，有如一本本上架的精装书，而票之中央是坐立的一只硕大的松鼠，蓬松的尾巴像一柄芭蕉扇，前爪则拨食着干果，神情专注，丰姿迷人；它又像一方别出心裁的手帕，是来自云贵高原的纺织或扎染呢？还是出自黄土地上的草编或刺绣？是，又不是，是出自先生的融会贯通和迁想妙得，发于心源，流于笔下，是艺术家心灵的涌动。

先生笔下的动物，还有图腾中的飞龙，汉墓旁的石虎，还有绿荫下的喜鹊，少女肩头的鸽子，大江中的中华鲟，玻璃缸内的小金鱼，以及放飞的纸鸢，鼓翅的蝴蝶和蜻蜓，或写意，或写实，或粗犷，或细腻，或夸张变形，或抒情，或寓意，无不曲尽其妙，形神俱见。

徜徉于《董其中藏书票作品展》画廊内，犹如步入贺兰山中，摩挲那丰富多彩的岩画；又如行走在中国历史博物馆内，晤对古色斑斓的石鼓文字，而或是精美绝伦的汉画像石；间或也生发出踏进西方艺术殿堂的错觉，似乎看到了珂勒惠支，麦绥莱勒和毕加索的身影；而更多的时候则是先生的作品带我回到了少年时代的山村，看到了鸡栖于埘，牛羊下来的场面，咩叫的羔羊、撒欢的小驴驹在黄土坡头和绿杨深处；走到了农村老屋，触目的是剪纸窗花、丝线刺绣、柳条编织、老虎帽和布娃娃，五光十色，琳琅满目。这一切，充溢着喜气和欢乐，而又不失宁静和和谐，这里才是先生创作的源头活水，有涓涓的细流，冷冷的清音，如丝如竹，不绝于耳。

2013 年 9 月 28 日

孙伯翔师生五台山书法展小引

　　津门孙伯翔先生，余之道友也。相交数十年，情存契阔，虽少晤对，而音问常通。先生长余五岁，素以兄长而视之。余深知其人品端庄，书品超迈，浸淫魏碑，竭尽心力，用志不分，心不旁骛，登云峰之巅，入龙门之室，坐卧其下，心摹手追，几忘寒暑，不知倦怠。沉潜渊玄，探骊得珠，正所谓"世之奇伟瑰怪非常之观，常在于险远，而人之所罕至焉，故非有志者，不能至也。"先生得魏碑之神髓，正以精力自致者，非天成也。观其法书，笔姿雄强劲健，气势壮阔恢宏，神采飞扬激荡，韵致厚朴圆融。"寄妙理于豪放之外，出新意于法度之中，"此境界，吾常求之，而不能至，伯翔先生得之矣，颖悟之心，专精之志，令人钦羡不置。"笔墨当随时代"，先生无愧矣，心正笔正，大气象，真神采，非追逐时风、朝三暮四者所能望其项背。以故，吾奉先生为当今书坛之大家，魏体之巨擘，亮不为过也。

　　尝见先生法书之余，率性作画，虽三笔五笔，皆以书法入画法，自能笔墨简远，意蕴深邃，即游戏之作，亦见意兴湍飞，点画凌厉，而趣味生发焉。

　　先生书艺，驰誉海内外，以故，仰慕追随者，请益问道

与孙伯翔先生共进晚餐

者，求书索画者，络绎不绝，门限为穿。想见"自适居"闲适中，多了几分热闹。深知先生古道热肠，传道授业，不遗余力。弟子孜孜以求，先生循循善诱。师其法，师其心，师其精神之所在，不独袭其皮相而已。正白石老人所言："学我者生，似我者死"也。诸生心有灵犀，先生一"点"即通也。故其所作，各具面目，众采纷呈，诚可喜也，诚可贺也！

幸闻伯翔先生与诸弟子书法，将莅临五台山展出，必将为佛国净土带来沽上清风，献一瓣心香，添几缕书香。巍巍五项，谡谡松涛，风伯为余先驱兮，氛埃辟而清凉，众鹤翔其上下兮，尽现佛国仙山之祥和。幸甚至哉，恭疏短引。

5 月 12 日于隐堂

王东满诗词书法展小引

曩游太行山大峡谷，至黑龙潭，仰观峭壁巨嶂，见摩崖一通，刻石豁然凌空，诗句破目而下。有同游者，临风引咏，山鸣谷应，声韵清绝。其诗浑朴不雕，岂同时趣；其书刚健婀娜，大有古风。令我驻足良久，品读再三。观其作者，乃为王东满手笔。

东满学兄，是我大学时同年校友，专攻戏剧创作。数十年来，知其笔耕不辍。凡小说、戏剧、电影、电视剧，皆有大成。偶然拜读，故事引人入胜，人物呼之欲出。近年来倾心诗词，或浅吟低唱，或铁板铜琶，每见佳构。一日，忽以所著诗词书法集见赠，一卷在手，洋洋洒洒数百幅，以诗人之神思，发为翰墨，笔下自多灵气，新意直扑眉宇。

古之文人学者，多能书、擅书、善书者，乃至大家，尽在其中，不闻有白丁能此道者。书法以人品学养为基础，舍此，皆自欺欺人者也。书之为艺，虽为小道，有学而不能者，未见有不学而会者。东满兄既耽乎此，遂勤于临池，名碑法帖，一一揣摩，心追手摹，朝夕相对。今以作家之学植，握书家之毛颖，能不挥洒自如，运斤成风。忆同游代州赵杲观、雁门关，尝见作字，物我两忘，不为法缚。故其书，似不拘法度，又不离法度，天趣超妙，质朴自然，诚文人之书法。

昨接东满华翰，言心血来潮，两个小时，写了两副六尺宣对开十二条屏，展对书作复印件，水墨淋漓，云烟幻化，想见其解衣磅礴、挥毫恣肆之情状也。正所谓："当其下笔风雨快，笔所未到气已吞。"此非诗人气质、大家风范者何。

东满先生举办诗词书法展览，谨草短引，以为祝贺。

甲申三月，自梵净山归，匆匆不及推敲。

花路·蜜路·水果路

三亚至五指山市，其间百六十里，一路上坡，多弯道，且徐行，葱翠满眼，风光无限。初则平畴碧野，瓦舍炊烟，新秧倒映于水天，白鹅游荡于长河，瓜棚豆架下，硕果累累，阡陌纵横中，杂花纷呈；渐进之，矮山夹道，坡谷垂阴，修竹丛丛，含烟滴露，新蕉簇簇，抽心舒绿，槟榔林立，高标天际，椰林风过，翠羽起舞；更有荔枝树、杧果树、橡胶树，还有香樟、青皮之类，连岗夹涧，此起彼伏，且复灌木丛生，藤蔓交缠，成网络，成帘幕，变幻多姿，甚是动人。一言以蔽之，绿、绿、绿，着实养眼，亦复养心。

万绿丛中，杂花缀之，道旁多扶桑，亦称朱槿，为人工所植，枝叶修剪的十分整肃，红花竞放，花大如瓯，花光灼灼，迎送行人。而更引人注目的，则是那野生的三角梅，路旁石坡上，数枝凌空而下，长条飘逸，繁花麇集，姹紫嫣红；或有寄生于古杉老榕之上者，翠谷之中，忽有红花垂挂于权柯之间。素知鸟巢于树，今复见花亦巢于木，则更感奇绝，遂下车驻足赏对，不禁按动手中相机快门。沿路之上，这三角梅，或远或近，忽疏忽密，间高间低，丛丛簇簇，不择地而生，有桃红，有大红，有浅绛，有雪青，更多则是紫色的。

与内人石效英在往五指山市路上留影

海南山中多水气，故尔三角梅，冷艳欲滴，在野逸中略显些许娇羞。丛树间，忽有几株木棉树破目而来，高大乔木的枝头上，满缀了含苞待放的蓓蕾和盛开的花朵，殷红若火焰，在白云蓝天映衬下，煞是壮观，难怪当地人将木棉称之为英雄树。早年曾见岭南画家陈子毅先生所画木棉花，为之留意而赞叹，今见花树英伟，亦欲移之绢素，遂俯拾落花，拟置盘中，以清水育之，当得三五日案头清供，观之察之，为花传神写照，不亦快哉。

百六十里的 214 国道上，除夹道的朱槿、高挺的木棉花，随处可见的三角梅外，还有更多叫不上名字的山花野卉，星星点点，聚聚散散，亦令人下车观看，唯恨我见少识浅，对这些过去不曾谋面的花草，难状其万一也。

行进中，每见林木深处，或坡脚道路旁，摆放着一列列蜂箱，蜂箱后支起几顶帐篷或搭建一个简易的房屋，便是放蜂人的居室了。帐篷中，锅碗瓢盆随意散落着，房屋侧，一条绳索系着在两株槟榔树细瘦的躯干上，晾晒着衣被；放蜂人把一批蜂房装进高桶中，手摇棍把，黏稠而金黄的蜂蜜从蜂房中如琼浆玉液的甩出来，然后装进一只只二斤装的透明塑料小桶内，加上白色塑料盖，封以胶带纸，然后码放在路边的柜台上。这一切，操作得是十分娴熟，看上去，有点像变戏法。女主人见有客至，便来搭话，推销着她的产品，介绍着她的蜂蜜纯真和香甜。出于礼貌，遂购蜂蜜两小桶，花粉一小桶以归。这家放蜂人夫妇俩来自湖北。多年来赶着花季，奔波于五指山下的丛林花海中。沿路的放蜂人，少则也有六七十家，或有近百家，我们虽然无暇一一光顾，然而他们忘却疲劳，风餐露宿，有如工蜂一样，为人们酿造着花蜜，奉献着人生。而那些工蜂们，不独采撷着花蜜，也为漫山遍野的瓜果传授着花粉。当我们品尝着甘鲜的水果时，可曾想起过万里奔波的放蜂人以及不知倦怠的工蜂们？在这百六十里的蜜道上，飘逸着蜜香，不舍昼夜，一桶桶晶莹透亮的蜂蜜，运往三亚、运往海口，运往祖国的四面八方，供养着天下众生，这又是何等的功德呢！

车在斗折的山道上蛇行，穿过熙攘的集镇和村寨，即不是村镇，行不远，也会有酒店饭庄，恭候着远近的来客，而更多的则是大大小小的水果店，几间店铺，数尺柜台，飘红挂绿的市招儿，让你驻足流连，一堆堆刚下树的椰子，鲜活的就地堆积着，一串串香蕉或芭蕉悬挂在横杆上，而柜台上下，则更是五光十色，有杧果、莲雾、阳桃、香竹、榴梿、释迦、西瓜、木瓜、苹果、菠萝、波罗蜜什么的，这些瓜果，大多是本地所产，也有来自大陆和海外的。站柜台卖水果的人员，多是年轻女子，也间或有青年男士，与之交谈，知道他们不少是来自当地的原住乡民，为黎家或苗家子弟，操着一口带有浓重乡音的普通话推荐瓜果招揽生意，他们朴实而聪慧，热情而大方，所憾者，这些黎家苗家妹子不曾着半件民族服装，否则那黎锦苗绣岂不是这百六十里山道上的一抹风景线？

虽时值初春，这里的气温已高达二十七八度，加之我们从晋北来海南，身上衣服确实多了些，不免口渴舌燥，头上冒着热汗，遂停车路边果摊前。主人见状，手捧椰子，砍去边皮，插入吸管，将椰子送到我们每人的胸前来。我自尽情地吸吮着，瞬间椰汁入肚，顿觉清凉，适意畅然。水果中，"释迦"是第一次看到，我有点怪异这果名的由来，也许是因了水果本身上突起状有点像佛头上的螺髻，然而以佛祖之名名水果，委实是大不敬，情何以堪，然而约定俗成，徒唤奈何！至于榴梿，曩游马来西亚马六甲，于某景点曾感其气味难闻，遂不复品尝，今过214国道摊点，有好此果品者，遂购一枚，剖切数瓣，捧一小条定让我尝试，拒之不恭，遂勉力送入口中，聊一品味，倒也不恶，细嫩绵软，得似奶冻，而清香过之，朋友再送一瓣与我，又复入口，细细品味，老妻说："你怎今日也会开戒？"见诸者，无不大笑。

于摊位前，小憩尽兴，付瓜果费登车而去。前行路上，时见水果摊位，虽有更多佳品妙果，然而我等已选购多多，遂不复再买，只是每过其境，则放慢车速，开启车窗，按动相机快门，捕捉一二可意镜头。同车朋友见告，若再晚些时日，则有杨梅、枇杷、荔枝相继上市，亦可大快朵颐，也会发出"日啖荔枝三百颗，不妨长作岭南人"的感叹来。

由海南归晋北已过十数日，然初行三亚至五指山道上，所见花木，所访蜂农，所品水果，犹在眼前，犹在耳畔，犹在舌尖，遂成短文，以志见闻云尔。

2014 年 4 月 1 日

山居读书记

　　2015 年 1 月 15 日至 4 月 16 日，我做了一回候鸟的生活，是从晋北的小城迁徙到海南的腹地五指山中度过的，从冰天雪地突然飞到了杂花盛开的山庄，颇感不适应。厚厚的衣服在飞机上就减去了许多，一到三亚，尽管有椰风海韵的迎接，脑门上还是沁出了热汗。所幸时值傍晚，转上朋友的接站车，弯弯曲曲的山路陡坡、高高低低的乔木灌木、浓浓密密的芭蕉竹林、芳芳鲜鲜的木槿和三角梅，满眼的苍翠，一路的花香和蜜香，不知不觉中，车已开过了甘什岭，开过了大本岭，在一个叫"毛岸"的地方，看到一个孤高的山头，直插云天，山腰中荡着薄纱，轻轻地流走，是炊烟还是暮霭，这便是"小尖峰岭"。瞧那峰头左右，已眨着三五颗亮星了。说话间，车开到了"避暑山庄"。

　　按节令，已是年关时刻，在我记忆中的童年，人们穿着厚厚的衣服，围坐在火炉旁，泡上一壶滚烫的砖茶，或者在火盆中煨上几颗烧山药，傍晚坐在热炕上，听着祖母的叙话，对着忽闪忽闪的油灯，也够温馨的。在白天，要上学，会戴着"火车头"帽，裹着围巾，穿着厚厚的棉鞋，挎着书包，双手抄在袖筒里疾匆匆向学堂走去，身后的雪地里留下了长

在五指山琼崖小筑书宋词

长的印痕。六七十年后的冬天，来到这避暑山庄（应该说是"避寒山庄"），不由想起的是童年，是记忆中的祖母。

在山庄过年，尽管也贴红对联、挂红灯笼，也放炮，燃放烟花，也组织文艺演出，也吃年夜饭，却四围是一片绿树红花，在山中，虽不能说炎热，然摄氏二十四五度的气温，终没有过去年关时节的寒冷感受，没有漫天雪花的飞舞，似乎在这里不像过年，年节前的忙碌也少了许多，年节的兴味似乎有些索然，不变的只是年岁的增加。无意中想起了在祖母身边过年的林林总总，不禁在儿时记忆里徘徊。

年过了，零时来山庄小驻的候鸟们星散了。山庄复归平静，每日晨起，绕山庄走上两三圈，算是健身活动，听到乡音知是老乡，打个招呼，若是熟人，站下叙叙话，也感亲切。若有兴致时，出山庄西门，上一缓坡沿"山水云天"道南去，有椰风吹拂，有槟榔花香，见芭蕉卷舒，有修竹摇曳，还有鸟声相伴，清音悦耳。下小坡，沿堤北去，有一蕉围区，芭蕉百余株，几成重围。有小径深入其内，见一亭翼然，独坐亭中，幽极静极，小风过隙，蕉叶如诉，不禁想到了摩诘先生的"竹里馆"。兴尽而出，西去转北，沿"椰风水岸"而行，见有湖一泓，沿湖置茅亭巧石，植丛树时花，曲径相连，可上湖畔西山。西山逶迤，胶林密布，绿意可人。湖之北，有小溪飞溅白石间，明灭可见，淙淙有声。循声而去，正似柳河东先生《小石潭记》处所者。此亦南来眼福，遂为赘笔。

山庄的生活，除了一日三餐，早晚在周边散散步，便是进市区或三亚逛逛新华书店，淘几本自己喜欢看的书，携而归之，以读书为乐了。一次远行到黎母山访胜，一次崖城镇寻古外，除外出数日外，每日上午八点三十分和下午三点三十分，准时到 E2 的三楼去读书。其实我住在 E2 的四楼，为了清静，便躲到三楼来。从四楼到三楼，也不必坐电梯，只屑下几级楼梯，就到了，也是一种锻炼吧。

说到三楼，有一处空室，友人在一屋内为我支了一张大案，有兴致便铺纸染毫，写上几张字，应应朋友们的所需。不过，今年对写字几无兴致，便也很少动笔，以致对笔墨疏远了许多。而另一屋内，便是我读书的处所了，房子够宽绰，南面是整面的落地大窗户，上下两批，装着 16 块大玻璃，煞是明亮。北墙开一门，以通楼道。余则墙壁、屋顶皆为白色。依东墙置一简易沙发，沙发前置一玻璃茶几，西墙挂一电视。南窗下置二只藤圈椅、一只藤圆几。墙角置二电风扇，个中的简朴和明净，想读者诸君大致也会明晰。我到是室，泡一杯铁观音，便坐在藤椅中，把卷而读，竟不知时过几许。两只电风扇，从不启动，我只是打开房门上的窗户，和南窗中的两扇玻璃窗，凉凉的对流风已让人感到了缕缕的惬意。

读书移时，眼困了，便放下书本，看看窗外的景色。窗下是一处由机制彩色图案砖铺就的百米见方的广场，供人们晨练，广场四周是绿茸茸的草坪，草坪南面置一条长长的石凳，供人歇脚，石凳右旁布一顽石，不雕不琢，质朴而可人。草坪四周栽以黄花梨、木瓜，绿叶葳蕤，生意盎然。草坪外是小区的一条大通道，南去，直到翠湖边。道之东是小区的物业管理处"五指山华安物业管理有限公司"，仅是几间平房，门洞开着，每当下午阳光东照时，窗户上便拉了窗帘。物业管理处南侧有一小土山，是小区兴建时的堆积物，上建小亭，周遭植树，绿色掩映中，微露檐角，亭中人不可见，而下棋人落子的清脆声，时击耳鼓，想见那"楚河汉界"上厮杀的激烈了。楼隙间，"彩云飞大酒店"高翘泰国式的檐饰和金顶，每每破目而来；远望南山则点翠摇青，望不尽的山光水气，不由让人深深吸上一口气。

在我上下午读书的时间，广场上是没有人锻炼的，路上也很少有人走过，物业处的门洞开着，也不见人出入，他们不是怕打搅我读书，实在是其时的太阳太毒了，地面的温度太高了。

看看屋外的景致，眼睛疲劳解除了，我再捧未读竟的章节，又沉静在我的书斋世界里。从隐堂携往山庄的书，有任继愈先生的《老子新译》，这是一本 1978 年 3 月上海古籍出版社出版的老书了，此本为 1985 年 5 月第二版发行。在我的书架上存放了很久，也粗粗的读过几次，似乎多有教益。近年来拟写老子 81 章，断断续续写了一些篇章，始终没有写完，此次南行，便又带上《老子新译》。《道德经》读过几种版本，皆未深刻理解，唯因某年夏天在五台山与任先生有一面之缘，加之读了一些先生的其他著述，对此《新译》多了一些感情，便为抄写的蓝本。在山庄的书房里，不独重温了先生的解读，也勉强完成了书写的任务，只是感觉草率了些，没有认真的书写，实在有愧于任先生治学教诲的。

手头还带了一本流沙河先生的《庄子现代版》，我也是零零星星的选读了一些篇章，这是一本奇书，把一本"行文诡谲、立意玄奥"实在是难啃的古书，"拖古人两千三百多年前到现代来讲话"，写的有声有色，我是读得兴味无穷，竟感到缕缕弦外之音，不禁令我掩卷沉思。同时也让我想到了曾经为天下才子的出生在成都金堂县的"大右派"流沙河先生。我读着现代版庄子，曹腾中竟把流沙河先生和庄先生混为一人了。读着读着，我自己也有几许洒脱，布衣草鞋，我所欣也，糁汤野菜，我所乐也。感激流沙河先生历一年半时光，伏案耕耘，"近视爬到五百五"为读者提供了走近两千年前的庄先生的高速路。写到此，我想起了成都深巷中的那位小老头，该是84岁的老人了。在年前，我曾求得的先生为我写的四页花笺，并曾寄我一页短札，先生晚年还用心于古文字，著有《流沙河认字》《文字侦探》《简化字不讲理》等，也是我案头常备的读物。

　　在山居，我读书最为投入的是一本新书，《吴哥之美》，该书是孙女雪丹从五指山市新华书店购得。作者蒋勋，祖籍福建长乐，生于西安，成长于台湾，1972年负笈法国留学，1976年返台。为当今台湾著名学者，著述颇丰，而我之浅陋，此前尚不知有蒋勋其名者，愧煞愧煞。

　　或许是因我于2013年有柬埔寨之行，吴哥窟雄宏的建筑美，高棉的微笑，巴扬寺浮雕，塔普伦寺的残垣断壁，斑蒂丝蕾的雕花门楣，普力科寺的神牛，巴肯山的斜阳以及洞里萨湖中的水上人家，都给我留下了挥之不去的影像，还有那些坐在寺庙周边敲拉着乐器的残障者和众多的跟着游览者近似乞讨的衣不遮体的黑瘦的男女孩童。前者令我击节赞叹，后者又令我无尽的怅惘，一座曾经辉煌的王城，在战争和灾疫中变成废墟，终被热带雨林吞食，因为一本书《真腊风土记》成为索引，一座世界上最大的寺庙建筑群为人发现，宏伟的建筑、精湛的雕刻，达到了艺术的极致；而曾经缔造了千古文明的"高棉微笑"的后人们，竟是跌落到如此不堪的境地，文明何在呢？那二目微闭，双唇紧合的一尊尊的石像，一字不吐，答案难觅，这当是要人深省的。我读着蒋勋写给林怀民的这20封信，聆听着蒋先生对这些古迹的诉说，跟随他再一次领略吴哥王朝王宫，寺庙中发生的故事，触摸那些细腻雕刻，欣赏那些"搅动乳海"、惊心动魄的场面，以及那些字里行间散发出来的美学精神，我便深深地爱上了这本书。闭起眼睛，那吴哥窟石柱上的女神，一手拈鲜花，一手提裙裾，走下神殿来，秀美而不失庄重，步履轻盈，时闻足音；而浮雕上那些生活故事，和战争场面，以及那七头蛇，手拔蛇头的几十个力士，如过电影一般，一幕幕从眼前闪现，这一切都是《吴哥的美》引我重温柬埔寨之行的联想。

我从吴哥归来，总想买一本周达观的《真腊风土记》，跑了不少书店，终未能如愿。而今，此文附录于《吴哥之美》的后面，四十二则短文，供我一读，从而得以一睹元人周达观出使真腊笔下的见闻，方之今日所见，多有契合。修柬埔寨之历史，想周氏之实录是不可或缺的。

早年曾作埃及、印度之旅的梦想，便搜读过一些有关书籍，后来阴差阳错，迄今未能成行，然而古埃及和古印度的文明始终萦绕于心头。随之年龄的增长，此梦恐怕不再能够实现了。在山庄，我展读了余秋雨的《千年一叹》，对梦中向往的古迹名胜得以漫游。而此等所谓的卧游既免腰脚之劳顿，也省盘缠之支付，唯让双眼辛苦了，人渐衰老，不免眼之昏花，我虽将读书视之为生活，而双眼不胜其劳了。书读不了几页，眼便感到鼓胀难受，不得不停下来休息片刻。所幸脑子成像尚能快捷，雅典帕提侬神殿气派十足的石柱，在眼前雄踞于高山之巅，埃及金字塔在晨光的朗照中，一片灿烂。卢克索有"让人晕眩的石柱阵、石柱阵顶端神秘的落石"，而其中的每一根石柱，没有十二个人手拉手，是不能够合抱的，"而这样的柱子，在这里几乎形成了一个小小的森林"，这又是何等的气势呢！还有那些端坐法老们的塑像，残缺中不失巍峨。在耶路撒冷的金顶岩石清真寺内，看到伊斯兰教穆斯林教徒虔诚的礼拜。而台下曲道的一边则可见犹太人在"哭墙"前祈祷，而不远又是基督教的"悲哀之路"，在这条平静的小路上余先生告诉人们："无罪的耶稣被有罪的人们宣判为有罪，他就背起十字架，反替人们赎罪。"看到这里，我再次放下书本，收起《交缠的圣地》影像，似乎又在索思着个中的缘由，以及永远不能调和的以色列和巴勒斯坦。

　　区区小约旦，对它的古迹，我不曾留下多少印象，而对过去不曾留意的国王侯赛因，因了余先生的文字真正的鲜活起来，且为之肃然起敬。余文没有对国王生前做多少介绍，只写了他谒陵的见闻，我作回文抄公，谨抄几小段，以见一斑吧：

陵墓在王室里边，但王官不是古迹，而是真实的元首办公地，因而要通过层层禁卫。终于到了一堵院墙前，进门见一所白屋，不大又朴素，觉得不应该是侯赛因陵墓，也许是一个门楼或警卫处？一问，是侯赛因祖父老国王的陵寝。屋内一具白石棺，覆盖着绣有《可兰经》字句的布幔，屋角木架上有两本《可兰经》，其他什么也没有了。蹑手蹑脚地走出，询问侯赛因自己的陵寝在哪里，我是做好了以最虔诚的步履攀援百级台阶，以最恭敬的目光面对肃穆仪仗的准备的，但是，不敢想象的事情发生了。

就在他祖父陵寝的门前空地上，有一方仅仅两平方米的沙土上，围了一小圈白石，上支一个布篷，没有任何人看管。领路人说，这就是侯赛因国王的陵寝。

我呆住了，长时间的盯住领路人的眼睛，等待他说刚才是开玩笑。当确知不是玩笑后，又问是不是临时的，回答又是否定。于是，只得轻步向前。沙土仅是沙土，一根草也没有，面积只是一个人躺下的尺寸。代替警卫的，是几根细木条上拉着的一条细绳。最惊人的是没有墓碑和墓志铭。整个陵墓不着一字，如同不着一色，不设一阶，不筑一亭，不守一兵。这便是国王侯赛因的陵寝，而"出殡那天，很多国家的领袖纷纷赶来，美国的现任总统和几任退休总统都来了，病重的叶利钦也勉力赶来。天又下雨，没有一个外国元首用伞"。

这便是我知道的侯赛因，是何等的让人起敬呢，"他的一切动作真诚地指向和平的进程和人民的安康"。

两河流域的巴比伦文明，似乎没给我留下多少记忆，满脑子的刀光剑影和疯狂炸弹下的血肉模糊的人们，国家的灾难，人民的不幸，利益的驱动，文明的失落，极端宗教势力的乘虚而入，这伊拉克历史上黑暗的一页不知何时得以翻过，我期盼，我祈祷。读伊朗的篇章，匆匆而过，不管是普鲁士的陵寝，还是大流士的宫殿，对它们的印象，似乎很淡漠，只求得一时的感知，时至今日，连一丝的记忆都没有了，于此，才发觉自己记忆的衰退，也只能徒唤奈何了。

在对"巴基斯坦"的阅读过程中，我留心所在是法显和玄奘的足迹。在伊斯兰堡附近的塔克西拉，这个原为犍陀罗的地方，有一处讲经堂，留下了玄奘的座位，它不起眼，却不能让我忘怀。在我的书架上有《大唐西域记》，我捧读时对圣僧在"北兰竺"踪迹有些模糊，当时肯定是读得了草了，我何以对得起这来了不易的伟大的著述，不禁感愧万分了。法显《佛国记》也不曾捧读，这些都是我要尽快补课的。

因与佛教不解的缘分，我对印度向往之久是可想而知的，况且我在中学时就知道了"甘地"，也欣赏过"泰姬陵"的彩图，读过泰戈尔的诗篇，也曾在北京法源寺寻觅诗人的踪迹。在宁波阿育王寺游观和畅想都是因了对印度的眷恋，尽管我还没有踏上印度的土地。对佛祖释迦牟尼的圣迹也早已耳熟能详，以故，对余先生笔下的恒河，对释迦牟尼在菩提树下悟道的菩提迦耶，对佛祖初次讲法的圣地鹿野苑等圣地，都似曾相识，今天随着余先生的足迹，又像在梦中重游了一回。

在我的案头有关尼泊尔的书籍也有几种，加德满都繁华和热闹，登山队的来来往往，徜徉在寺庙中的行人，皆为高大寺庙建筑的"大眼睛"注视着，而余先生都没留意，而是独自躺在喜马拉雅山山脚的"鱼尾山屋"沉思和写作去了，那又是何等的惬意，这委实让我艳羡不置呢。

要看书，就得买书，五指山市是个不大的山城，没有多少好去处，我只去过一次"海南省民族博物馆"；浏览过一次黎锦织坊，还在那里买了一块小小的织绵，装在镜框内，也算是对黎乡的永久纪念吧。而还有几次的进城，便是到书店购书了。五指山市的新华书店在红旗路，不大的门脸儿，一层已改作销售电子百货了，从屋角拐上楼梯，才是书店的所在，店面不大，书也不甚多，我在书架前，摘下眼镜，选择着所喜欢的书籍，然而用不上一小时，便会通过一排排的书架，实在看不到心爱的读物，便也要买上两本，进一回城，准不能白走一趟。提着新书，走不了百米，便可来到解放路和山兰路相交的路口，拐角处有一家"德克士"，拣一处临窗的地方坐下，其时也，店内十分清静，几乎没有顾客，顶多时有两三位带小孩的母亲进来，喝一杯冷饮、吃些许薯条，顶多要一份汉堡，吃完了，便走出这山市最为雅洁的场所。

我独自临窗而坐，要一杯新煮的咖啡，欣赏那些以"小鸟""绿叶"等图案彩绘的墙壁，长形的和圆形的吊灯罩给人们简静祥和的感觉，转而贪看窗外的人物和风景，满眼是绿色的树冠，是高大的盆架木树、紫檀树，这不长的山兰路一直通到南圣河边。路上的车辆和行人来来去去，实在很为热闹；路之对面，有十来家小铺面，各色的商店，购物者出出进进，忙忙碌碌，这便是山城中蚂蚁一样的市井生活了。窗外的风景看腻了，我的双眼便移到了所购的新书中，有意无意地翻阅着，偶尔也为书中精彩的文字和优美的图片吸引，德克士的服务生，似不曾走动，也不来打扰，不知不觉中，我会在此适意的环境中悄悄地消磨去一个上午，似也悠然神畅，而从无些许聊赖的感觉呢。

在山庄的案头还有一本余秋雨的《山河之书》，身在海南，自然首先拜读了有关海南的章节——《天涯神眼》。作者通过对史实记载的编排，对古迹遗踪中一些历史人物的凭吊，将宝岛的故事诠释得有声有色，冼夫人、李德裕等"五公"、黄道婆、丘濬、海瑞等无不在脑海中呈现，就中的东坡先生，我是尤为留意的。多少年来，我捧读着东坡先生的著述，学习着先生的书画，追踪着先生的行脚，从眉山到杭州，从黄州到儋州，而终于常州。今居海南，余先生在书中写到了"他（东坡先生）对黎族进行了考察，还朝拜了黎族的诞生地黎母山"。这句话引起了我对黎母山的兴趣，便也以一访黎母山为快事。拣选一个晴朗的日子，早餐后乘车从山庄出发，攀阿陀岭，一路坡陡弯急，至岭头复岭底，至"毛阳"

的地方，稍见平坦，后沿昌化江的河谷溯溪而上，经"什运""红毛"而抵琼中市，已是行车160多里，车穿市而过，再转西北，经"乌石"，远见峰峦起伏，排青叠翠，那当是黎母山。然要到山口，车又跑了40里。入谷口，沿山道盘旋而进，车时在山左，忽转山右，渐次已至半山腰，林莽丛树间，可见平畴屋宇，黎村苗寨，迎面则是山风花树，时已近午，还未找到建有书中所标圣迹"黎母庙"。一路未见游人，复前行，便入深山腹地，四山重围中，有屋高起，见一骑摩托男子带一女子急驰而过，急为问讯，才出口三个字"黎母山？"那女子手一指，仅答以两个字"里面"，话音未落，摩托已不见踪影了。

过此地，路面更窄，且新修道路尚未完成，稍不慎，车便会滑下崖谷，所幸王老师有多年之驾龄，车开得极稳，又小心翼翼过去十数里，终于来到苦苦寻觅的"黎母庙"。庙是一座小庙，很不起眼，却是黎民心中的圣地，据说每年三月三，和三月十五黎母生日，远近山民，咸来供香敬纸，偻佝提携，填山盈谷，那当是热闹的。

寻访黎母庙的心愿已了，循原路返回山庄，已是下午五点时刻，一日坐车七八个小时，实在疲累得很。虽然游山的心愿满足了，但余先生的话"他（东坡先生）还朝拜了黎族的诞生地黎母山"，我则心生疑惑了。想当年东坡先生三谪儋州，所在的"昌化军"，为今之"中和镇"，地处儋州之西北，离琼中的黎母山，何其远也，想那九百多年前的瘴疠之地，尚未开发，山中即有斗折蛇行的羊肠小道，一个六十多岁的东坡老人，也不会到此的，即便是黎母山的支系，恐也不曾涉足，不知余先生此说有何依据。我在山庄，手头没有多少资料可查阅，只得暂时存疑了。

手头有一本陈武所作《俞平伯的诗书人生》，是几周前去三亚选购的。二十多万字的文章，很快就读完了，它加深我对俞平老的认识，而且是通过对其著述介绍和评述的线索一步步深入的。还有我与俞平老同样的喜好旅游，步随其后在苏杭等地的行脚而漫步，还亲切的见到朱自清、顾颉刚等我心仪的那一代人物。

我于俞平老，知道其大名是很早的，在上初中的1954年，有位同学买到了俞著《红楼梦研究》，其时也，我对《红楼梦》还不曾通读过，更不要说对《红楼梦研究》的诵读了，只是第一次知道俞平伯的姓名。时过未久，听到了当时两个年轻人李希凡和蓝翎对俞平伯的批判，接着又有"小人物对大人物的挑战"的助威的批示，俞先生便被压入五行山下，恐怕是难于翻身的。作为一个中学生，自然对后来的俞先生不曾有多少留心。直到"四人帮"倒台后，对俞平老的不公正的待遇还没有得到平反。不记得是什么缘分，1981年我适北京，有朋友引荐去三里河看俞平老，那年先生已是82岁老人了。其时老人的儿子俞润民刚从天津回京探亲，父子相见眷眷情深，我不忍打扰老人，只记得老人在客厅里站着和儿子叙话，墙壁上是老人曾祖父俞樾所书隶书屏，很见气势。后来在另一个小屋内和俞平老的女儿俞成交谈了几句，俞平老的外甥韦奈拿出一本册页，我便仔细地翻阅和赏读，册页中除了俞平老和夫人许宝驯的手泽外，还有谢国桢、顾颉刚、叶圣陶等先生的墨宝，时过境迁，已是三十多年前的往事了，记忆自然模糊。后来我只是断断续续的购读过俞先生的一些著述，诸如《读词偶得》《俞平伯散文选集》，特别为那些写在俞楼中的细腻、精致的文章所吸引，咀嚼、品味，再三的赏鉴，领略那"独特的风致"，"这风致是属于中国文学的，是那样的旧而又这样的新"（周作人）。此后我的案头还有孙玉蓉所编的《古槐树下的俞平伯》和《俞平伯的后半生》《红学才子俞平伯》，后两本是作者王湜华先生见赠的。几年前陪王湜华先生游览五台山，一路上所谈的，也多为俞先生的掌故，记得有一副对联是吴玉如先生章草书赠俞平老的，王先生让我重书一幅给他留念。我对俞平老的仰望，是因了他那高尚的人品和高深的学问以及他那非凡的人格魅力的。陈武的《俞平伯的诗书人生》读竟，又引发了我如许回忆，于此对陈武先生道一声感谢了。

在三亚新华书店旅游读物的书架上，竟然见到两本书，一本是萧乾的《未带地图的旅人》，一本是黄永玉的《沿着塞纳河到翡冷翠》。前者是传记性质的回忆录，后者是游记散文，书中每篇都有作者精美的写生画，也是算作插图读物，作为画册欣赏，也会令人不忍释卷。这里竟然把两本文学作品列入为导游资料，实在让人匪夷所思的。

《未带地图的旅人》，我早曾买到过一本，也曾拜读过，此本印刷装帧更为精致，也不忍先生的大著误为旅游景点解说词。我有幸与先生参加过一次小型笔会，尚记得先生还为我的散文集题写签条，尚记得先生脸上始终漾着微笑。我寄拙著请先生赐教，先生给予鼓励。这一切都让我永久不能忘怀，再次拜读先生的《未带地图的旅人》，又如面对先生，亲闻謦欬。

黄永玉先生是大大有名的画家，我上中学时，就看到他的木刻。他画的老舍的速写像，给我以深刻的印象，而套色木刻《阿诗玛》窃以为可与明人木刻画相媲美。我在湘西凤凰，曾造访他的"玉石山房"，无奈先生早一日离开故乡返北京了，无缘一面，只看到大门上挂有"家有恶犬……"的木牌，令我想起了"文革"中大批"黑画"时，黄氏的那幅一眼睁，一眼闭的"猫头鹰"。此作我当年在南京时，听钱松喦先生说：那是宋文治请黄永玉等画家画的一本笔墨游戏的册页，在那浩劫恐怖的年代里，有人举报，宋先生只好把册页交上去，便成了黄先生被批判的罪状。"四人帮"倒台后，我曾写了一首有关此"猫头鹰"的长诗，并将拙诗滕抄一份，转给黄先生。这也算我与黄先生的一段缘分吧。黄先生的文章很风趣，我是很爱读的，这一本《沿塞纳河到翡冷翠》又陪伴我在山庄的书斋中"消暑"。按节令，才是清明时节，海南山庄的室外，在中午有时也会让人汗流浃背的。仅"翡冷翠"这三个字，听起来也便让你感到清凉。

在山庄，我捧读着顾随先生的讲坛实录，一本题为《中国古典文心》的著作。书前有叶嘉莹先生的文字：

　　一般学术著作大多是知识性的、理论性的、纯客观的记录，而先生的作品则大多是源于知识却超越于知识以上的一种心灵与智慧和修养的升华……我之所以在半生流离辗转的生活中，一直把我当年听先生讲课的笔记始终随身携带，唯恐或失的缘故，就因为我深知先生所传述的精华妙义，是我在其他书本中所绝对无法获得的一种无价之宝。古人有言"经师易得，人师难求"，先生所予人的乃是心灵的启迪与人格的提升。

我生也晚，故不能亲身聆听到顾先生对《论语》，对《文赋》，对《文选》等文章的讲话，却有幸读到了叶先生的笔记，奈何双眼不济，书故读得很慢，正得以用心去领略其中的精华妙义，即我不敏，也感到中国古典文化的博大精深，有如高山之明月，岭上之清风，取之不尽，用之不竭，给人以明净，给人以清凉。

朱熹于《论语集注》中说："讲学以会友，则道益明，则德益近。"听顾先生讲《论语》，不知不觉中大受教益，不独止于学问和礼仪，而于修养和道德上，也多潜移默化，正"以友辅仁""为政以德"者也。

感谢叶嘉莹先生，她为我们留下了顾随先生《中国古典文心》的讲坛实录，其中的《文赋》《文选》部分，我还在研读中，余虽不敏，然面对心智的开启似也大有裨益的。我手头尚有一本《叶嘉莹说词》是叶先生签赠的，尚未读竟，实在是愧对先生的厚爱了。

到山庄时，还携带了《全唐诗》中的一本，另一本是夏承焘、张璋编选的《金元明清词选》，都是为了方便在涂鸦时拣选词句，当然也不时会研读几首名篇佳句。

对于当代词人夏先生，我是崇敬有加，在当今词坛，治词授业，多有建树，其书法也甚了得，有沈曾植之遗韵，与马一浮相仿佛，我不独购得《夏承焘集》大册和《夏承焘教授纪念集》，还收有先生的一小幅墨迹，是先生晚年的手泽，似因其年老气衰，字已不算精彩，卷面上尚有墨污和点改，也无印章，然为先生之真迹，无可疑也。还收得先生致天津张牧石简札一通，以钢笔书写，虽寥寥几行，展玩之间，也想见先生在书斋命笔时之倩影也。

伴我山居的书籍还有多多，奈何尚未一一捧读，培根说："读书使人充实"，我感觉，读书不独使人充实，更让人快乐，正所谓"坐拥书城，人生一乐"。

在山庄，读书是一乐，静坐也是一爱，清茶一杯，手扶藤椅，临窗而坐。听雨听乐，看树看云，也让人每每忘其时间，家人传饭，方能转过神来。

某日下午，椰风初过，絮云骤聚，未几，便落下一天的倾盆大雨来，檐溜如注，雨声不绝，正"铁马冰河"之气势，相搏相击，时过三刻，转而雨小，转而云收，山河一洗，青山堆翠，草树鲜碧。窗下一片静寂，唯听珠露滴沥，渐闻鸟声妙啭，山溪清唱，此皆天籁之声，上苍所赐者也。

而或清晖初照，椰风轻拂，音乐起处，练太极拳者，已三五登场，渐成阵容，衣袖起舞，招式有度，我作观者，也不禁双手比画，拟抱太极。

或有播放京剧《夜深沉》曲牌者，闻声临窗而观，有身着彩衣，手挥宝剑者，正以"虞姬"之身段而起舞者约十数人，其中一老者，年当七十开外，着白绸长衫肥裤，领头起舞，舞步稳健，长剑圆融，剑起风随，手眼传神，直舞得出神入化，令我看的啧啧叹赏。

九十九天的候鸟生活就要结束了，我将飞向塞上。在这五指山居中，虽单纯而不单调，常清静而不寂寞，我不会忘记朋友们的关照，更不敢忘记上天的眷顾和大自然的恩赐。心存感念，天之道也。

2015 年 4 月 11 日于五指山避暑山庄

二月二

　　农历二月初二,俗称"二月二",在我们家乡山西原平也算是一个小的节日的。俗语:"过了二月二,大年(春节)才算过完。"按乡俗,这一天,人们早早起床,天不亮,便到河里、井里或泉中去担水,桶中的水要盛的满满的,在路上不能歇脚,一口气担回家;走起路来,要稳稳的,决不能让水外溢,此举称之为"引钱龙",自然是稼穑丰稔、财源广进的祈愿吧。这一天还要吃"枣山"。"枣山"是春节期间供在"灶君爷"面前的大型花馍,形如等腰三角形,一般底边约六寸,高可八九寸,亦可大可小,当量家中白麵(小麦面)多少而定。蒸"枣山",将发好的面团搓成长条儿,两头裹以红枣,向内卷成回字形,上下左右拼接,最上端卷成榴花形,为小三角,还会在拼好的"枣山"上,盘曲一条小钱龙,龙身上的鳞片是用剪刀剪出的毛齿儿,龙眼是以黑豆按在头上的,龙嘴中衔一枚小铜钱。这是我童年的记忆,现在枣山上小钱龙,口中衔的自然是一枚硬币了。

　　童年时,年节前预备的美食,没几天就会吃完,正月初五过"破五",包一顿"扁食"(饺子),到初十是"十子",是"老鼠娶媳妇"的日子,搓"十子鱼鱼",便开始了一年四季吃红面"鱼鱼"和玉茭"窝窝"的生活，只有这"二月二"还能吃到白面蒸的"枣山"，这自然是孩子们所期盼的美食。须知，数十年前，我们家乡能吃到白面的日子是屈指可数的几个日子。

居晋北小城忻州数十年，"二月二"这个节日，早已淡忘了。晾得半干的"枣山"几乎没人咀嚼了。不过，我因了"惜衣惜食，非为惜财是惜福"的理念，便不忍也不敢暴殄这些上天所赐的食粮。

今年的二月二，是在海南五指山市的避暑山庄度过的。同楼住有原平老乡杨根礼、杨补莲夫妇，二位老人年皆七十五岁，身体硬朗，待人热情，见我和妻子效英初来乍到，时有帮助，浓浓乡情，甚是令人感激。几日前二老杨便约好为我们做"二月二"的节日饭，这节日饭，勾起了我对几十年前的记忆。

早饭是杨补莲大姐送来的，有煮"圪饦"，那"猫耳朵"捻得又小又圆，且十分精到，是白面、荞面、豆面、红面合成捻制的，为耐煮不粘连，还加一把粉面，那是要多少工夫呢，"哨子"中有木耳、金针、土豆、香菇等，还加了油炸草麻花，和着绵软的圪饦，吃起来，那个可口，在大餐馆是不曾品尝到的。主食外还有小菜数品，最有特色的当是一盘"花豆儿"——由煮制的大黄豆、大青豆、白杏仁、红杏仁（桃红染色的）调制的，看上去便十分亮丽喜人，还有一盆酱紫色的老咸菜，叫"浇醋丝丝"，这都是地道代县人待客的盘中食品，此外，还有一盘黑色而细碎的"杆揽菜"，为海南特色，小试一口，约略有点炸香椿的滋味，亦复让人每每下箸品尝，外加两枚煮小鸡蛋，是五指山中山鸡的产物，环保自然自不必多说。还有两块被切割的"枣山"，这是"二月二"最有象征性的食品了，吃着它，最能引起我对童年的回忆。

午餐是"煎锅"，也称"煎饼"或"盖窖饼"，以求一年的五谷丰收，粮食满囤。是老杨送来的。这"煎饼"的"摊"制，当年是将杂合面加水，稀释搅拌成均匀的糊状，舀一勺在锅侧以圆圈倒下，任其下流至锅底，成一薄薄的饼状，锅下加文火，将其烫熟，且须不焦为糊。"煎锅"的薄厚是由糊状物的稠稀来决定的；而"煎锅"烙制的不糊不焦，且能绵软则是由火候决定的。老杨家"摊煎锅"则是以通电的电饼铛完成的，不独便捷，摊制的"煎饼"则更为精到圆整，比铁锅中制作更为省事了许多。将摊好薄饼，晾得半凉，摞起来，切成一厘米宽的长条儿，拌着凉菜吃，那才叫惬意呢。老杨家的凉菜以自生的绿豆芽，切得细细的山药丝，少许的胡萝卜丝，豆腐干丝调拌而成，外加油爆白芝麻，并放少许咸菜丝，那白中见红，香气四溢的凉菜盘，一看一闻，已觉两腮生津，30多年了没吃过这么好的"煎锅"，老杨家馈赠，让我想起了"二月二"和早年祖母摊制"煎锅"的场景，便记下了这段文字来，不独因了口腹之愉，更引起了美好的回忆，这首先得感谢二老杨家的浓浓的乡亲。乡音、乡亲、乡味，令我感激而难忘，这也许就是当今人们常常提及的"乡愁"吧。

2014 年 3 月 3 日于海南

腊八在海南

去年的"腊八"我在"天涯海角"的海南度过，其时也，我和老伴石效英住五指山避暑山庄 E2 楼的 4 层，杨大姐杨补莲和老伴杨根理住 E2 的 6 层，同住一幢楼，又是山西原平老乡，见我们初来乍到，便多有关照，于腊八的早上，便听到叮叮的敲门声，待我开门，见杨大姐端着一只大条盘笑呵呵的，给我们送来了热气腾腾的"腊八粥""素烩菜"，还有一瓶"腊八蒜"，令我们十分的感动，一碗软糯香甜腊八粥，充溢着浓浓的乡情，一盘精细的"腊八菜"弥漫着化不去的乡愁。

今年的"腊八"，我又是在海南度过的，早上的八点许，又听到了叮叮的敲门声，待我开门，见小老乡小韩也是端着一只条盘，盘中照样摆着一盆"腊八粥"，一大盘"素烩菜"和一瓶"腊八蒜"。小韩说："是杨大娘让送来的。"我看着饭菜中蒸腾热气，感到的却是无限的深情厚谊。杨大姐小我一岁，也是 76 岁的老人了，况且今年我又搬到了 E1 楼的 7 层，她便托小韩来帮忙。对老杨家的情意，我什么也不会说，只心领了。

昨日下午六点到晚上十二点一直停电，做粥需首先浸泡红小豆，想来杨大姐昨晚摸黑就忙活着，迟至今早六点钟，就得下锅煮米，开花滚水中，倒入浸好的红小豆，加入红枣和大黄米（软糜米），放少许碱面，慢火煮、焖，直到由稀粥，变成稠粥，这是需要时间的，水米的比例，火候的大小，碱面的多少，这粥要做得精道和香甜也是不容易的。

"腊八"是佛诞纪念日，"烩菜"自然是清素的，白菜衬底，加金针、刀豆角、蘑菇、白豆腐、冻豆腐、山药（土豆）、粉条，加少许西葫芦和西红柿，以增色泽；而金针（黄花菜）和刀豆角都是晒干的，烩制前，也需要温水浸泡，菜烩好了，还炝上"草麻花"，则更加香气四溢。这看似简单的一盆素烩菜，做起来也不那么简单。至于做"腊八蒜"，也有许多讲究，首先把蒜一瓣一瓣剥好，切去根片，洗净晾干，置入瓶内，腊八午夜将上好的"山西老陈醋"倒入瓶中，直至口沿，以为浸泡。过上几日，蒜瓣表面变成翠绿色，若翡翠，煞是好看，而香醋中又增蒜香，不独是调味的佳品，也可防治感冒等病症。日前在老杨家小坐，见杨根理大哥剥了许多蒜瓣，原来他正在准备泡制"腊八蒜"。

我不厌其烦写下上面这些文字，就是想告诉大家，这简单的一碗粥、一盘菜、一瓶醋，它也倾注了主人的一片心血。

远在海南过腊八，因了这碗粥，又勾起我无尽的乡思，便是当下电视中热播的百集纪录片《记住乡愁》。

这南国的腊八，有点不像腊八，到处绿水青山，百花竞放，气温高达28度，而北国的腊八，有谚云："腊七腊八，出门冻煞。"应是冰天雪地的景象。记得少年时，每到腊七，便会到河槽中打冰凌，一大块、一大块搬回家，摆放在院中，窗台上，叫做"冬凌（音络）人"，以祈来年的风调雨顺。祖母有如杨大姐一样，浸小豆、莲豆，泡红枣，天不明，粥便做好，把我从睡梦中叫醒，把粥碗递到我手里，哄着吃，还每每加少许白糖在红粥里："天不明要吃完，要不阳婆（太阳）出来，再吃饭，会害红眼病。"祖母看着我，在哄吓我吃完半碗粥。这红粥的味道便留在了我的儿时记忆中，今天吃着杨大姐送来的腊八粥，令我想起了抚育我长大成人的老祖母，眼睛不禁有点沾湿了。

2016 年 1 月 17 日于五指山

海南的果品

椰　子

海南，椰子树无处不在，在海口的长街大道，在三亚的碧海沙滩，都可以触感到椰风的抚摸，椰韵的撩拨，椰香的诱惑。在我居住的五指山下琼崖小筑的楼下，有一泓水光潋滟的小湖。湖之南岸小别墅前有一棵棵火焰树，火焰花红酽酽的炽热地燃烧着，而湖之北的石栏杆内，则是高入云天的椰子树，翠绿的大叶片，像无数展翅开屏的大孔雀，在阳光下，泛着迷人的光彩，树之顶端在主干与叶片的交接处，垂挂着一颗颗硕大的椰实。这椰实由厚厚的叶片裹着，由小变大，由绿色渐变到苍黄而焦茶色。椰子成熟了，偶尔请当地的青年人爬上树顶去采摘，否则会终老树头，有时在风中，也会被吹落，此时，行人过树下，当要小心，以免坠落的椰实打伤头脚。

成熟的椰子，露出坚硬的外壳，在其顶端可找出一个小孔来，插入一根吸管，你便可以吸溜椰子腹内的液汁了。在炎热的中午，尽情地吸吮，一股清凉，直沁肺腑，微甜中，还有些许乳香。在旅游的路上，日高人渴，偶遇一个卖椰子的摊点，买一个捧在手上，一吸而尽，那才叫惬意呢。

椰子肉，也能吃，喝尽椰汁，剖开椰壳，紧贴内壳的是一层厚厚的雪白的椰肉，切小块放到口中，慢慢咀嚼，也有滋味，清香绵长，永留舌本。

椰汁米饭，曾有一次品尝，也复让人回味。以新鲜椰汁浸泡大米，然后上锅蒸熟，米色微红或淡紫，吃此米饭，切记饭中不能拌菜，否则香味尽失。喝一口清茶，吃一口米饭，米香、椰香、茶香，淡淡的，清清的，多少能吃出点人生的滋味来，这就好。

槟　榔

槟榔树在海南，随处可见，细瘦高挺的身材，亭亭玉立，给人一种健美向上的冲劲，树干上有规律的纹饰，一圈一圈的，白色和浅绿色相间，白色部分有如刀痕略有收缩。果实结在高处的树干旁，一爪一爪的垂落着，像青枣儿，绿绿的，一天天长大，成熟的槟榔果有 4 厘米长，呈椭圆形。

第一次见槟榔是在台湾，同行的旅友，有位山西五台的老乡，同车一位青年的旅友，送他一枚槟榔果，他咀嚼着，竟将嚼出的果汁咽下了肚，一时间，血压升高，心跳激烈，面色苍白，头出冷汗，他说："们（我）看是不行了，这次到台湾旅游，送命来了。"他瘫在座位上，大家围拢着，很是着急，有人为他把脉，有人为他擦汗。所幸仅几分钟的时间，症状缓解了，逐渐恢复正常。从此，我便知道槟榔果的厉害。

在海南，摊位上到处有卖槟榔果的，我总是看当地人在情有独钟的咀嚼，自己却不敢品尝它。一位中学老师陪同我在五指山热带雨林游览，一路上，除了为我们作讲解，便抽空嚼槟榔，咀嚼的津津有味，脸涨得红红的，口中不时地吐红水，我以为他牙龈出血，然而那"红水"却不同于血色。他说："嚼槟榔，嚼出的液汁是不能下咽的，否则会有严重的不适。"难怪他不时地唾口水，那"红水"便是槟榔咀嚼后的结果，在五指山市通什电影院的广场上和大门口的地面上，斑斑驳驳红色的痕迹，便是本地人嚼槟榔后的杰作，在马路边和商店外的岩台下，也会有此种红色唾痕的残存，似血迹，似污秽，对之，让人不快。据说嚼槟榔，会提神，吃久了，会有瘾，难怪一种不文雅的咀嚼，让不少人的嘴巴忘却疲累而不停地扭动。

木　瓜

据说蒋介石早餐食谱非常固定，有木瓜、炒蛋和酱瓜，所谓"早餐三味"。没想到，一代人物的早餐，竟是如此的单纯，且一以贯之。炒蛋和酱瓜几乎是普通人家餐桌上常见的食物，木瓜于我来说，几年前在高档的餐桌上才偶尔品尝到，说多吃蒸熟的木瓜有养颜的作用，故多受女士的青睐，每见"木瓜燕窝"而有喜色。而凉拌生木瓜丝则早已熟悉，虽绿如玉色，脆嫩可人，却不曾引起过我的注意。

自从三年前到海南来做候鸟，木瓜则为我喜欢的食品，其实这东西，在海南已不是什么稀罕之物，果实成熟期，一斤木瓜，仅一两元钱，你说便宜不便宜。

在我居住的五指山避暑山庄小区房前屋后的草坪中，常常可以见到木瓜树，孤干高标，长柄大叶，状如瓜叶，飘飘拂拂，有如镂刻了花边的大扇。叶柄随树之生长而脱落，主干上留下了斑驳的花纹，有如精心的设计，煞是好看。而树之冠，则为众叶含抱，组成了一个伞盖，叶柄根部与主干结合部，会生出密集的花蕾，而后开花，而后结果，果实渐次长大，如豆、如枣、如瓜，青青的一坨一坨滴溜着，亦复可观，没过半月，木瓜长大了，呈椭圆形，由青绿变金黄，也有不曾变色的，青青的，却已成熟。成熟的木瓜可生吃，不管黄色的还是青色的，切成瓜瓣，其瓜肉都是橘红色的，去掉少许的瓜瓢和满腹的黑籽，厚厚的瓜肉，甜甜的，水汁极多，若是初次品尝，则会感到有些许的怪味，吃久了，离去了这种味道，便不成其为木瓜了。我吃木瓜，则多是蒸着吃，去瓢去籽，切块，放在笼里蒸，只需十数分钟，半碗木瓜，有汤有肉，甜糯可口，也成了我在海南居住期间每早必备的早点之一了。

杧　果

　　记得在"文革"中，有非洲某国元首以杧果为国礼，携赠中国国家主席毛泽东，主席未曾品尝，遂送农业展览会展出。上行下效，省区各级农业展览中，也将"杧果"展出，不过此"杧果"非彼"杧果"，皆为蜡制或石膏制工艺品，非实物也。其时，我多参与展览筹备工作，在一次农业展览展出前，专门买了一只"景泰蓝"果盘和两只石膏制"杧果"，展览时，以假代真，将其陈列，倒也吸引了众多观众，缘于它是人们不曾见过的稀罕之物，至于真假，你是不会知道的，因为它放在玻璃柜里，看得见，摸不着，闻不到。而今，你要小心了！虚假现象，虚假实物，无处不在，不过这"杧果"，或有蜡制工艺品，那只是供人观赏的东西；在中国想吃到真杧果，在各处的果品店，几乎都可以买得到。我在海南的保亭路上，到处可以看到杧果园。

　　成熟的杧果，椭圆形，青里透黄或黄里透红，亮晶晶的，很是好看，大者 20 多厘米，小者也 10 多厘米。剖开薄皮，剥去大而扁平的内核，便是香而软的果肉，甜甜的，也有点怪味，这味便是杧果的独有的味道，否则便不称其为杧果了。

火龙果

火龙果长得很是漂亮，鲜红亮丽，有如刚洗过的水萝卜皮肤的色泽，嫩得会掐出水来。而其形状，则如出水的荷花叠加在一起，一层一层的，不知有多少瓣儿，瓣尖儿上又染成了绿色，犹如镶了一条细边儿，果实被严严地包裹在花瓣中，顶端张着小口儿，这火龙果，简直就是一个衣襟怀抱中胖胖的小婴孩。

火龙果的肉实细嫩松软，粉白色的内质中，有细碎的黑籽儿，小得很，不须咀嚼，便连同水儿、肉儿下咽了。那味道，淡淡的，有点微甜，也有点怪，这就是火龙果，这才是火龙果，文字是难以说清的，你只有品尝它。

阳 桃

阳桃，早在40年前我在广州参加交易会筹备工作期间，就曾品尝过，当时很便宜，一斤才1角2分钱，今来海南，每斤已是4或5元的价位了。

阳桃，听起来，该是桃子的形状，其实和桃子是搭不着边际的，它们不是一个科目的果木。阳桃，黄绿黄绿的，有时会泛出些许的橘红来，看起来它是由五瓣组合而成的果实，有 10 来公分长，每瓣又像一只肥厚的刀豆角，横切而看，成五角形的剖面，很是匀称，又有点像浮游在洋面上的海星。似乎没有太多的糖分，清清的，还带点微酸，水汪汪的，很是解渴。

波罗蜜

村边地头，常见有波罗蜜树，乃复乔木，颇高大，在支干上常挂果，偶于梢之上，干之脚，也挂果实，人过其下，伸手可触，疤疤涩涩，表皮满布小颗粒。

于市场所见之波罗蜜，论个头实为果中之王，其形状如一大枕头，曾有一购买者，称其分量，重三十四斤。当有更大更重者。

波罗蜜，听其名，颇感诱人，其果肉定是胜过蜂蜜，且有"果中之皇后"的美称。因其过大，也有切割零售者。遂购一大块携于家，作一品尝。

剖其皮，去其瓤，剥其籽，所剩果肉聊聊，色微黄，比菠萝浅，似香蕉深，咀之再三，既不爽也不甜，其水分也不多，实在是名不符实，有若人之徒具虚名者。得如此之大名，徒自欺欺人耳。

百香果和鸡蛋果

偶于摊位上见有售"百香果"和"鸡蛋果"者，每斤都是8元钱。此两种水果，均不曾寓目，更不知其味道，遂各购数枚，拟作品尝。

"百香果"，有如绿皮核桃形状，个头略过之，初见皮展展的，绿中泛紫，过一二日，水分稍失，其皮起皱折，纹道浅浅的，以刀剖之，厚皮内则汤汁泛黄而透明，盛入白色茶盏中，浓浓的汁液中，尚有黑籽儿多多，有如浮游在水中的小蝌蚪。以小汤匙送入口中，酸酸的，滑滑的，凉凉的，极似北方的酸刺（沙棘）果实的味道。据说是含有多种维生素的，汤汁咽下，小籽吐出，籽之周围尚有一层透明之液汁包裹着，则更加妙肖蝌蚪了。

"鸡蛋果"，绿皮，很光滑，形如大桃子。以刀剖实，内有硬硬的二粒果核，核之周围包裹着一层厚厚的果肉，色如蛋黄而质地紧密，确实有吃鸡蛋黄的感觉，腻腻的，一点水分也没有，黏牙，细细品尝，有点甜，有点香。

以上二种果品，不可不知，尝过一次，似也不会再受青睐的。

菠　萝

某年赴台湾旅游，乘太原至花莲县航班，在花莲机场，有开航庆典仪式，花莲县长出席讲话，并以"凤梨酥"点心盒为礼品，馈赠各位乘客。初一品尝，颇含果味，味道十分熟悉，询之左右，方知道此点心是菠萝加面粉制作而成，那凤梨便是菠萝的别称了，而且是早于菠萝的称呼的。今见大量上市，价位才三四元一斤，也便宜。此种菠萝个头不大，呈圆筒状，鼓鼓的大肚子上，布满拇指大小、近方形的花纹图案，还有由绿变成焦茶的苞片，收缩在每个拇指的中央，硬硬的有点刺人的小尖儿，整个菠萝则深黄中泛着绿色或泛红色。

剖去坑坎不平苞片和表皮，便是一只黄或深黄的果肉，水淋淋的，送入口中，甘甜中微酸的感觉，让人清爽而口味大开。比之大陆所食之菠萝既细腻，也无微拉（刺伤）口舌的不适。以故，在海南吃菠萝，则不需放在淡盐水浸泡，自然新鲜了许多。海南之水果尚有多多，诸如绿橙、香蕉、龙眼、荔枝等等，无不各具特色，其中尤以琼中绿橙为有名。此外尚有榴梿、释迦等，不知是海南所产，或为舶来品。读者诸君，欲得此中滋味，还是亲口尝尝吧，我这一枝秃笔，是难尽舌尖上感觉的。

2016 年 4 月 6 日于海南

三游马川沟

　　十二年前，写过一篇短文，叫《国庆这一天》，便是初游马川沟的纪实文字，有云："出忻州城西行……至三交镇，行未几，道分二歧，西行则牛尾庄而静乐；东南行则付家庄。我们取道后者，沿马川沟而进……""时值高秋，苍山点翠，黄叶飘金，而路边河畔，间有野菊黄花，丛丛簇簇，临风摇曳。"在"于家沟"村，访古建，买蘑菇；于"三迭泉"，玩水赏石，写生作画，幽趣不绝，意兴在山水之间，得一日之闲暇，享无尽之欢乐。

　　五六年以前，闻说"玉清观"的牡丹盛开，便又取道三交，再入马川沟。时值初夏，沿溪而上，水石相搏，其声哜哜，浅渚沙滩，涧草迷离，小溪清泉，游鱼可数，白杨参天，新绿满眼，间有啄木之声，剥剥然，亦复清越。入山渐深，幽谷收缩，夹道黄刺梅，暗香浮动，弥漫山谷间，煞是喜人。至"于家沟"村，当年卖蘑菇之老人，自难邂逅，而曾访之古建，已不见其踪影了。过于家沟不远，有一岔路口，上标"观里村"，乃知是"玉清观"之所在了。遂转车右去，入山庄"观里"，狗吠于巷，鸡栖于埘，牛羊游弋于坪亩间；而山庄老屋多破旧，墙倾屋摧，多为空巢。偶有老翁倚门而立，

与内人石效英游马川沟

老媪缘木而坐，趋前问话，知"观里"为移民之山庄，村民几外迁安居，故而村中仅留难离故土之长者，所幸子女孝敬，时来探望，衣食无虑，安于此清静习素的山居生活。

至村西，舍车徒步，沿村中小道而西去。道之南有小溪东下，浅吟低唱，明灭草石间；溪之畔，山之麓，榆杨之属，垂荫匝地，光束射空，苔痕斑驳，蜂蝶争喧。道之北，土岩壁垒，枣树罗列，蔓草竞秀，杂花纷呈，时有好风，畅然入怀。道之尽头，北坡之上，丛树掩映中，红墙拥起，正为玉清之观。至观下，庙门紧掩，扣之再三，初闻观内狗吠，达乎四境；复有人前来开门，不意花香自洞门外溢，直扑口鼻间，令人疑入众香之园，香气周流十方无量世界。入观门，紫霞红云，纷然满眼，正盛放之玉清观牡丹。花为一色，灿然落霞，紫云堆积，略无阙处。细审之，牡丹老干盘曲，高可三四尺，绿叶披离，有如翠羽，而花皆单瓣，与太原永祚寺之明植牡丹，别无二致，正"紫霞仙"一族。不禁令我想起乡贤遗山先生吟咏牡丹的诗句：

天上真妃玉镜台，醉中遗下紫霞杯。

已从香国编熏染，更怕花神巧剪裁。

玉清观院，牡丹丛中，尚有古松一株，高标天际，虽经数百年雨雪，不灭其凛然风骨，电火不能摧，风霜久磨砺，龙鳞铁干，顶天立地，对之，能不令人肃然起敬。更有老楸数株，苍然多姿，在牡丹映衬下，亦复古拙奇崛，颇可入画。

院之北，为三清殿，乃复建，入殿匆匆巡礼毕，又复徜徉于牡丹丛中。观之外，坡之下，道之侧，有巨石亭然者，名"钓鱼台"，台之左，有清泉，汩汩涌起，成一濠濮，供人掬饮；台之右，有小溪自林木间流出，聚台下，碧草围拢，白石点缀，山光水色，亦自成趣。从清晨自中午，半日游观，尽兴而归。

日昨，值五一休假，有朋友再邀同往玉清观赏牡丹，时近中午，方过马川沟大桥，不意，山中游人已复多多，山脚下，草坪上，石滩中，三五成群，熙熙攘攘，好不热闹。入山渐深，游人倍增，狭窄的山道上，小车一辆接一辆，行进甚慢，或有停车占道者，随致塞车，人不得进，遂下车一睹观谷中万象，沿溪十数里，地阔处，小车比列，若车贸市场。河之两岸，帐篷缀之，三三两两，甚是亮丽，俊男靓女，调姿作态，四处拍照，儿童追逐水石间，捕鱼、捉虾、捞蝌蚪，呼三喝四，不亦乐乎；浅草滩上，更有坐具铺陈，小几高架，上置冷盘佳肴，啤酒饮料；不远处，野爨烧烤，烟熏火燎，也有于两树间，置一绳床，仰卧其上，读书、看云、荡秋千，自适其乐，更见攀岩采野花者，临流捡美石者；二人对坐共话者，四五人围圈打牌者……山中众生相，不一而足，古有《清明上河图》，此眼中之景致，以《初夏幽谷图》名之。然而此"幽谷"，何幽之有呢？不闻鸟叫，难觅蛙鸣，有山水而无清音，唯人声嘈嘈，车声轧轧，喇叭声不绝于耳，此吾之耳观也；不闻花香，难觅清气，唯感烧烤之油腥，弥漫半空，此吾之鼻观也；而眼中所见，除去车若阵云，人影散乱外，便是满地的易拉罐、啤酒瓶、纸屑、饭盒、塑料袋，被践踏的芳草，被蹂躏的鲜花，被油渍的青石，被火燎的树木……对此狼藉之景象，能不令人感慨。原本一条野山沟，谁料想，一夜成新秀，从今而后，遭劫难，何时休？亲近自然，享受生活，寻幽访胜，本无可非议，且应提倡，然环保意识也当随之加强，自我修养更当不断提升，要尊重自然，万不可违背自然规律；更不能破坏自然法则。而对于旅游景点的开发，政府部门旅游单位则更需合理安排，正确引导，仔细调度，使之游者安全舒适，开心快意，在青山碧水中获得暂时休整和慰藉。而今之节假日，成堆出行，高速路上车成长龙，行如蜗走，名胜景点游人拥挤，进不能，退不得，数日假期，外出遭罪，开心安在，事与愿违。错峰出游，当是佳选，奈何上班族，惟节假日，方可脱身；人弃我取，获得佳境，而人多无主见，说哪里风景好，便一窝蜂拥入其中，个中趣味，哪能领悟？其实，何处无山水草木，何时无清风明月，与之亲近，便得佳趣，得与不得，惟一己之心耳。

车阻半小时，幸得开通，匆匆离去，至"于家沟"，始少游人，至"观里"车仅四五辆，所幸此地名不彰，青苔美石得免践踏而野趣常在焉。至玉清观前，山桃乍放，梨花似雪，入柴门，观中牡丹尚在蓓蕾期，待花大放，尚需十数日。山外青杏虽小，已满枝头；此中桃李方花，带露香初透；欲赏玉清紫霞，更待时日，结伴再来，入柴门，任情嗅。

2014 年 5 月 3 日

柏枝山纪游

六十年前我上范亭中学读书，要从故乡屯瓦村走六十里到崞县城，其地便是今天原平市的崞阳镇。

在学校，听同学说，县城西北二三十里外，有村叫"西神头"，村外有柏枝山，山峦层叠，甚是壮观，且山麓片石间多有图案，呈柏枝状，游人尝得之，携归置几案上，为文玩、为清供，故以柏枝名其山，虽心向往之，而终不曾到。身不曾到，心却不曾忘也。

八年前，我适原平，本拟往西神头，一探柏枝山之胜景，奈何正值修路，行车不果，遂改道"南神头"，得睹"崞山叠翠"之旧迹，也算不虚此行也。

五年前，得闻西神头，大兴土木，村人义士捐募钱物鸠工动土，复建在十年"文革"中被破坏之柏枝神祠——扶苏庙。越一载，大殿土木完工，遂塑像画壁，以臻完善。是年十月，执事李白厚先生邀余往游，幸得游柏枝山夙愿。主人轻车熟路，车过大林，经北苏鲁、任家沟、上连狄而西神头。一路上坡，见西山逶迤，正岩岩列嶂。西北望，马头崖高标天际，犹在指顾间。而柏枝山前，大殿高踞月台之上，正新建之神祠者也。殿前两柏森森，亦神祠之护将，虽为一千三百年前之古木，尚生机勃发，翠盖葱茏，偶有风过，瑟瑟然如诉语。柏之外侧，更有苍然老楸，据云为秦汉时遗植，皆两千年之高龄，北株更为壮阔，八九人不得合抱，老干撑空如巨柱，枝杈坚挺如屈铁，而翠叶披离似羽盖，徜徉树下，仰观俯察，雄古奇伟，摩挲树皮，聆听天籁，不知我看树，还是树看我？久之，入大殿，其时也，有画家阎眉中等正在高架之上作壁画，聚精会神，竟不知有游人至。余观夫，眼前虽为墨线粉本，而始皇胜迹，扶苏故事，尽现四壁矣，他日敷彩描金，必当富丽堂皇，金碧辉耀，为一时之巨观也。然殿深光暗，虽架有电灯，也还昏黑，而时值深秋，地处山中，我于其中，颇感冷冻难耐，而画家呵指作画，其精神也甚感人。阎眉中，余之旧友也，邂逅古庙，出祠殿共话，同游庙前台下之水利工程，清泉入室，长龙（石雕）卧波，随水之大小而出没，正见古人匠心独运，亦令我等赞叹不已。

转神祠殿后，值柏枝山脚，山岩裸露，赤石横叠，正倪云林之折带皴者。岩脚乱石间，寻寻觅觅，欲见柏枝图案之片名者，不可得，而半日之闲，亲古木，会老友，亦复快意。

傍晚，将离西神头，天欲雨雪。未几，疏疏落落飘下几许鹅毛雪片来，老树鸦噪，神祠门掩，白雪飘扬，空山静寂，惟画友立古楸下挥手致意，令我无端神伤。

前年盛夏，李白厚先生复邀我往游西神头，是逢神祠庙会，未入村，已闻锣鼓唢呐之声，溢于沟壑绿树间；甫入村，更见摊点比列，店铺新搭，日用百货，琳琅满目，酒店饭馆，吆三喝四，猜拳畅饮，好不热闹。至神祠下，古木垂荫，大殿高起，黛瓦粉壁，丹柱画栋，煞是壮丽，又见拙书之对联嵌碧映人，亦复可读。入殿门，塑像如仪，神态肃穆；而壁画辉煌，故事感人，画家之佳构，当可与殿并存，传之久远也。

大殿月台之对过，为临时所搭之戏台，锣鼓起处，入将出相，演绎历史之风云；才子佳人，妙绘世间之万象。伫立人群之中，静听戏词之款曲，细观生旦之作态。久违了，儿时庙会之感受，一时涌上心头，顿现出无限场景来。

而广场一侧新建之碑廊，亦复可观，雄词丽句，令人振奋，法书健笔，引人注目，以故，廊中赏读品评者，不绝如缕。

柏枝山下，神祠殿前，人头攒动，鼓乐喧天，庙会三日，四乡来聚，听戏购物，乐亦无穷。

今年五一过后，闻说西神头楸树正值花开时节，随于五月七日下午三点，与童小明驱车往观。由忻州而原平，经道峨阳，下高速路而西去，过"新野庄"，入河谷行数里，至"上连狄"，复西去，未几便到西神头，直奔神祠之下，但见古楸花放，阵如红云，或如落霞，在高山、古庙、蓝天映衬下，的是壮观。山风乍起，檐角铃铎叮咚，传响清越，树头楸花散落，红雨迷漫。随手捡拾，花头不大，状若砲掌，红中透紫，白斑点缀，绝似泡桐之花，因其在枝叶间，花头密集，连成一簇簇一团团，因风摆动，自成流云飞霞，雨花飘扬，可是天女所散者？令人遐想无限。

于树下徘徊良久，小坐月台石阶之上，与村中老翁对谈，老人81岁，杜姓，为村中大户。言此古楸在4月28日始花，花期约半月，5月3日，外来赏花者摩肩接踵，很是热闹，而5月4日清晨，忽降飞雪，状若鹅毛，虽随降随化，而新花一经寒冻，似有创伤，难怪眼前落花如雨，令人惋惜不已。

听老人说，祠前原有古楸四株，其中二株，早年为人伐去，制作风箱以货利。听此，不独惋惜，更令人生憎。否则，四株古楸，一字儿排开，初夏，楸花盛放，绛雪青云；酷暑，浓荫覆地，无限清凉；而秋风来时，霜林竞染，北雁南飞；入冬，则雪压枝丫，古祠凝寒，四时之景不同，乘兴而来，盘旋柏枝山下，流连古木之中，浅吟低唱，其情致亦将随风飞扬。而今小坐古楸花下，面对月台侧畔之元碑清碣，不知碑文中对此古柏老楸可曾有一笔两笔所涉略？而台下的一对石狮，恍惚回环低昂，似因古楸新花而欲跃起。

是日也，天甚清朗；其地又高甚，东望崞阳，东南望原平，虽三四十里光景，平畴烟树，天涯山色，尽显其状，皆贡于眼中矣，此又出于意外者也。

此行也，专为楸花而来，于柏枝山下，低徊一小时，幸值无游人阗塞，得以尽情赏对。兴尽，我等离去，老翁归家，古祠空寂无一人，惟古柏老楸相护持，风铃铁马相迢递。

2014年5月9日

188

陀罗山中

2014年8月2日，酷暑难耐，中午高温35度，躺在床上，手挥竹扇，仍不免汗流浃背。遂于下午两点三十分，与老妻效英偕小明、敏杰往陀罗山中乘凉。

出忻州城西，行车约30分钟，至黄龙王沟，入陀罗道上，山光云影，丛树翠碧，心中烦躁渐为消解，寒泉飞瀑，鸟语谷风唤得通体清凉。行进间，路分二歧，左去，可直登陀罗顶峰，右去，则为羊肠小道，似无人问津。我等于无人问津处问津，车停谷口，徒步沿小道而进。

初则幽径曲折，山崖悬空，蔓草倒挂，苔痕斑驳，小溪出没于乱石芳草间，泠泠有声。渐进，地转旷而境愈幽。方三百步，有小叶杨一株，高可百尺，枝繁叶茂，树冠婆娑，荫可半亩，其下碧草如茵，杂花若繁星缀之，星星点点，煞是可爱，树之下，北有条石叠架，如几如案，衬以野刺梨一丛，小叶密匝，似浓墨点染，翠黛若滴。间或闪出点滴红光来，若珍珠，若樱桃，乃刺梨之果实，亦复可爱。树之东，小溪下注，浅浪，过溪则山崖壁立，皴纹如画出。于此溪旁壁下，置小桌一张，躺椅一具，马扎数只，泡绿茶四杯，陈甘鲜果品几小碟，临水叙话，其乐无穷。效英置马扎于溪西

小憩陀罗山中

沙渚，晏坐超然，清流环绕，凉意可触；小明忙于摄影，南来北去，不知止歇。敏杰临流掬饮，得无上清凉；我则偃卧躺椅之上，青眼看天，素面向壁，心不住内，亦不在外，若有思而无所思。有白云在天，卷舒自如，去留无意；有溪声入耳，洗心涤虑，尘劳远去；有山风过隙，天籁谐鸣，清音不绝。卧之既倦，起行溪石间，掬水漱目，目为之清。但见溪流之中，荇菜飘忽，蝌蚪往来，青蛙一跃，不见踪影，惟细草擅动，久之方归平静。

山中沉寂，时闻鸟鸣，忽一中年妇女步入山道之上，身后一狗相偕。与之对话，知其为"赤水沟"人，随丈夫牧羊陀罗山中，闲来无事，采集山桃，遂于路侧，搥打桃实，以取其核。言桃仁可入药，桃核可穿作手链。有山外人时来收购，可换些小钱，以补贴家用。其人四十来岁，颇质朴爽朗，面带笑容，然长久在山风烈日下，岁月沧桑纹路爬上面颊。那只小花狗，似乎也感山居寂寞，竟然虎卧到我们的身边来，不时摇动着尾巴，似与我等相亲近。

待核桃搥打完毕后，那妇女背起半口袋的收获，沉甸甸地压在脊背上往山里走，既见其生活的煎熬，又见其收获的喜悦，望着她爬坡疲惫的背影，我舒缓未久的心又有了几分沉重。妇女远去了，只有她的小花狗尾随而后。

小明摄影似乎尽兴了，抑或是疲累了，坐下来喝着凉透了的绿茶，一只小蜜蜂在他脸前不停地飞翔着，他以手挥去，并说：

"我又不是鲜花，你来做甚？"一句幽默的话语，让我一乐。敏杰采来一掬刺梨果，有朱红的，有深紫的，在溪水中洗涤后，晶莹靓丽，甚是诱人，既为果实，聊作品尝。厚实的果皮下，包装着满满的黑籽儿，嚼嚼果皮，有几滴水分，微感酸甜，也有些许苦涩。

小明打开了小小的音箱，声音压得低低的，与溪流的叮咚声相呼应，有二胡曲"二泉映月"，有古琴曲"高山流水""平沙落雁"等。数曲过后，渐见山起暮色，看看表，已是下午七时许，竟在山中逍遥四小时，遂步出山口，乘车而返城。

2014 年 8 月 3 日

神泉沟乘凉记

夏至方五日，在世纪花苑的高楼内，已感到闷热难耐。遂于六月二十七日，应童小明之约，偕家人往神泉沟乘凉。

忻州城西北八十余公里外，有村叫蒲阁寨，村南有寨阳河，白石金沙，清流涓涓，夹岸芳草鲜碧，小潭水平如镜，水中鱼针可数，蝌蚪往来倏忽，正白石老人笔下之精灵。村之迤西三四里，有神泉庙。西去再三四里，有固庄村，至固庄，已到大路之尽头，四周皆山也。若西去，则有盘山羊肠小道，可达后河堡。

神泉庙，为近年复修，仅三间，坐北向南，依山而建，踞于垒土高台之上。虽曰神泉庙，殿内正中只塑释迦牟尼一尊，令我不解。又一想：世谓佛法无边，泽被天下，自然可以兴云布雨，掘地涌泉，享此香火，当无不可。后壁绘"雨师"和"龙王"，庙之主人亦自恭谦而退让的。

方入山，于神泉庙侧，见一蛇，"黑质而白章"，正柳河东在永州之野所见之物。那蛇，粗如锹柄，长可丈余。为余野外所见之最大者。对之，令人心生恐惧，而那蛇却不慌不忙缓缓地窜入草丛。"山不在高，有仙则名；水不在深，有龙则灵。"效英说，这蛇亦恐神灵所现者，姑妄听之。

神泉沟纳凉

庙之西侧有渴泉一眼，天旱，已断流，遂名为"渴泉"；泉之前，有古柳一株，当数百年高龄，老干斑驳若鳞介，其状若浮雕；枝叶繁茂，若华盖，其荫可半亩。我小坐其下，清风过隙，柳丝撩人，令我生出无限遐想，东坡先生《浣溪沙》一阕，顿现脑海：

> 簌簌衣巾落枣花，村南村北响缫车。牛衣古柳卖黄瓜。酒困路长惟欲睡，日高人渴漫思茶。敲门试问野人家。

这浮想当是因了古柳而生的通感吧，不禁有点口渴了，奈何泉已干涸，渠已断流，雨师不兴云布雨，龙王不引水导流，岂非失职渎职者欤？空享供养，当受问责。我只得步下高台，走到河边，掬起一口"爬爬水"，一饮而尽，通体清凉，这次第，作一个爽字了得。

河之对岸，南坡之下，绿草如茵，小花点缀，煞是芳鲜；草地之上，白杨无数，百棵千棵，比肩竞上，高可参天。小明等择小径而入，于芳草空隙处，置小桌一，躺椅一，马札四五。又傍南山之麓，依次支帐篷，铺气垫，两树间挂绳床，井然有序，诚然野营之气象。

小桌之上，置瓜子、花生米、樱桃、杨梅。瞧这杨梅，红艳欲滴，而那樱桃，则酱紫如珠。而在玻璃杯中新泡的绿茶，则见芽叶舒展，游弋飘忽，若活物，甚是好看。

大家随意而坐，或品茶，或嗑瓜子。我捡杨梅一只，轻轻拿起，那杨梅薄薄的肌肤上，竟渗出鲜红的液汁来，黏在我的中指和食指上，以纸巾拈手，纸巾上便印出浓淡不同的斑点来，俨然杏花落水，寒梅映雪，煞是喜人，遂邀大家赏鉴，无不赞叹称奇。此纸巾为意外所得，携归隐堂，稍加勾勒，或为妙品，幸甚幸甚！

叙谈、说笑、品茶、嗑瓜子，各取所需。小明携相机，四处拍照；雪丹坐绳床上荡悠，我则咂一口绿茶，甜留舌本，回味无穷。是时也，若有思而无所思。

不知不觉，时已晌午，临流而爨，支石架锅，汲水煮面。面是小明晨起在家擀制的，浇头有猪肉炸酱和蛋花西红柿汤，外加香醋拌黄瓜，蒜泥调茄子，还有一瓶扬州酱瓜，一盘忻州蒸肉。此皆寻常饮食，家常便饭，本不足道，然而在此绿杨荫中，芳草地上，无不吃得津津有味。这一切都来自小明的辛苦及其精湛的烹调技艺了。

饭饱汤足，我侧卧气垫床上，小明为之留影，正卧佛状者；又丽日中天，坦腹光影中，不也晋贤郝隆晒书图。如此狂妄，僭越古佛、前贤，不禁一笑，罪过罪过。

气垫绵软，又复多有弹性，辗转反侧，似不能入睡。风声、水声、鸟声、杨叶沙沙声，松针瑟瑟声，清音入耳，无非天籁。细察之，风在松针、杨叶间，风在水面上，风在石窍中；而鸟声又复不同，草间之雉鸡，枝头之喜鹊，河畔之鹡鸰，盘空之鹰鹞，柳荫之黄鹂，石上之戴胜，众鸟和鸣，令人怡悦。又有妙音婉转，声如笙簧，然只闻其声，未睹其貌者，我即循声寻觅，所憾缘悭一面。复闻哥咕的斑鸠和剥啄的啄木鸟。前者之音，多少有点凄清，而后者的啄木之声，却显得嘹亮而富节奏。

在林隙间又看到一只大鸟飞过，像是一只漂亮的鹇鸟。1982年4月，我在峨眉山写生，看到过一只白鹇，那白色的羽翼，令我惊艳不已，留下了深刻的印象。而今所见，虽不是白色，然或是鹇的一种，大小若雉鸡，长长的尾羽，其边缘亮丽的色泽和纹饰，也让人不能忘怀。仅一瞬，那鸟掠过眼际，隐入密林深处。在晋北的山林中，看到了这种本该出现在南方的尤物，我的心久久不能平静，此亦生态文明、环境改善的果报吧。

这神泉沟，不独是鸟类的天堂，也当是狐兔和松鼠的乐园。却见松鼠缘木而上，那采撷松球的本领，轻捷灵动，实在是令人叹服的；而那两只兔子，时扑斗，时嬉戏，闻人声，而奔去，又让我想起了"雄兔脚扑朔，雌兔眼迷离，两兔傍地走，安能辨我是雄雌"的诗句来。

卧之既久，耳畔除山水清音外，便了无声息。环视左右，同行者，有的入帐篷，有的就绳床，有的坐马札上读书，有的仰卧躺椅中观云，各适其适，其乐自知。久之，我亦入黑甜梦乡。

一觉醒来，已是下午六点许，眼前蜂蝶款款飞度，远处牛羊哞咩下来，"空山不见人，但闻人语响，返影入深林，复照青苔上。"此又是何等景致，当年王摩诘在辋川所见所闻，我今在神泉沟复闻复见，历千百年历史，正景趣未变者，幸何如之，幸何如之！自然之恩赐，造化之神奇，叹世人视而

197

不见，不知亲近自然，徒自随波沉浮，能不惜哉！

　　暮色在山，打点行装，收拾垃圾，游人归而禽鸟乐也。一日薄游，山中景趣，岂可尽得，他日有隙，复来造访。届时也，山禽野兔，当以我为故人，咸来相聚，相亲近也，和谐共处，其乐融融。

2015 年 7 月 2 日于隐堂

太山纪游

乙未农历八月初三，由忻州而并州，经庞家寨、古寨，过晋源之东关，入风峪沟，沿太古旧道西去，两山峡峙，砂河东流，其北山，连绵起伏，岗峦交错，闲云迢递，杂树葱茏，间有鸣禽盘空，正怡然赏对中，忽见一牌坊拥出北山之麓，决眦相望，"龙泉寺"三字豁然破目而来，此正太山之山门也。

舍车徒步，过玉带桥，伫立新建牌坊之下，仰观匾联文字，已复引人入胜，或可谓：山中景趣君休问，谷口联语已可人。坊之西侧，高岗之上，丛树之间，一碑巍然，上书大唐将军李存孝之墓，碑后，墓丘崇隆，亦见其气势也。于此，不禁发思古之幽情。

入牌坊，山道逼窄，渐次升起，惟道旁之丛树，挨挨挤挤，略无阙处，深青浅翠，枝条交互，左右披合，竟成树洞矣，人行其中，肌肤鉴绿，光影筛斑，畅然适然，不知有登攀之苦。道之侧，小溪潺湲，清音满耳，叮叮咚咚，一路丝竹管弦。偶有旷地，巧置小亭，下有"观鱼"亭，亭前有水一泓，莲叶铺陈，游鱼可数，正汉代民歌之诗意："江南可采莲，莲叶何田田，鱼戏莲叶间，鱼戏莲叶东，鱼戏莲叶西，鱼戏莲叶南，鱼戏莲叶北。"

上亭为"满目青山"亭，已在半山矣。登亭小憩，倚栏南望，太山谷口，形如喇叭，牌坊彩错，正当其中。观东峰耸翠，松桧茂密；西峰苍碧，偶现层峦，双峰含抱处，或为龙泉寺之所在也。奈何古木交柯，丛林覆盖，磴道斗折，山溪隐现，惟难觅寺庙之高甍，或谓"深山藏古寺"可也。

亭中一猫，憩卧坐侧，呼噜有声，俗谓"念佛"者也，不忍搅扰，聊作驻足，别猫而去。

石径萦回，松桧筛影，徐行暂歇，拾阶而上，穿阁道，古寺山门顿现眼前矣。山门外，甚高阔，院之东侧有古松一株，老干虬枝，龙鳞斑驳，甚有枝态，诚图画之粉本。院之南，有"新乐台"，建于石券门洞之上，面宽三间，乃酬神社戏之场所。每当庙会之时，远近村民，咸来祈赛，游人不绝，塞道填谷，游观之乐，亦极一时之盛。

山寺，红墙黛瓦，在古木繁阴掩映下，一派宁静清幽之境界，漫步其中，心静神清，恬然怡然。时值正午，主人邀至西跨院斋堂廊下吃素斋。

待餐之时，环视左右，小院西侧古柏倚岩，柏籽瑟瑟，翠竹临风，修条摇曳，清泉涌起，凭高而下，珠玑溅落，飞撒莲池。而花栏墙头，盆栽比列，时花竞放，鸡冠之浓艳，蜀葵之高洁，万寿菊之灿烂，大理花之容雍……群芳争艳，各呈姿色，一花一世界。应接间，饭菜上桌，小菜几品，炒菜几盘，色泽典雅素洁，味道鲜活可口，加外折饼一叠，红枣糯米粥一盆，杂面剔八股，每人一碗，佐以西红柿炸酱，食之绵软，嚼之味永，虽为家常便饭，却远胜酒楼餐馆之风味。

餐毕，出檐廊，下台阶，过疏篱，穿花径，经"步步莲花"踏石，越荷塘，入晋阳印社"印苑"之北屋。屋不大，仅三楹，内设茶几、琴台、书案，粉壁挂社员之书画，立橱列印章佳石、紫砂名壶。书案置文房四宝，兴之所至，即席挥毫，字之工拙，当不计也。我等据茶几而坐，把盏品茗，说东道西，尽兴而已。

屋外，有小院小区，花墙露影，澄池映天，池之西有小亭，颜之"听雨"小额，集完白山人小篆而嵌绿，亦复小巧雅致。池中荷干横斜，荷叶张合，倒映水中，自具姿态，主人有心，"留得荷叶听雨声"，于此若值小雨，又是何种景象。北窗外隙地上，立一石柱，上刊"晋阳印社"标识，忽发联想，此印社若以西泠印社为范式，积印人之力，打造吾晋印社之品牌，积数十百年之功夫，印人辈出，印章传世，而此"印苑"之建筑也将传诸后代，彼时也，有可记之人物，有可传印事，有可供游览之胜迹。千里之行，始于脚下，印坛诸友，当勉力精进，聚沙成塔，其印社之光彩必将辉映于龙泉之侧，太山之上。

出"印苑"小筑，复入龙泉寺山门，但见钟鼓楼雄踞左右，每当晨昏，梵呗声起，钟鼓悠扬，随白云回荡于山谷之间，洒落于枫林之上，松海之中，随流泉传送于岫岩石畔，坡塘山角，令禽鸟停飞，游人驻足，正山寺之悠韵也。

龙泉寺院，幽邃静谧，上有古槐笼天，下有青苔覆地，

在太山摩崖唐代碑刻

光影迷离，老僧出入。至山寺月台下，西置华严经幢，乃唐僖宗文德元年（888年）之遗构，稍加修补，楚楚有致，东侧唐碑拥起，虽则碑之下半及赑屃石座深埋地下，仅碑额、碑身之上半，亦庞然大物，露出地表者，可丈余。但见蟠龙交错，龙爪劲健，所惜者，千年古物，遭风剥雨蚀，字迹漫漶，不复辨认矣，然唐之气度，于此亦可见一斑。碑、幢之侧，各有唐槐一株，其东株，尤见伟岸，所憾历岁既久，体干空洞，今人充以水泥，以为支撑，幸表皮尚甚康强，而今枝繁叶茂，隐天蔽日，生机不减，仍见与西株披离扶持，给山寺一片清凉。摩挲碑刻，诵读经幢，体遗构之余温，思大唐之盛世。

拾阶而上，廊下二僧叙话，见客至，一僧入三大士殿侍立，我等遂步其后，鱼贯礼佛，磬声起处，礼拜如仪。

三大士殿为石券窑洞，洞顶建有佛祖阁，殿阁三楹，檐角翼然，为古松所掩映，俨然一幅金碧山水画，当不让大小李将军笔下之巨构。

绕过佛祖阁，转上殿后之平台，山高地旷，云淡风轻。台之北端，建殿三区，中为观音堂，其造型为八角之团殿。中塑自在观音，姿体闲适，神态蔼然，斜倚莲台之上，让人瞻礼而亲近，围以山水林泉、梵宫琳宇之悬塑，中置人物圣像。正面为西方三圣，天王、罗汉等环列左右，各具神采，一派祥和。询之年代，知为明嘉靖十七年（1539年）建造，亦近五百年历史，保护良好，供人瞻拜，殿之幸也，人之幸也。出观音堂，巡礼东西文殊殿、普贤殿后，立于殿前平台之上，下俯山寺，葱绿之中，偶露甍角飞檐，清风过隙，铃铎传声，声转久绝，复归平静。东峰簪立，名曰"望都"，山之上下，松柏森森，林表之上，动土兴工，大殿初具规模，飞阁已然凌空，相约他年来游，乘兴东临望都，放目远眺，凭高凌虚，晋阳之胜概，一时奔来眼底。

至若西山如带，逶迤不绝，望之蔚然而深秀，原是植被之茂密，瞻其彩错之光华，岂非层峦者瑰丽。是时也，游目骋怀，心旷神怡，感太山之奇伟，诚造化之厚爱。

离观音堂，沿蹬道东下，未几，见一建筑残基，为玻璃高屋笼罩，正2008年5月8日开挖山寺佛塔塔基地宫之所在。其时也，于六角形地宫中出土石椁一函，其内依次有木椁、鎏金铜棺、银棺、金棺共五重棺椁。金棺内供奉佛教圣物舍利子。如此规格，得似当年在法门寺所见之排场，龙泉寺地宫出土之舍利，或为佛祖圣物，当不为过。读石椁棺盖之文字，知地宫建造年代应在武则天时期。仅此一物，亦可想见当年龙泉寺之盛况。是日也，适有工程人员在此考察测绘，似拟复建佛塔，他年再来造访，佛塔或将伟然于丛林树海之上，拔地钻天，气象浩然。

离地宫东去，而至"龙神祠"。尝言，若遇天旱，有远道而来者，焚香祭拜，取水于泉，有祷辄应，而后声名昭然四方。今见殿阁嵯峨，龙潭倒影，古木扶疏，山花点缀，鸣蝉噪幽，喜鹊穿林，是处只我等游人三五，倘徉于古祠上下，漫步于羊肠仄道，于绿荫深处，渐忽飘落下两三片红叶来，顿感秋天之气息，又复浮想联翩：再过十天半月，一夜秋风，枫林尽染，红雨洒落，诗思激扬，这太山，又当是何等壮阔之景象。

山中一日，游兴未尽，奈何已然下午四点光景，遂循原路下山，至"满目青山"亭，见那睡猫尚在憩卧中，我不禁诧异，是懒猫，还是醉猫，抑或是病猫？上前用手抚摸它，它只略略动了动头，舒展了一下身躯，肚子一鼓一鼓的，眼睛却不曾睁开，仍然打着呼噜声，是"念佛"还是"呻吟"？我但愿它是一只醉猫或是懒猫，酒醒了或睡足了，仍能够活蹦乱跳于太山道上，或去守护那龙泉寺之地宫。

同游者，太原印人张星亮、杨建忠，忻州书友杨文成、曹凯阳与余共五人。是为记。

2015 年 9 月 20 日于隐堂

香泉红叶

　　余寓居忻州 50 年，竟不知有"香泉红叶"为忻县（今
忻府区）八景之一，颇感遗憾，亦甚惭愧。乙未寒露后二日，
有友见过，言"香泉"之胜迹，时值高秋，层林当红，何妨
作一日之薄游，以观究竟。言讫兴至，遂驱车而往访之。

　　车出忻州，东南行 50 里，至坡头村，已届阳曲境。村之
迤西二三里，有山若"八字"屏障，南北两翼皆东向展拓，
唯北翼差小耳。而双翼沟壑间，皆草木杂树，有谷不见底，
有水仅闻声，正草木之盛也。车徐行，忽见一巨石横出于通
道中，颇具形态，遂停车以观赏，左右打量，若虎踞，更似
象蹲，耳目牙鼻俱现焉。更有二古柳荫其侧，亦复屈曲奇伟。
初入山，即见此老树奇石，便让人驻足良久。继而沿北坡西
进，斗折蛇行，渐次由坡谷而崖顶，已至僧院矣。舍车徒步，
左则深谷，右则陵阜，崖谷之间，枣林夹道，西行数十步，
见两山合抱处，有旷地起于谷中，高且险，敞而亮。地之西
端，建一殿，仅三楹，为伽蓝殿，内祀关圣。殿之前，有老
楸二株，叶尽脱，疏枝若鹿角。阔院之东端，原建有牌坊，
废然久之，唯留柱孔而已。其下为砖砌台阶，可直下谷中，
奈何青苔如豆，蔓草丛生，似不复有人往来。而院之周边矮

2015 年秋游香泉寺

栏外，有榆槐之属，杂以老槲桃杏，秋叶初红，时见飘落，纷纷然，似薄醉微醺。丛树中，一松轩然，挺立于伽蓝殿外，若顶天立地之旗杆，而其松顶，枝蟠如巨轮，叶茂似堆绣，又若华盖映天，与太空游云相逐耳。

伽蓝殿北侧，有坡陡起，浓荫夹道，皆槐杨杂木。踏落叶、穿幽径，仅数十步，又见一院落，正香泉古寺也。寺无僧，除我等外，更无游人，颇感沉寂。寺院有古碑数通，散立秋阳之下，只一短影，聊无声息。其中一通，巍然入目，盘龙为额，赑屃为座，摩挲诵读，知为明弘治十六年（1504年）之碑记，以记香泉寺之沿革，知山寺在唐时，已是香火旺盛，遐迩闻名。今复建大佛殿五间，殿之东侧，陂陀之上，乱草丛中，柱础扑地，断碑横陈，其中一碑为乡进士党承志于嘉靖九年（1531年）所撰《香泉寺功德记》，亦志寺之兴废。而所遗柱础，有径愈二尺者，仅此亦可想见当年山寺之宏构。

循原路返伽蓝殿后墙西而南去，过三清殿旧址，有残碑比列，知其地亦曾有道家之宫观。转过山脚，有老杏一株，干粗枝密，阴可半亩，披岩覆地，艳阳筛影，若值杏花开候，满树青雪红霞，一谷游蝶喧蜂，又是何等景象。过老杏，见一亭翼然于林表木末，披草觅径，至亭下，正"香泉"者也。泉在亭中，甃以青石，底铺油沙，湛然至清，临水成像；以瓢汲饮，味甘如醴。其泉出山谷，经石隙而入亭池。泉谷上下，灵草珍花，随步而得，未能尽识，虽值高秋，不减春夏，姹紫嫣红，斗艳争芬，此或香泉之香之所自者。据村人云：其地尚有黄精、苍耳、白术、红花，早年"非典"漫延，远近村民，咸来取水，晨饮夕漱，以为防瘟疗疾，此香泉，亦药泉者也。

谷中之泉，非一而足，汩汩而出没于丛草砂石间，涓涓而隐现于绿树黄茅中。谷湿地润，莎草披离，芦花如阵，茫茫然似"香泉"之初雪。自近及远，白杨填谷，黄叶熔金，灿灿然乃秋色之正盛也。

别"香泉"，折而上西坡，坡之顶，稍平旷，有松数十株，小风乍过，松涛如诉，宁君云："此处置一亭，颜以'听松'如何？"对曰："大佳，大佳。然所置之亭，宜入松林深处，亭愈深，则涛声愈壮；再者，深其亭，隐于林，当可免夺'香泉亭'之秀色，此亦山水园林建筑避让之则也。而于'香泉亭'下，芦花侧畔，筑一寮，为茶室，嵌以'问茶'小额。得暇，来此'香泉问茶'，朝而往，暮而归，四时之景，当可尽得也，岂不快哉。"

离松林，沿缓坡而下，方百数步，前山隆起，若后山之玉案者。中有厸径，岩花护之，黄紫相间，亦复可爱。缓步山头，宽广可七八亩。回望西山，矗立天际，松林之外，朴榆顽檀，漫山覆却，层峦彩错，霜叶如丹，深红酱紫，间以苍黄，五彩斑斓。其时也，高岩大壑，似晚霞朗照；深谷冈陵，如篝火夜明。山外之山，则丹砂一抹，对之，无不出神，共道造化之神奇。复向东远眺，则见白龙山脉，峰峦起伏，逶迤无尽，腾跃苍茫中，不见其首尾。至于泉亭山寺，则尽在其下矣。漫步玉案峰头，刺梨丛簇，一幢孤起，亭亭然不知其建于何年，俯察刻石，终因风剥雨蚀，除一铺古佛造像外，文字多难成诵，唯有"崞邑"，二字，豁然破目。"崞邑"吾之故乡，邂逅于此，岂非胜缘，遂附及之。

于山中徜徉，不觉已然下午两点许，似也游兴未尽，更待他日，霜林尽染，呼朋唤友，来此一醉也。兹游者，宁志刚、白爱英夫妇，我与老妻石效英，时 2015 年 10 月 11 日。

蒙山纪行

　　五十年前，在省城上大学，知太原有蒙山，因北齐文宣帝高洋于此依山凿石为大佛，俗称"蒙山大佛"，高可二百尺，正"山是一尊佛，佛是一座山"之谓也。山中有寺，古称"并州大寺"，后更名"开化"。其时也，僧众云集，香火鼎盛，据载齐后主"燃油万盏，光照宫内"。可见其佛法之盛也。然世间之事物，电光石火，瞬息万变，佛法之盛衰，寺院之兴废，亦随岁月之流逝而无常。蒙山大佛、开化古寺在历史长河中，早已物化；而其遗踪胜迹，当不难一觅；更有山光云影，林泉夜月，则千古不变，虽不曾至，心向往之。

　　岁在乙未，以重阳前一日，车发忻州，南行百五十里，至太原；又西南行十数里，下罗城高速，有友相迎，导之开化峪。初入山，见新建山门，伟然高耸，似汉石阙型制，又复多有变化，亦赋时代之特色。又西行十数里，有支谷北来，与西去之峪相交焉。沿谷北去，则为蒙山。谷口有村，名"寺底"，随地势之高下而为屋、为宇、为窑洞，间有榆槐簇拥，白杨掩映，而或瓜棚豆架，篱落丛菊。村民皆外迁，旧时居室，稍作修葺，老屋一新，为商店，为旅馆，为农家乐，一应旅游开发之所需。

蒙山道上

车停寺底村旁，随友人步入一小院，院之北，有房一铺，一门三室，东为卧室；西为茶室；中为书画室，壁悬书画，柜列文玩，当地有大书案置之，上陈笔架、笔洗、砚台、纸墨，足见主人之所好。于此稍作小憩，循西径北行，寻开化寺而来，径阜回曲，林壑幽邃，夹道丹枫，时落衣袂。过一僧院，门半掩，白杨当户，花木成畦，境极幽静，正修持诵读之地。未几，已至山寺坡脚，石磴下垂，云路高起，望之而畏然。贾勇而上，抵其端，路之侧，一古槐，蟠然覆地，九歧交错，老皮若鳞，虬枝似爪，主人云：此"九龙槐"者，宋初之物。

别龙槐，复西去，山寺院旷，蔚然桃林，老干如铁，霜叶泛紫。林木之下，偶见黄花，珠露闪烁，正秋光怡人者也。院之西端，为复建之开化寺，二层，洞窟式。一层北梢间，祀"五龙王"，墙壁与穹顶，尽为壁画，云气蒸蘙，神龙出没，而所绘人物须眉生动，呼之欲出。其画风洒脱而行笔劲健，岂料为近人所勾描，以致文物为好事者而破坏，不禁令人扼腕叹息。于开化寺正殿礼佛毕，出见南侧一殿，跃然凌空，檐翼腾飞，正新建之"铁佛殿"，内祀铁铸释迦牟尼，趺坐莲台之上，高可八尺，传为隋末之遗构，诚可宝也。然其旧殿损毁，铁佛曾侨居双塔寺中，虽寄之篱下，佛心亦当随缘安住。待家国安宁，经济发展，古寺重辉，千年铁佛，于 2009 年方得重返开化宝刹，接引四众，广种福田。

铁佛殿前，迤南十数步，有二塔，拔地而起，亭亭然，高可两丈余，皆为北宋淳化元年（990 年）之遗物，二塔下连基座，俗称"连理塔"，北塔为"定光佛舍利塔"，南塔为"化身佛舍利塔"。但见塔身方正沉稳，塔檐叠涩而密积，塔身则收放有度，似含苞待放之荷花。奈何千年古物，因风雨剥蚀，久无护持，塔顶残破，土垢堆积，草木丛生，似风烛残年之老人。所幸，古塔逢此盛世，正落架重修，有工匠数人，忙碌于脚手架上，芟草除泥，码放砖石，丈量构件，记录文字，备见辛苦。他日重来，华塔焕彩于古寺，铃铎传声于蒙山，徜徉其间，又复何等景致。

别塔院，下台阶，复沿西路北进。路畔一台高起，花栏护持，高木垂荫，丛树间有碑碣幢塔多多，登台披览，知集蒙山内外遗物于一区，读唐、宋、金、元塔铭，因其字迹漫漶，往往不能成诵，殷君以所著《蒙山塔铭》见示，对照检读，得其梗概。一通唐碑金刚经，虽半残，亦庞然大物也，令人驻足摩挲。

于塔林放目，忽见一佛拥出于北山之下，大雄奇伟，高与山齐，此正几年前修复之蒙山大佛。佛祖再现，名山增辉，信众游人，摩肩接踵，晨钟暮鼓，谷应山鸣，并州名胜又复兴旺矣。我等紧随游人，急欲瞻礼释尊。将至山脚，见有水自高崖而出，循石罅奔泻而下，以注"净池"，水清石瘦，涟漪微起。循"踏石"而过清波，临流掬饮，洗心涤虑。爬缓坡，攀石磴，越百数十级，方由山麓至半山旷地，正值大佛座下，仰瞻佛尊，庄严魁伟，佛即是山，山即是佛，结跏趺坐，浑然天成，天人合一，佛山一体。于此，感天地之造化，信智慧之无穷。

释尊座下，旧基可见，断础残碑，杂然堆放，巨幢丰碣，正待安置。细路沿云，可达佛顶。佛顶东侧，有窟三五，老树当门，犹见洞窟之幽深。大佛西侧，岩岩如垒，亦隐然大佛者，视久愈肖，恍惚眼前佛陀再现，拈花微笑，以待迦叶。

于礼佛台，瞻仰大雄，怡然小坐，见时已过午，遂循东路沿磴道数折而下，至山脚，顺溪而返。其地，白杨填谷，攒三聚五，或疏或密，其时也，爽风搜林，万叶交坠，丹黄相错，满目缤纷，飒飒瑟瑟，两耳秋声。又见黄叶铺地，略无阙处，绵绵软软，厚可半尺。一溪随山石转折而下，明明灭灭，乍隐乍现，于黄叶地上，翕忽一亮，若惊蛇入草，不见踪影。

复前行，穿小桥，绕板屋，过果园，遂返寺底村，于一"农家乐"就午餐，酒足饭饱，复入来时庭院。白杨荫中，置一桌数椅，主人陈果盘清茶桌上，众客随意而坐，共话见闻。惟王君似疲累，甫着身檐下躺椅上，便鼾然入南柯梦乡。

蒙山之游，余颇尽兴，更大赞其秋色之美。殷君云："蒙山之游，亦宜春，春风骀荡，山花烂漫，亦甚宜人。于开化寺中，桃花竞放，堪比桃源，若置酒林下，秉烛夜游，通宵达旦，当不让太白春夜宴桃李之芳园。"史君云："蒙山之游，亦宜夏。酷暑之天，山外苦热难耐。先生携家人来此小住，推窗，夜雨初霁，夏山如洗，一窗葱翠，满眼青山；倚枕，山溪水涨，泠然有声，鸟鸣蛙鼓，皆为天籁。午睡初醒，或品茗，或对弈，或书或画，或独行于野径，或访僧于禅堂，怡然恬然，尽得清凉。"张君云："'蒙山晓月'，岂可忘却，趁月来游，月白如昼，清潭如镜，玉影沉璧。风月一溪，无上清绝。蒙山宜月，亦宜雪，每值寒冬，苍岩如睡，除山寺灯火外，寥无游人，一场白雪，四望皎然，岩溜倒挂，玉洁冰清，琼林挂雪，尽作梨花，踏雪游山，身后留一行脚印，岩头踞几棵青松，而其大佛，银装素裹，玉琢冰雕，高阳朗照，佛光灿然，俨入琉璃世界。"曹君诘之："然则何时而不宜？"余对曰："无不宜。无门关有诗偈'春有百花秋有月，夏有凉风冬有雪。若无闲事挂心头，便是人间好时节。'心无挂碍，每多闲适，登山临水，自有妙契。一花一世界，一叶一菩提，且徐行，更重游。"

谢别主人，薄暮而归。杨君云："此行当有记。"遂草短文以付之。

2015 年 10 月 27 日

216

万亩梨花

吾乡原平，以产梨享盛名，故有梨乡之美誉。而其历史，以同河两岸村落之种植梨树最为久远。20多年前，往东社看梨花，于康村，见一古梨树，老干斑驳，体态魁伟，枝丫交错，新条奔逸，云为唐物。却见新花乍放，暗香浮空，徘徊花下，遂成自度曲：一树玉蕊一树雪，千年风霜千年月，万劫不磨何奇绝？问花花不语，唯见蜂与蝶，幽香细细，融入同河碧。

近五六年间，每逢梨花季节，必回乡赏花。每赏花，则往同川，过奎光岭，沿同河而进，经上庄，转道西头，于村外陂陀田畴间，徜徉花海，赏花品花，兴味无穷，登高咏啸，放情抒怀，亦极一时之乐也。而或林荫叙话，花前摄影，风和日丽，好景如画，甚感自然之恩赐。忽闻音乐起处，却见果农缘高梯而授花粉；偶值小蒜出土，不禁躬身而掘取，蒜头虽小而色如珠玉，翠叶修长，似春韭肥厚，嗅之嚼之，正复儿时滋味，霎时间，唤起一缕乡愁。

岁在丙申，时逢谷雨，应乡友王君之邀，相偕八九人，于下午三点再往家乡看梨花，车至原平，下高速路而东去，至"油篓山"下。"油篓山"本一土山，峙立滹沱西岸，妙肖旧时荆条所编之油篓，故有其名，虽不高雅，却颇富乡土气息，乡人一听其名，便觉亲切。今之"油篓山"，口沿倾圮，已不复当年形似了，不知何年何日，又从"油篓"口中冒出一座高阁来，"油篓山"便在滹沱河边完全失去了原来的踪影，游子归来，徒唤奈何。扯远了，有点跑题，不过还在看梨花道路上。过滹沱河大桥，至"停旨头"，绕天涯山西南，经张家庄村口，复南去而东转，为子干，再复东去，一路白杨夹道，葱翠满眼，道之两旁，坫亩高下，田塍中，行行梨树，树树琼花，含笑春风，列队迎迓，已感其礼数和热情了。

至一草坪，数辆小车鱼贯而入，停靠坡脚下，下得车来，方知已抵此次赏花处，便不需取道同川而远行了。

草坪之北，一小山隆起，光秃秃，顶无林木，沿山而上，地上本无路，先我而至者，便在土石间踩出一条曲径来。山不高，路也不算难走，至极顶，见一砖石建筑物，挺然若纪念碑，上书六字："万亩酥梨基地"。读此六字，你便可想到此处梨花的盛概和气派了。

先说这脚下之山头，碎石砂土间，茅草方拔出寸数长的细叶，细叶间，缀着小黄花，淡淡的，星星点点，虽不迎人，实甚可人，装点着整个小山头，苍凉的山体上平添了几许妩媚，不作娇艳，唯觉清雅。还有那新生的茅草，丛丛簇簇，挨挨挤挤，山脚下，形成一区缓坡草地，绿绿的，有如地毯，恰是那"草色遥看近却无"的景致，实在是让人引颈赏对的。

立于小山之巅，凭高眺望，西北向天涯灵峰，岩岫云生，潴沱秀水，流青缥碧，河之西，绿树拥起，高楼林立，乃原平市之颜容也。北望，群山逶迤，山道如带，东望峰峦绾结，梯田高下，南则平畴无际，茫茫苍苍。环睹之中，阡陌纵横，田畴交错，正万亩酥梨基地者。

有万亩酥梨，则有万亩梨花。而今放眼望去，白茫茫，犹春雪无涯。雪映潴沱，看似浪花，却是梨花；雪拥梯田，亦是梨花；雪照天涯，还是梨花；茫荡四野，是梨花化作雪春？而或春雪原为梨花？曾记扬州看琼花，邓尉观梅花，虽云"香雪梅"，何曾有此壮阔，万亩岂浪夸。遂口占数句：结伴去，天涯山下路，酥梨万亩整个好。东风一夜花千树，人在深深处。

于山头赏观尽兴，缓步下山，至一田亩中，徘徊琼林玉树之下，朵朵梨花，密缀枝头，丛丛簇簇，迎风弄影，瓣白蕊绿，素洁高雅，时见游蜂戏蝶，嗡然来去。梨园丛树中，偶有苹果树一二株，树始花，红蕾绛瓣，自具风流。而梨花在果花映衬下，更见其冷艳清韵，超尘而脱俗。早花之树，已是新叶初展，而落英满地，花瓣聚落处，堆痕历历，竟成小丘，云是花塚，竟赢得黛玉多少珠泪，莫坠莫坠！花落而果生，天道自然，因果轮回。落瓣堆积处，忽见紫色小花一丛，临风摇曳，楚楚动人。此花俗名"鸡鸡花"，画家康师尧先生曾有写生之作品，言为早春便开花，遂题为"积极花"。我在童年时于故乡的田塍向阳处，早早便会看到它，今日于梨园一见，似见童年伙伴，倍感亲切，不禁对诸良久，

在梨乡刨小蒜

为之神驰而遐想。

踱步梨园中，偶于树下田亩中，又见"阳节葱"拔地而生，翠叶肥厚，葱香袭人，遂捡细嫩者，刨剜五六棵，葱白玉润，根须飘洒，甚可人意。同行者赵老师见之，脱口便说："啊呀！阳节葱！小时候，在家乡，吃一口窝头，就一口阳节葱，可香啦！"

我说："晚上吃农家饭，有窝头，有'榆钱钱块（音窟）垒'，还有'茵陈块（音窟）垒'（不烂子），还有盈盘的甜苣，你可尽情回味童年时的印象。"说着话，我们走到路边的一排杨树下，赵老师顺手折得一根细枝条，长约二三寸，粗不过二分，放在两手掌中，来回揉搓，然后将枝条的木心抽去，留下杨树皮的空管儿，此时，我方明白，她在制树笛，家乡人称之为"咩咩"，或为"篾篾"，是孩子们乐见的玩具，一只树笛在手，吹个不停，呜呜然，甚是响亮。可惜到这谷雨时节，杨枝已老，以故，赵老师所制的"篾篾"，始终没有能够吹出声响来，多少有点遗憾，然而由此引发的回忆，却也是让人深感快慰的。

晚风徐来，滹河浪起，赏花兴尽，驱车而回，凭车窗而远眺，得俚句以纪游：

畅游天涯山下，故乡风景如画；喜入香雪海，千树万树梨花。梨花，梨花，雪压高枝横斜。

2016 年 4 月 26 日于隐堂

美国行记 （1995 年 9 月 15 日— 10 月 3 日）

九月十五日

由国务院发展研究中心组织的山西省人事赴美考察团，包括科技管理人员和享受国务院特殊津贴的专家一行 18 人集中赴京。我和忻州地区科干局局长贺寿长乘晚九点五十八分直快同行。

九月十六日

早七点抵京，有国家人事部专家管理处陈处长上站相迎。同车至京者 13 人，入住六里桥太平桥小区 46 号人事部专家活动中心。

早餐后，大家集中，听研究中心崔处长介绍美国情况，以及出国注意事项与活动安排。

晚餐于职工之家，吃"韩国烧烤"，人事部有关领导为山西赴美考察人员接风洗尘。

九月十七日

七点早餐，七点三十分乘车行百余里抵怀柔县城，时值九点。世妇会非政府组织论坛会议刚结束数日，穿城而过，或垂柳如织，剪修齐整，或老人松夹道，各具姿态，彩旗迎风招展，气球凌空飘扬，平等、发展、和平等标语跃入眼帘，京北小城一派祥和而安宁。

出城 10 数里，至红螺山中。红螺寺在山中拥出。寺建东晋 348 年，唐时扩建，为净土宗道场，历史上多有高僧驻锡，而今所见彩塑俗不可耐，为近人之"杰"作。幸有自然造化，让人赏心悦目，寺前元时所植"御竹林"，修枝摇曳，一片葱翠；雌雄银杏树，挺然大雄殿前，雌株矗立西侧，不开花而结实，雄株分 10 数干，细而高，丛列殿前东侧，只开花而不结实；而三圣殿前一株古松，尤见奇伟，枝干盘曲，老藤缠绕，荫天蔽日，翠针映日，据云每当春和景明之时，紫藤花放，蜂蝶争喧，寺中方丈邀集高僧大德，文人墨客聚于花下，品茶研经，染翰吟唱，诚一时之盛事。于寺中，一株卧龙松，亦具风姿，另有柏，有牡丹，均可宝爱，有泉，曰红螺泉，曾读《帝都景物记》，似有记载，徐行徐看，好景迭出，登寺后之山至叠翠峰，远眺山中景象，亦足令人留恋。

十点三十分离山寺，往雁栖湖，半路于某餐馆就午餐。

雁栖湖，实为怀柔水库，水最深处有 80 多米，四山环绕，碧波万顷，山崖水际，绿瓦红墙，楼观四起，皆疗养之胜地。远山如画，长城逶迤，烽燧雄峙，城堞依稀，此皆在游湖时于船头所见者。

游湖毕，返回京中，经燕莎商城，购物些许。下午五点于"豆花新村"就晚餐，颇感丰盛，也觉可口。

九月十八日

本拟游潭柘寺和戒台寺，待到集中地点，车已发出，无奈，到琉璃厂逛书市，购书数种以归，以卧读而遣时。

九月十九日

下午两点三十分到北京机场，五点乘 CA985 航班波音747 往旧金山而来。晚十一点三十分天已放亮，十二点三十分日出，天大亮，于北京时间已是 9 月 20 日，于美国尚在 9 月 19 日。北京时间早晨五点十五分抵达旧金山机场（美国旧金山时间下午两点三十分，其间航行计 9935 公里，用去时间十一点十五分）有 3 位华人导游接站，司机则是一位黑人朋友。

第一站参观斯坦佛大学。校园无大门、无围墙，占地甚广，为美国西部最大之百年老校，曾培养出 20 多位诺贝尔奖奖金获得者。校中有教堂一座，为建校初所建，教堂内外壁画镶嵌尤为精美可观，石砌长廊幽极静极，游人长长的影子在长廊的地面上晃动，得得的行脚声打破了教堂的静寂，校园古木掩映，芳草铺陈，绿荫深处，小楼隐现，学子三五，文静来去。在教堂附近，一塔高耸，与周边建筑相配答，高低起伏，颇见韵律。

在斯坦佛大学浏览半小时，入住某旅馆。房间甚宽大整洁，大可人意。北京时间早晨六点许就晚餐。

九月二十日（北京时间二十一日）

上午九点外出，离弗利门市旅馆，经道奥克兰市，过一海湾大桥，至金银岛，聊作游览，再过一海湾大桥，至旧金山，即圣弗朗西斯科，逛中国城，就午餐于山王饭店。下午游金门大桥，雾大，长桥迷离，见头不见尾，翻生意境，令人神思飘扬。观 1915 年所建万国博览会遗构，佳木扶疏，池水照影，鸽群上下，与游人相嬉戏，亦让人开心而陶醉。过渔人码头，有海狮于岸头，似甚温顺，游人往来，与之合影。

旧金山市，除保险、银行、宾馆等为高层建筑外，一般商场、民居、学校及其他建筑设施，大多低平，且以白色、浅黄色、浅红色等为楼体颜色，雅静中求变化，能和谐而不单调。建筑随地形而起伏，车道平直，拐弯处，几成直角，街头很少见行人，车来车往，夜若游龙。晚餐后，入住三藩市某酒店。

九月二十一日

上午八点乘波音 737 飞机离旧金山机场，经 3 小时，至明尼阿波利斯市机场，休息 1 小时，继续飞行，再经 1 小时，飞抵华盛顿。时值美国东部时间（纽约）下午五点三十分，与北京时差整整 12 个小时。

到华盛顿，黑人显著增多，其行动不拘小节，在酒店休息厅看电视，看得激动，便啸然大叫，令人为之一惊，特为记之。

九月二十二日

上午九点到美国联邦人事局考察，听取有关人事方面的介绍，并有相关资料见赠。下午在华盛顿游览，先后参观国会大厦、航天博物馆、艺术（美术）博物馆、自然博物馆、巨人公园、杰克逊纪念堂、林肯纪念堂、华盛顿纪念碑、韩战越战纪念碑园、华盛顿艺术剧院、水门饭店等，行脚匆匆，浮光掠影，皆未能作深刻之了解，徒劳腰脚耳。

九月二十三日

上午九点再往华盛顿纪念碑，因登塔游览排队长长，则放弃登临之想，以故，塔中有关徐松龛文字石刻，失之交臂，不无遗憾。随后往白宫，排队1小时，于中午十二点，方得参观，几处厅室，似也无多别致者。

午餐后，乘车离华盛顿，行车2小时，抵费城，浏览了市容，参观了世界文化遗产美国独立纪念厅。这是一座带有尖顶的砖式建筑，在这里于1776年和1787年发表了举世触目的《独立宣言》和《美国宪法》。楼室陈列着桌椅和桌上台布及其用品，一仍其旧，让人遐想当时坐在桌子四周的那些人物们。在楼下赏对雕塑，于钟楼参观自由之钟，听200多年前美国在这里所发生的故事。

下午四点三十分离费城，行车1小时半到纽约。6时就晚餐于康园饭府。餐毕，隔海可见世贸大厦姊妹楼，煞是壮观瑰丽，自由女神像，亦放光华，在海水中，映出一片片一排排璀璨的倒影，让人不快的是这里堵车也颇严重，走走停停，到晚上九点方得入住旅馆休息。

晚与潘力先生互通了电话。

九月二十四日

上午游览世贸中心大厦，登上 110 层顶楼，得观纽约市容，曼哈顿的主要建筑物尽收眼底，自由女神像亦在望中，港湾丛树，水光长堤，通衢大道，车如流水，人如行蚁，这便是引人注目的纽约，这便是我眼下的曼哈顿。

乘渡船，至曼哈顿外海的自由岛，仰观自由女神像，这尊由法国于 1876 年送给美国建国 100 周年的生日礼物，加上基座 93 米的铜像，竟成了纽约的地标建筑物，确是一尊较完美精致的雕塑艺术品，女神高举右臂，手执火炬，左臂弯曲，掌抱法典，长衫飘拂，与海风相鼓荡，赏对良久，乘船而去。

中午在餐馆与潘力生先生见面。潘先生湖南人，新中国成立前到台湾，后移居美国。而今已是 84 岁的老人了，为纽约华人诗社社长，是著名的诗人和书法家。此前与先生不曾谋面，仅有书札往来，并应约，为我作书多件，曾有作品入刻五台山碑林，一派泰山经石峪大字之风格。此次会见，先生先我到 1 小时，工作人员多有不满，亦令我大为抱歉。先生则说：会友心急，提前来了半小时；我说：我们人多，在自由女神像下集合，竟耽误了半小时，以致迟到，请老先生原谅。老先生说：能见到面就好，能见到面就好！见面除互致问候，互致祝贺外，也问及了先生的诗书创作，问起潘先生夫人成应求女士，先生说：她近来身体欠佳，不能来看您，

在美国会见"纽约中华诗社"社长、书法家潘力生先生

特为致意。潘先生与成应求的婚姻故事，颇为传奇，曾有人以《梦断蓝桥五十年》为题，记录了潘成二位的坎坷人生历程。我和潘先生在餐馆见面的时间很短暂，叙谈未为尽兴，待互赠礼品后，我便离开餐厅登车他去。待回头瞭望时，潘先生还伫立在餐馆向我挥手送别，此时我不禁心酸，深感在异国他乡这位 84 岁老人的凄凉了。

下午参观联合国总部，逛华尔街、百老汇、帝国大厦。但见行人匆匆，这里的快节奏，令我眼花缭乱，实在有点不适应。

九月二十五日

上午十一点离纽约市，乘车西南行两小时半，抵达新泽西州之大西洋城，下榻原为度假村的海景饭店，绿荫深处，白楼一幢，清静幽美，深可人意，于此稍作休息，遂于下午两点三十分到名为"印度皇宫大赌城"就午餐，西式餐点，虽丰盛，终因不合口味，浅尝辄止，即吃点甜点，喝些饮料，权当充饥而已。

餐毕，游览大西洋海滨风景，下午七点开始涨潮，浪花席卷而来，白沫飞溅，高可百尺，有冲浪者，逆潮而上，颇见矫健勇猛，与水相戏，颇疑弄潮儿或为水中蛟龙。晚八点进一赌场，聚赌者，不下万人。是处，花灯高照，设备豪华，秩序井然，不觉喧闹，唯不见窗户与钟表，此正为赌场之特色，入赌场，让人忘掉时间，不分昼夜，以掏尽腰包而苏醒，自然也有获大胜者。我辈游人，于此一观，感受气氛，了解情境而已。

九月二十六日

上午离大西洋城，乘车往华盛顿而来，经道巴尔的摩，本拟聊作薄游，奈何时值大雨，遂径往华盛顿，于东江饭店就午餐，中式饭菜，始得一饱。餐后到机场，四点十五分登机，四点三十分起飞，往洛杉矶而来，在明尼阿波利斯休息40分钟，于十一点十五分起飞，至洛杉矶，已是晚上八点十五分，入住宾馆。

九月二十七日

整日在迪斯尼乐园活动。几年前在日本曾有迪斯尼乐园之旅，虽两国乐园项目稍有不同，设施、造型或有差异，而在其整体感觉上，则小异大同，前游，曾已尽兴，今游则感索然，无奈诸位同游者兴趣尚浓，便随之活动。

九月二十八日

上午九点离洛杉矶，乘车东行又转向北，行经落基山，横过大沙漠，最高处海拔 4000 英尺，下陡坡 1.4 英里，坡下海拔为 2000 英尺，沙漠中有高山迪斯科树，叶似松针，小甚，树之形态，颇感丑陋。经一名牌鞋类厂家购物中心，聊一浏览，然后在一泰国人所开中国风味餐馆就午餐。

下午四点抵拉斯维加斯，入住酒店。五点三十分游览拉斯维加斯城，全市仅 1 万人，而有 79 家五星级酒店，最大者为 mgm 大酒店，为世界之最，你若每天换一个房间，10 年方可换住完毕。第二为凯撒大酒店，步入游览，也见豪华而气派。第三为金字塔大酒店，有 3000 个房间，以金字塔十分之一比例建筑，内有运河 1.4 英里，设 24 部电梯，门前建狮身人面像。远远望去，亦颇壮观。又一大酒店，门前有大瀑布，水自高处流下，砰然有声，从晚 7 时开始，每隔 15 分钟有火山喷发，每次耗资 5000 美元，下有热带雨林映衬，有大神仙鱼装饰，门内白色虎 6 只，黄色虎多多，隔在巨大玻璃钢罩里面，或卧或走，或打逗，皆历历在目。又一海盗大酒店，门前有英官船与荷兰海盗船作加勒比海大战之表演，每晚八点开始，驻足而看，叹为观止，但见烟火之中，刀光剑影，枪炮声声，震耳欲聋，擒拿格斗，碧血横飞，桅杆半折，船舱水涌，尸体倒卧，血肉模糊……虽为演出，却也惊心动魄。

这拉斯维加斯的每家酒店，下层皆为赌场，有对全美各州直航班机往来，有德、日直航。而其机场，每分钟便有一架飞机起飞，来往者多为赌徒阔佬，沙特阿拉伯国王之兄长，到此一赌，每日小费便是20万美元，灯红酒绿，纸醉金迷，可谓世界消金窝之最。街头妓女如堵，有年龄标识，有电话名片，也为拉市之特色，这便是美国，这也是世界拳王常来光顾的地方。听听导游介绍，看看西洋景致，不禁困顿袭来，遂于晚上十一点返回酒店休息。

九月二十九日

上午九点乘车离拉斯维加斯，路经巴斯托就午餐。下午返回洛杉矶，在中华城购物，所购纺织品，导游说：都是中国货，贴了美国商标，花美元，带回中国，费钱费力，何苦来者？

九月三十日

上午离洛杉矶沿西海岸南下，沿路风光宜人，路东小山绿树中，别墅华屋时时隐现，平畴碧野中，甚少有人劳作，除有几只白鸟掠过，一片宁静；西望太平洋，则碧波无际，近处白浪席卷，高可数丈，正涨潮也，冲浪者，立于潮头，往来倏忽，花样翻新，亦复让人震撼。沙岸上，赤身躺卧作日光浴，比比皆是。过某小镇，入商店购小食品数种。

下午抵圣迭戈，就午餐。此地为旅游城市，电影、音乐评比活动，令世界人士所关注，有国际学术交流中心。亦为军港，美国太平洋舰队停泊于此，海港阔大，战舰如云。有跨海大桥，横空出世，亦感壮观。漫步度假村，真花园世界，池中火烈鸟成群，嘎嘎然，鸣叫不停。

四点过海关，却不需任何手续，跨步而入，便是墨西哥西北小城蒂华纳。小城颇为热闹，所产皮件有大名，其次有首饰、工艺品和衣物等。打地摊售货员，叫卖声，演奏者，乞讨者，有讲西班牙语，有讲英语，也有用汉语"你好!"和我们打招呼者，兜售货物，招揽生意，颇见热情。

路边一草屋，屋顶所制蝎子，大如车轮，以为饰物，而所售皮带上，也以蝎子为图案，不知蝎子可否是此地土著人之图腾？

于蒂华纳仅逗留 1 小时而返。由墨西哥到美国，其海关之审查，却十分严格，严控墨西哥人混进，以故，墨西哥偷渡入境者很多。在美打工一星期，可供两个月生活之费用，墨人颇重对子女教育，有钱便培养孩子读书深造；当然也有例外者，墨西哥人离不开女人和音乐，打工之所得，也有一日挥尽者。

晚八点三十分返回酒店，似有感冒症状，吃随身所携药片，以解不适。

十月一日

上午听张先生对美国人事资源管理以及国家组织、法律情况的介绍。

下午往好莱坞游览环球影城。

十月二日

上午购物。

中午有阿罕布拉市市长在皇宫酒楼宴请山西赴美考察团一行。

下午参观市政厅，走廊有画展，其实没有几幅，俨然厅堂之装饰画。参观警察局和监狱，该局有全美最先进之装备和设施，现代化程度之高，20 年来，为领先水平。而服刑人员之处所，亦甚清净，有静坐者，有读书者，见有人来参观，还有报以微笑者。于此所见，犯人生活远非想象中之痛苦。

十月三日

上午十点三十分离洛杉矶机场，十二点三十分乘机飞行1 小时，抵旧金山。下午四点三十分乘中国民航返国。而后将由北京转忻州。

川藏行记 （2000 年 8 月 20 日—8 月 28 日）

八月二十日

下午两点离忻，三点三十分到太原武宿机场，原本四点三十七分飞机起飞离港，奈何因故晚点，遂与已抵成都之书友郭伟兄（云南省书法家协会主席）通电话，示知推迟接机事宜。

晚七点三十分方得登机，七点四五十分起飞，于当晚九点五十分抵达成都双流机场。匆匆出站，见郭伟兄与司机小王，已在出站口等候。遂同车往成都空军太成宾馆，入住6912 号。稍作洗漱，与郭伟兄叙话至十一点，各自休息。

八月二十一日

晨六时起床，七点二十分就早餐，与东道主成都空军后勤处张处长相见，并共进早餐，言：因近日上级安排考核，以故不能作陪外出，让司机小王一并陪同游览。

早餐后，我和郭伟兄及其夫人钟映芳女士走成雅（成都——雅安）高速路至双流县黄龙古镇参观。镇不大，东临府江，风平浪静，江水纭纭漾漾，江之对岸，远村烟树，疏疏落落。老街主干道一纵二横，瓦屋鳞次，苔映高墙，穿街过巷，尽现古镇风光。

南街有"古龙寺"，入山门，为戏楼，旁挂印光法师玉照，有文字标识，言师曾驻锡该寺。正南有弥勒殿、大雄宝殿，西为观音殿，为新建，尚在完工，寺不大，花木扶疏，香火氤氲，而其东西古榕两株，树颇高大茂密，西株分枝数歧，歧间建一小阁，供黄葛仙，不知何许人也。东株树根下，建一佛龛，榕阴僧院，一片清凉。

出古龙寺，沿正街北去，拐弯处为电视剧《水浒传》一处外景拍摄地，小楼临街，帘半卷，纱窗人影，正"潘金莲"者是也；楼下北侧，有斗室，村酒香溢，市招飘摇，为"王婆"当垆处。

复沿正街北去，东巷有"潮音寺"，亦小甚，仅门外一观而已。再北去，至尽头，为"镇江寺"，门前有古榕一株，

在夏河拉卜楞寺

榕下老人谈当年海灯法师在此救人的故事，姑妄听之。步入寺门，入茶室，临江而坐，但见槡窗高起，垂钓下悬，清风过隙，凉生双颊。茶室颇宽绰，而饮者无几。送茶长者，身着黑色围裙，向每位茶客的盖碗中续水加茶，往来频频，不知倦怠。

出茶室，沿一小巷北去，道窄甚，宽可丈许，时见二老者坐门下共话，神情专注，不知有过路者在打量观察。其地，卖豆花者亦多，手推曲杆石磨，豆汁四溅，豆香扑鼻，现磨现卖，见有观赏者，品尝者，亦古镇一道风景。

古镇中，酒楼、茶室、饭店比列排陈，雕联高挂，市招飘扬，主人热情迎候，游客纷至沓来，古镇一派生气腾腾。

小摊上也多有售竹器者，于一清静处，见一篾匠坐楼厅下，剖切爽利，竹丝在手中流走，有如变戏法，转瞬之间，粗竹变柔丝，柔丝成背篓，直让人看得眼花缭乱，赞叹不已，不能离去。

路旁，又见一以鲜花绿叶制凉帽女子，以片竹为骨架，阔叶卷折，长叶编织，杂花缀边，一顶凉帽便精致呈现。

在小镇游观尽兴，十一点离古镇驱车返回成都市区，顺便逛一超市，加购内衣一套，以防入藏时遭寒冷之侵袭。十二点十五分到"天府豆花庄"就午餐，是处外表平平，而其内部设置装潢，却颇精工典雅，4 人同餐，才区区百余元，食之可口，物美价廉，亦见成都人消费之一斑。餐毕，返回宾馆。

下午与郭伟兄逛书店，购书多种，傍晚在"重庆菜根香"就餐，皆麻辣风味，喝一口牛肉粉丝汤，麻甚，遂不复动匙，尝几品鲜炒，味觉遂致全无，出一身热汗，深深领略到川菜之特色。小王见状，很快加炒一盘不加麻辣之青菜，递一杯茶水，慢慢消解口腔之麻木。至此地道之川菜则不敢亲近了。

夜读《韩羽小品》，文笔诙谐，形象生动，为吾之深爱，亦画家中有文才者也。

八月二十二日

半夜两点三十分醒来，便没有再睡好，遂于晨五点起床，六点许抵双流机场，原本七点起飞的飞机因早晨大雨，其时也，雨虽停，而雾却大起，迷濛半空，能见度极差，因此不能按时起飞，到上午十一点大雾退去，方得登机飞往西藏。飞机飞出云层，从舷窗下视，白茫茫飞絮填空，云海壮阔，丽日在上，云层中偶见雪峰，有如海立云垂，阴阳割裂，峥嵘可怖，唯恐机身撞上峰头。巡天而行 2600 里，用去 1 小时 50 分时间，飞抵贡嘎机场。

出空港，但见崇山峻岭中一片小平地，长长的跑道顺江而建，仰头白云蓝天，伸手可触，云白的刺目，天蓝的深沉。时有部队同志来接站，在车上还预备了氧气袋，我或因兴奋，了无不适。车沿雅鲁藏布江南岸西行。南北两山之间，大江东去，浩浩荡荡，不舍昼夜。江边间有缓坡滩田，岸头杂灌木杨柳，垄亩码小麦青稞。山之麓，路之侧，间见藏民小屋，有垒石而成的，有夯土所筑者，其形多呈方正，其色除涂白垩为墙者，则一片灰黄，唯屋顶经幡亮丽，五色张扬；加之秋叶飞坠，一路黄金洒落，间有红衣喇嘛，行脚路上，也甚提神醒目。行数十公里，过雅鲁藏布江大桥，再转东向沿左岸行至曲水县城，车向北而去，又沿拉萨河而行，于下午三点许，抵拉萨市区，入住空军招待所。四点，就近往陕西餐馆，吃刀削面一碗，正具山陕特色，远来西南藏区，得此家乡风味，亦感亲切。

餐毕，返招待所休息，忽然心跳加剧，头痛不止，乃高原反应也，遂卧床头，吸氧抱袋，久之入睡，至傍晚六点三十分才起床洗漱。

晚六点三十分，空军副司令员、副政委、副部长等在"金土地"大酒店为我们三人设宴接风。副司令员姓张，晋南人，是老乡，多了一份乡情，副部长杜振文，陕西人，朴实无华，热情直爽，自见关中人本色。餐毕，乘车浏览拉萨夜景，道路平坦笔直，灯光朗照辉煌，亦一派大都市风光，转过布达拉宫广场，仰望红宫白宫，或见琼楼玉宇，奈何其地高寒，8 月下旬，夜风甚劲，寒意袭人，匆匆上车，由东而西、而南、而西，返回招待所，时已晚上九点许，又感头痛，遂再吃药、吸氧，与效英通电话后，便上床静卧。

八月二十三日

夜中多有不适，仍是高山反应也。黎明即起，有小雨，遂加衣服，八点二十分就早餐，九点杜振文副部长陪同往游布达拉宫，由嘎玛多吉作讲解。因主人怕我们登高有高山反应，遂乘车绕后山登布达拉宫山顶，逆参观路线而入宫，加之游人甚多，时有碰撞，互表抱歉而相让，而行走在红宫、白宫千余间殿堂内，佛像、灵塔、彩绘、文物，经书叠架，匾额高悬，僧人游人，往来交错。一时间，眼花脑涨，记忆交叠，印象紊乱，待出"入口处"，已是中午十二点，脑中一片模糊，遂购图集资料，以为此行理清头绪也。

时值中午，又感热甚，拉萨日夜温差之大，颇有领会。步入"藏北大酒店"就午餐，于餐厅郭伟夫妇认服务员罗香拉姆为干女儿，小姑娘，四川人，清秀苗条，能歌善舞，席间敬酒献唱，得此缘分，我与杜部长等为见证人，大家鼓掌相贺，其乐融融。

下午游大昭寺，逛八廊街，拜释迦牟尼佛，读"甥舅会盟碑"，登台览胜，尽收拉萨景色，入寺礼佛，皆得高僧接引。八廊街长，但见桑烟袅袅盘空，绕经道长，信众疾疾，摩肩接踵，每个转经道上的经筒，闪烁着太阳光的灵魂。路多摊贩，叫卖声声，绿松石，玉润珠圆，藏银饰，剔透玲珑，文玩古董，真假比列，藏戏脸谱，引我入胜。八廊街是转经道，八廊街是民俗廊，漫步其间，数小时，未能尽兴。

晚于一家"东北饺子馆"，吃酸菜馅饺子，也复开胃消乏。返回住地，又是晚上九点三十分，又感头痛，吸氧吃药，几为常态。

八月二十四日

八点二十分早餐，九点司机小刘接我与郭伟夫妇至拉萨河畔漫步，河甚壮阔，水流湍急，由东而西向奔腾澎湃。北望布达拉宫，后衬高山白云，前掩绿杨疏柳，在初阳朗照下，光彩四射，一片光明，心灵为之慰藉，心潮因以激荡。

于拉萨河边，山光水色，容与徘徊，偶值小雨，尽兴而返，经新开发之国际娱乐城，未曾开业，开始零落，投资2亿元，无人问津，遂成泡沫。究其原因，询之小刘，言之简甚，告以投资项目有碍国法。

小雨凄迷，微感寒意，我们走进一家名为"龙井茶园"的处所小憩，茶室甚大，老树穿棚顶而耸天，小桥跨流水而如虹，浮萍在水，游鱼可数，其时尚早，茶客聊聊，偶闻茶盏相碰之声，其境愈感幽寂。

出茶园，至罗布林卡，杜副部长与多吉已在门外等候，适有藏歌藏舞表演，为6人小分队，衣着亮丽，自弹自唱，长袖舞起，弦子之音，不绝于耳。多吉老人，邀映芳女士一并入列，踏歌曲腿，有模有样，一片欢笑，其乐无穷。

园甚大，循路径之方便，捡代表性建筑物而参观。先入14世达赖之永恒颇章，宫室虽不算大，而四壁壁画颇为可观，画达赖行迹，为通景连环画，其中有国家领导人毛泽东、周恩来、朱德接见达赖和班禅一幅，尤引我们注意，画面人物虽小，却眉目生动，亦见画家功力之不凡。有接见陈毅之会客室，陈列一仍其旧，引人遐想，时过境迁，14世达赖之变化，亦匪夷所思。

至6世达赖时所建湖中宫殿，亦感别致，每当盛夏，湖光荡绿，殿阁凌波，僧侣护卫，达赖出入，又是何等威仪。而今藏民百姓，随时游乐，若在雪顿节期间，更是举家入园，帐篷高起，略无阙处，煮茶烧饭，歌舞弹唱，又是何等景象，地改天翻，天之道也。

参观13世达赖宫殿后，已是中午，遂往"东北饺子馆"就餐。

下午由司机小刘陪同游哲蚌寺。车直开至山顶大经堂广场，有铁棒喇嘛循声而来，补收门票，且有嗔意，小刘再三解释，方归平静。

入大经堂，瞻礼文殊菩萨，殿堂幽深阔大，酥油灯闪烁成灯海，酥油气息扑鼻而来，屋柱林立，幡幢高挂，黑影晃动，置身大殿，心生畏怖，敬畏耶，恐怖也，兼而有之。一老喇嘛，红衣红帽，接过香火钱，加点酥油灯，行动迟缓而蔼然可亲，导引我等，逐一礼拜。

出大经堂，侧转登后高殿，礼强巴佛，正未来佛弥勒者也。参拜默祷之际，郭伟兄拍下快门，为我留的一影，以作哲蚌寺之纪念。最后转过屋顶，直抵展佛处，往昔在电视屏中，多见哲蚌寺展佛之盛况，今方来，始知山高坡陡百十米，想见展佛而下，高大无比，观者如堵，人小如豆，经声长号，声振崖谷。而今山中静寂，石室经堂间，小路斗折高下，偶有小僧走过，而一处寺院树荫下，数僧列坐，两僧跳跃辩经，词锋尖厉，对答如流，亦复令人驻足探视。而于一处地头数年轻喇嘛围坐树下石畔，原以为共同读经，趋前一观，正玩扑克牌，见我等走过，似有不适，报以一笑。此正山寺之众生相。

下午四点三十分返回住地，我和郭伟兄为部队作字十数幅，以赠官兵，掌声不断，亦见边防战士对文化之渴望。

明日将返回成都，晚九点杜振文副部长在"藏北大酒店"为我们设宴饯行，郭伟夫妇之干女儿罗香也同往，且以《西藏概况》一书赠我。

晚餐后，应邀到藏民多吉家作客，主妇其美，从事文物工作，在自治区博物馆供职，汉语极好，普通话说的也甚地道。50多岁，气质高雅，待客热情，献青稞酒，亲自和制糌粑，让我们品尝，盛情厚意，令人感动。

席间，钟映芳女士借穿藏服，装束一新，俨然藏家女儿，遂亦摄影留念。适有主妇胞妹携二妙龄女郎来走亲戚，遂为我们出献哈达，献酥油茶，而后献歌，亦见藏胞之好客和热情。一室之内，热气腾腾，酒香茶香，歌声掌声，同气连枝，汉民藏民。

离多吉老人家，致谢握别，返回住地招待所，已是晚上十一点许。

八月二十五日

早餐后，八点二十分抵贡嘎机场，九点三十分飞机到，十一点登机，所乘为空军运输机。其机尾部大张口，若张嘴大鲸鱼，停机时，人由机尾大口出入，二三百人不觉其多，且机上安装两组发动机，坏了一组，还有一组，反倒安全，部队运送，也多由此种飞机，运送货物，则更加便捷。唯机中没座椅，机身双侧临时安装长凳一排，以故上机人员，时有拥挤，以争座位也；若战士登机，当不会有此等现象。

登机，未得座位者，将行李置于通道上，或以行李为座，或席地而坐。其机简陋可知也。待飞机起飞，噪音极大，虽对面说话，只见口动，不闻其声也。机中风吹嗖嗖，其冷无比，将所有衣服加身，亦似难御其寒也。

下午一点飞抵双流机场，小王接机，就近进午餐，往太成宾馆休息，一睡竟然到下午六点许，又有来叫晚餐者，不欲食，唯感困倦，勉进些许豆花。

晚，四川省书协主席何应辉过访，小坐而去。

张处长挽留往游九寨沟、黄龙等地，奈何无暇安排，遂请购得 27 日返并机票。

郭伟兄在拉萨为我所拍照片多多，已然洗出，捡选留存，作永久之纪念。

八月二十六日

八点早餐毕，驱车逛数处古玩、字画、文物商店等，于一处见吾晋祁寯藻扇面一帧，标价 3600 元，又旧识四川名家冯建吴先生早期工笔人物一幅，标价 800 元，晚期山水一幅，标价 3000 元，皆一观而已，以记录当时书画之价格。下午拟为成都军区空军装备部作字，购得文房之需纸墨笔砚等。此来川藏不曾携带印章，遂购印石一枚，请郭伟兄治一"陈"字印，以为零时之需，且留作隐堂一纪念物也。

下午为部队作字。晚张处长在"巴国布衣风味酒楼"宴请，饭菜虽甚昂贵，却不及所住宾馆自助餐可口适意。

八月二十七日

今日郭伟夫妇往邛崃作天台山一日游，我因购得当日下午返晋机票，遂不能同往。上午由司机小王陪游文殊院，此亦多年夙愿，没想到清静寺院，几成茶楼市井，香火之盛，游人之多，尚可理解，寺内设法物流通处，亦属当然，而餐馆、茶座、特色产品也争一席之地，于此热闹"胜境"中，令人脑涨头晕，匆匆巡礼诸大殿后，购得一套《印光法师文钞》，便离开文殊院，经一小超市，买些许小食品以归。

下午六点，张处长送我到双流机场，并以地方特色礼品相赠，而后握别。

原本7402航班起飞时间为晚上七点二十分，谁知播音室不时传递出飞机延误晚点的声音，时到十点，尚不见飞机到来，机场服务人员遂导引旅客到宾馆休息。到午夜十二点，方入睡，又有人来招呼："飞机到了！飞机到了！"遂再急急起床，收拾行李，匆匆到安检口，重新验票登机。

八月二十八日

午夜一点登机，三点飞抵太原武宿机场，搭航空公司汽车到太原火车站，待入住凯乐大酒店6014号房间，已是黎明四点三十分。六点起床，七点于火车站搭依维柯返回忻州，结束了此次旅行。前后8天，苦乐参半，时年61岁，总算圆了进藏之梦，亦平生一大快事。行前，与郭伟兄同客临淄，谈起进藏事，得助于成都空军装备部张处长热忱接待，并提供一切方便，此也机缘凑合，自是感激弥深也。

陵川五日记 （2001 年 10 月 15 日—10 月 19 日）

十月十五日

上午八点三十分离忻，十点到太原，往山西画院王朝瑞处，十一点三十分共进午餐。下午两点陵川二辆车到并，来接客人，同往者我与朝瑞、赵望进、王学辉四人。车进入襄垣，有拉练车队通过，道上其他车辆皆停靠路边，约 20 分钟，军车过尽，我等复上路行进。至晚七点方抵陵川县城，入住陵川宾馆，其时已是灯火朗照了。

晚饭后，陵川县委书记、县长等在晋城市委宣传部柏扶疏副部长等陪同下到舍看望客人。又晋城同道李慧英、王茂彬、贾大一等先后见过。十点组织部长郑瑞俊同志又复招饮。

十月十六日

　　上午九点，陵川县第四届红叶节暨太行山书画采风活动开幕式举行。中国书协刘艺同志自京莅陵，山西省旅游局、晋城市、陵川县等有关领导以及诸多书画家咸来参会，共襄盛举。

　　开幕式结束后，小车成队，由县城西去十里，到西溪风景区（陵川八景之一，西溪春色）二仙庙游览。二仙庙为新近公布之国保文物单位，又名真泽宫。其地幽奥，景色佳绝，沿途白杨夹道，满树黄叶飘金，值高林西风，正新凉时节。

　　至庙门，处高地，跨入门槛，陡下台阶，有院落二进。中殿为二仙殿，后殿为寝宫，寝宫左右厢建梳妆楼，檐角凌空，颇见韵致。寝宫廊下有大定五年（1166年）《重修真泽宫碑记》一通，文能翔实，字颇精美。寝宫内有二仙龛，为清小木作雕刻，虽繁缛，却不乏精致。中殿后壁外嵌有元好问题二仙庙诗碑横幅，为后人书丹，有序跋，半磨灭，不能尽读。庙中有唐柏四株，气象峥嵘，各呈姿态，前二株瘦劲清健，后二株苍古龙钟。更有奇者，枝干间多有木瘤，呈十二生肖形象，找不同方位去观察，竟给人以惟妙惟肖之印象。

　　又有松桧榆槐之属，虽值高秋，生机不减，五彩斑斓，似胜春色。更有红豆杉，亦珍稀之树种，北国少见也，能不宝诸。

二仙庙后，为一沟壑，深沟乱石，细水潺湲，沟之北，复起高山，屏然而立，巉岩如画，鬼斧神工。岩之脚，杂树丛生，层林尽染，秋音如诉，留恋其间，益见山之奥而景之胜也。

西溪归，游崇安寺，寺在县城西北隅，有"先有崇安，后有陵川"之说。寺建冈陵之上，远望之，气度轩昂。寺门即天王殿，左右为钟鼓楼。钟楼悬明铸铁钟一口，有五吨之重，亦可见其宏伟了。天王殿内立大宋庆历碑一通，聊一浏览。中殿为三大士，后殿为大雄宝殿，殿侧有琉璃镶头，虽仅黄绿二色，其图案颜泽皆颇引人注目，导游言为"唐三彩"，姑妄听之。院内有树化石二株，高皆二丈余，铁骨铮铮，摩挲久之。殿后有小石龛，上镌一佛二弟子、二菩萨，造型质朴，古趣盎然，言为隋物，或可近之。

古寺山门之门框镌刻，线条缠绕繁复，却不失流美，飘逸中见劲健，于此亦见匠艺之高超。

离崇安寺，回宾馆就午宴，壶觥交错，宾主情深。

下午三点，行车四十里，进入太行山红叶区，重山叠岭，高者如壁如屏，低者如螺如髻，平者旷，深者幽，漫山遍野，皆青松、黄栌、三角枫、槲、橡之属，霜林如醉，红叶欲燃，东西阔十里，南北长二十里，好生气派，却看深红者若胭脂着雨，橘红者似朱砂朱磦重彩，嫩黄者如柠檬，叶枯者如代赭如焦茶，而其长绿者若翠羽似碧波，风起声扬，林涛呼啸，亦感山河气壮。却看林海五色斑斓，然其色相，以红为主，黄次之，绿间之，其时也红霞满天，与红叶辉映，山河彩错，更见奇伟瑰怪非常之观。穿林莽，寻石径，临高凭险，沿山而行，走走停停，指指点点，说说笑笑，有以三角枫插额头鬓角者，有以黄栌叶夹书册画簿者。胜景无限，暮色催人，乘兴而来，兴未尽，怎生得返。

十月十七日

上午八点，乘车东南去，行程四十里，至"棋子山"，传为箕子隐居处，其地青松覆岭，秀岩如盖。有形圆而扁平，质坚而细腻者，名之曰"象子石"，乃鹅卵石之一种，当不足珍。山有箕子洞，传有"烂柯山"一类故事；有象子坪，今之棋王聂卫平与棋协主席陈祖德莅此对奕，为棋子山造势也，久之，遂成佳话。

离棋子山，过赵迪岭，经大路村、古郊岭东村，登王莽岭。岭上风光，甚是可人，有道是"云卷千峰集，风驰万壑开"，雄奇险秀，诚天开图画也。倚危崖，沿仄径，屏息敛神。登"琴台"，得见"云台"下，白云出岫，蒸腾升空。未几，岩下如飞絮烂银，正幻化之奇也。而其"日观台"下，石壁自山脚直上，高可千仞，雄之极矣。近处一石，名曰"金鸡叫天门"，巧石出崖，设有木栏，扶栏而视，下临无地，不禁惊恐，其险亦可见了。有以立此长啸者，山鸣谷应，传声秦、晋、冀、豫，其地，当为四省之汇处。沿岭头而过，杂树丛生，长松倒卧，苔痕半掩，秀骨清俊。复前行，至"日观台""散花台""抚云台"诸胜处，聊为驻足，已届中午时刻，遂于岭头餐馆就餐。餐后，刘艺先生返京，我与朝瑞等随团往游"锡崖沟"。

"锡崖沟"盛名早闻。锡崖沟人有当今太行山愚公之称。他们用三十年时间，以锤錾、斧凿、镬刨、锹铲，硬在太行山的悬崖峭壁上凿出一条由山村通往陵川县城的公路来。我乘车穿行于这条曲折陡峭的挂壁公路中，时为隧洞，时见天窗，明暗交错，如入梦境。这是一条令人震撼，让人感叹的人间奇迹。

车停山村小站，这原本是一处不知有汉的世外桃源，高山巨壑大岭群峰中，小桥流水，人家烟村，鸡鸣于埘，犬吠于巷，牛耕于田，羊牧于野，一片宁静与祥和。

村舍沿溪而建，峡谷深涧，绿水木桥，村民有以售山货者，站立路边，很少言语，有问价者，方作一答。所卖物品就地杂陈，有山蘑、有木耳、有花椒、有草药。就中何首乌和朱萸肉，颇为引人注目，前者肥大而黑亮，后者殷红若枸杞，皆为初见之物，遂作观摩而问讯。

出村之南，循沿云细路，至一崖顶，顶平而旷，下临无地。我小心翼翼平爬崖边，令友用手抓我双脚，头伸岩下，略一俯视，见崖谷黝然，深不见底，不禁心悸眼晕，急急缩身而返安全处，腿颤似不能立；如是险绝处，村人如履平地，在崖顶晾晒谷物，小憩坐卧。

挂壁公路通车后，锡崖沟名声远播，不少美术院校，便把这里作为美术写生基地，有大美山水，有当代愚公，足令外师造化者，有模之不尽之奇峰怪石，描之不竭之人物英雄，更有激发人们自强不息勇于奋斗感至深的锡崖沟精神。难怪山西画院诸同仁，数度来此采风作画。村头一小园中，见有碑林一区，浏览其间，诵读诗文，无不是对此地山水人文的赞叹，就中同窗老友亢佐田所书一通，豁然其中，亦令我驻足多时。

兴尽而返陵川县城。晚郑瑞俊同志再次招饮，且为我找人拓得《大定五年重修真泽宫碑记》一通，自是感激无喻。

十月十八日

上午作书，以作应酬也。

下午在柏扶疏部长陪同下，到礼义镇，先后参观崔府君庙、上吉祥寺、下吉祥寺。

崔府君庙建在高台之上，台下有束腰，腰部有浮雕图案及线刻人物、花卉等，皆极精彩。

下吉祥寺，中殿为宋金建筑，尚有唐风遗韵，屋顶平缓，斗拱硕大，生起、侧脚显著。又前檐柱较后檐柱高出五六寸许，不知其故，询之同仁，答曰：为了采光好！恐也未必仅此而已。陪同者言，此殿内部壁画十分精美，奈何未曾找到拿钥匙人，未能一见，诚为憾事。

上吉祥寺，最有特色者，乃使用了梭子柱，即柱子中间部分粗大，上下部分较中间稍瘦细。在古建中，此梭子柱为我之初闻初见，亦知余之浅陋也。于陵川尚有二处国保文物单位，因时间所限，此行只能割爱了，更待机缘，再来探访。

十月十九日

在陵川几日行程中，市县有关领导热情接待，陪同游览参观。王茂彬同学以画集见赠，柏扶疏部长以《历山诗词》《王莽岭诗词》见赠，郑洪娥同志以《中国民间剪纸集》为赠，皆见情谊也。

上午九时，陵川司机师傅送我与朝瑞先往太原，时值下午一点，吃中午饭，然后再送我返回忻州。

甘肃行记（2002 年 4 月 13 日——4 月 28 日）

四月十三日

下午五点由忻州抵太原火车站，五点五十分乘车往西安去。同车厢有石家庄女同志，谈话间，知她亦为热衷于旅游者，几乎跑遍全国，曾数次进藏，前后在藏二年，西去阿里，实不易也。又知曾由张掖经民乐、扁都口、俄博、青石嘴，过大板山口而到西宁，此亦我曾行之路，谈得则更为投机。她父亲是王震西去新疆的警卫排长，母亲山东掖县人。她出生新疆，曾托哈萨克人家照看数年，后那家哈萨克人转居苏联，她几乎被带走。听其经历，颇为丰富有趣，遂附记于此，唯不知其姓甚名谁。

四月十四日

早七点车抵西安，再补票转车，于上午十点二十分抵宝鸡，适有天水友人张保忠等三人驾车来接，遂乘车同往。十二点至"东岔"的地方，就午餐。下午三点许抵天水，入住前年在秦州所居之"天水大酒店"，正是：

泡桐丁香紫云天，暮春重访天水关，
三年卧榻尚未冷，我与秦州不了缘。

因行前不慎将脚扭伤，以至红肿，几不能穿鞋，而保忠在天水已作了精心安排，不能拂其美意，便如期而行，至天水，脚愈肿甚。保忠见状，晚来，保忠和朋友们以酒加火洗擦，颇能消肿止痛，乃小偏方也。

四月十五日

一天小雨，未能外出，作字聊天而已。

四月十六日

上午有天水市文联主席陈冠英偕夫人见访。陈先生致力于"二妙轩"碑帖研究，对宋琬之身世探索多有成就。且精治印，以所治之"十二生肖印"奉赠国内诸名家，得其题跋多多，有萧乾、启功之手迹，入印出版之"十二生肖"图册，亦颇可观。先生知我属兔，遂以新治"百兔印蜕"巨幅见赠，属书兔联一副，以应之。

下午三点，由保忠和小陈陪同下游览玉泉观。观在市之西北，依山势之高低而建，观前，翠竹摇曳，疏柳垂丝，鸣禽上下，彩蝶飞舞，沿鹅卵石所铺小径，入山门，拾阶而上，过渡仙桥，桥下绿水潺湲，桥上廻廊彩错，桥头，又见磴道陡走，屏息登高，歇脚于过亭之下。适有售货妇女三人，见有客至，方止叙话。我等凭栏回观来路，在古柳掩映中。回环往复，幽明深秀，多有韵致。再登云阶数十级，至"天上人间"牌坊，下视天水一城，尽收眼底。于此小憩片刻，摄影留念。复西去，至碑廊、碑亭处，碑多剥落，文字悉难诵读。再循锦花碎石小道斗折而升，至混元宫、三清殿，其地除我等三人外，再无游人，幽极静极，惟千年古柏巍然天地间，柏子落地，瑟瑟有声。殿为新建，高大魁伟，颇有气势。传元初始建，后遭兵火之劫，早已不复存在。于大殿前，见一道人打裹腿，着蓝色道袍，高冠束发，以小铁棍在院中古柏下薅草。出混元宫，沿观东石阶而下，陡甚。阶头坐二道人，一人以瓷缸进餐，仅豆腐白菜汤而已。行至牌坊前，循原路而返，东望尚有玉泉观别院二处，因脚力不济，遂舍之。漫步街头，有旧民居多多，形制古朴，似有年份，然颇残破，于墙上多标"拆"字，似拟重建，尚盼改建中能保持原建风格，以不失古城之风貌，与玉泉观成一格局，亦将有助于旅游开发也。

四月十七日

日昨游玉泉观，颇费腰脚，今日在家读书休息，偶有见访者，叙话而已。

晚餐后，徜徉街头，以观夜景，见几处海报："佟伟、陈巨锁、郭子绪莅天水交流书艺"云云，各在一处，互不见面。去年先后有数十人来秦州鬻字，可见天水书画市场之繁荣。然而当地人又有多少钱可供书画收藏？若所来之书家仅以"钱"出发，也未必能满意而归。权当一次旅游，会会老朋友，结识新朋友，看看山水风景，访访古迹名胜，其收获亦自大矣，区区金钱又何足道矣。

逛一家书店，见架上有公刘先生大著《纸上声》上下册，遂购之以留念。先生在忻时，多有过从，与之交，人甚投缘，话多投机。今先生远在安徽，久未谋面，有一书在手，亦他乡遇故知也，幸甚！

四月十八日

上午游览瑞莲寺，寺不大，山门外有老槐一株，三人尚难合抱，盘根错节，可见其久历岁寒，饱经风霜。入山门，有弥勒殿，后院深邃细长，北为大雄宝殿，殿后原为藏经阁，已毁，现为学校占用。院之东为观音殿，院之西为地藏王殿。寺院中古柏参天，花竹弄影，居士往来，洒扫庭院，揩拭檐柱，颇见勤快虔诚之状也。

我与年轻僧人叙话片刻，循原路返回酒店。

有索拙书者，草草数幅。

午餐后，在张保忠陪同下，离天水，驱车南下，一点到天水关（镇），两点至岐山堡，访武侯祠，据说此封土台，当年为诸葛亮之点将台，四面皆为平川，一台高起，原建早毁，今见各殿堂为新建，甚粗糙且卑小，由道士管理。所见古柏十数株，森森然，幸免斤斧之劫难，清风徐来，瑟瑟声起，不禁发人幽思。循山间曲径下磴道，出堡门，上车继续南去，正值修路，坑坎难行。所幸路畔田畴中，偶见油菜花黄，新麦泛绿，一派春意，间之地膜覆盖处，在黄土映衬下，条条雪白，规整如裁切，远见似图案，与新绿菜黄相匹配，俨然水彩图画。

下午三点，方抵西和县城，入住人武部招待所。

县城在山谷中，东西两山夹峙，一条街道由北而南，路两旁店铺林立，小摊贩占道经营，车过处，飞沙走石，尘土迷空，山城则更见苍凉。晚来阴云遮天，小雨飘洒，有感寒意袭人，遂将所携毛衣一一加身。

四月十九日

居室竟成展室，要字者，看字者，人来人往，络绎不绝。小小山城，想不到竟有如此多喜爱书画的人们。

山城偏远，稍感荒凉，街头却有售小鱼者，售根雕者，售花木者，于此亦可知见其市民喜好之一斑。

四月二十日

中午有矿管局办公室刘主任招待，下午三点三十分，张保忠好友曹站长自礼县驾车来接。遂离西和往礼县而来。路经大堡山，山前有"秦墓"之石碑标志，因墓在山头之上，未作造访。据曹站长介绍，秦墓挖掘时，出土文物，令世人触目，上博等处藏有其器物，上有"天水""秦公"之铭文字样，日后或有一见者。

至礼县，入住县委招待所，推窗而望，文庙之大成殿近在咫尺，但见大殿高耸，而宽五间，进深三间，重檐歇山顶，门窗已作改装；然其屋顶屋脊，黄绿琉璃，图案鲜焕，在阳光朗照下，尤觉金碧辉煌，诚县城之瑰宝也。

曹站长富收藏，不独书画文玩，陶器、铜剑等，亦复可观，多为本地出土之物，延其家一一赏对。至晚，置酒菜一桌，以款待我等客人。席间，有岐山画廊老板见访。

四月二十一日

上午作字。

下午一点沿三沟河出礼县，经界牌而下山出沟，过洛门镇，乃张保忠之故里，镇甚大，过家门而未入。行车180里，用两小时抵武山县城，入住县招待所。下午有文化局蒋局长等三人见访，晚于"稻香村"设宴招待。餐后，蒋局长又送来武山文化资料等书籍数册，以供参考。

四月二十二日

上午七点三十分，由蒋局长等四人陪同经洛门、龙泉等地，用一小时，行五十里抵水帘洞景区。于显圣池略作游观后，径往拉梢寺而来，仰望北周壁画，皆在半崖之上，且多剥落，仅窥雾豹而已。而其一佛二菩萨之浮雕，体态雍容而硕大，佛座也见别致精美，除莲瓣外，有卧羊、狮、象、鹿等图案装饰，亦令人凝目以观。更有右胁侍菩萨，虽仅存头部，而见面颊丰腴，神情逼现，端庄中微见悦色，乃宋雕之精品。又见北侧有题记一通，为北周之遗珍；南侧有隋画一幅，颜色尚感完好。以上诸相皆我等立东山之上，在蒋局长指点之下，隔沟而见者，虽可望而不可即也，犹如坐台下观"皮影戏"者，亦甚多兴味，唯题记未能读得，幸有资料可稽也。

下东山，过拉梢寺文物保管所，知其为2001年方公布之国保文物单位。小憩片刻，沿磴道上山。其时也，正丁香盛开的时候，紫云绿树间，有夭桃翠竹，有奇香袭人，有鸟声入耳，没想到陇头荒谷，竟藏有如此幽绝之地，不竟令人心生欢喜。匆匆过两山间之"渡仙桥"，已在"洞天胜境"牌坊之下，稍一观瞻，又复磴道重重，至"六角亭"。回望笔尖峰，拉梢寺诸景，已是"横看成岭侧成峰"了。

峰回路转，水帘洞之建筑物，豁然可见，而对面山岩，有瀑迹四五叠，因天旱，水小甚。据说，若值雨后，则高瀑下注，水雾交腾，不下庐山三叠泉之气象。复前行，再上磴道，又一大牌坊，翼然而立，也新建者。再上，即一庭院，有道长道姑，趋前接待，颇见恭勤，瞻对诸宫观廊宇，儒、佛、道、神和谐而居一区，当不寂寞。登正殿楼上，见有旧识虞愚先生所题"升无上堂"匾额，高悬檐头，甚是醒目，见字如见其人，风度不俗，字乃大佳。

院内一株秦陇槭，俗呼"筢刷树"，为千年古木，枯木生芽，生机重现，老干龙走蛇惊，新绿春意盎然，其姿态，尤堪入画。又一木，俗名"木桩树"，二十年来不曾生蕾，而今花朵大放，亦奇缘也，可喜可贺！又有修竹迎风，牡丹含露，也让人留恋赏对。

巡游尽兴，循原路返山下文管所就午餐，野蔬素食，得尝山中风味。有野菜名"臭菜"者，食之甚香，故知有"臭名"者，也未必都臭，有香名者，也未必都香，此一证也，锦绣其外，败絮其内之柑橘者，也常遇而不罕。

餐毕，返回县城。

下午两点三十分，有武山七十八岁高龄的书法名家康务学先生相邀其家共话。小院幽深，高屋敞亮，檐下匾额皆名家手迹，诸如郑逸梅、唐云、石鲁、费新我诸公。先生早年曾倡导书法教育，与董必武、郭沫若、胡厥文等前辈有所交往，收藏亦富，先后将百余件名家作品捐献地方博物馆，报端多有报道，以故，康务学大名，早有耳闻，今日相见，先生颇健谈，声音洪亮。谈吐中，知其对我了解甚深，说："你生于1939年，小我14岁，在书画艺术上多有建树"云云。我拟离去，先生坚留晚餐，其家人已在准备中，盛意难却，遂相与在院中浏览，有葡萄架老藤缭绕，芽叶初发，而架前白牡丹一株，其花大放，虎皮松大盆景比肩而列，亦复可观。檐前鸟笼两个，画眉高唱，东墙下有锦鸡四只，二雄二雌，毛羽亮丽夺目，尤为引人驻足。

先生甚热情，满满摆了一桌饭菜，我对其本地特色小吃"江（卤）水面"颇感兴趣。餐毕，先生又以所书新诗一纸赠我，多有褒奖，愧不敢当。又有《康务学书法集》相赠，一一拜领。适有文化馆青年见过，遂于堂前合影多幅，以为留念。

明日将有夏河之行，晚十一点司机李师傅由甘谷到，陈国宏自天水到。

四月二十三日

早六点起床，六点三十分由李师傅驾车，张保忠、小陈陪同，离武山县城西去，经陇西、渭源，于上午九点至临洮县城，于路边一家餐馆吃早点后，复驱车前行，经广河、和政而抵临夏，其地多清真寺，正逢赶集，回民戴小白帽，云集街头寺外，亦一道民族风俗画。过土门关，沿洛浪河谷南行，至王格尔塘复西去，则沿夏河河谷而进，山谷间，藏式寺院、佛塔，时时可见。夏河水泠泠有声，清流碧波中常常泛出白色浪花。车傍河而进，水光山色不离左右。奈何前面修路，小车颠簸，尘土飞扬，所幸李师傅是一位老司机，驾车安稳，开车七小时，行程八百多里，于下午一点三十分，抵夏河县城，入住县政府招待所，条件差甚，因往游拉卜楞寺心切，竟忘了吃午饭。到寺院购票游览，却不曾叫上寺院导游，仅在诸寺院外逐一游览，到下午四点，方得知买了票，则可由导游带领下入诸大殿拜佛。时将下班关门，匆匆在一小喇嘛导引下，入大经堂、弥勒殿、文物陈列室诸处作一巡礼。于新建贡唐大塔前聊一停留。尔后，乘车十数里，游览格桑草原，因久旱无雨，草色遥看近却无，乃小草稀疏者也。

草原一侧，有水一泓，乃人工之水库，周边杂树<u>丛</u>生，芳草铺陈，帐篷三五，游人或席地而饮，或乘马驰骋，聊见草原之气息。于此游观尽兴，返回县城，已下午六点三十分，方就餐于小胡涂酒家。

此行也，整整奔波一日，不觉累，也不觉饿。回想先前在忻未出发时，竟遭崴脚之痛，而今已成夏河之行，得访拉卜楞寺，继游青海塔尔寺、拉萨诸大寺外，又得谒此黄教圣域，深感佛缘之不浅，亦心诚所至也。

四月二十四日

早六点起床，再到拉卜楞寺，补拍照片多帧，购光盘数张，买铜制工艺纪念品一件后，就早餐。八点三十分离夏河而返武山，再行九十里抵甘谷县城，入住新世纪饭店。在路上，于临洮吃中午饭。

晚餐后，有甘谷县文化局长等三人见访。

四月二十五日

上午在当地有关人员陪同下游览国保文物单位"大像山"。由山脚沿磴道斗折而上，先谒山寺，寺院深广幽静，雨桃烟柳，分外宜人，新建殿宇，钟磬传声。寺处僻地，游人稀少，寺僧课诵，香篆升腾。

出山寺后门，沿山中便道至大像山大佛寺，巍然唐塑，居一窟之中，仰之弥离，气度恢宏，诚渭河流域唐建第一大佛，所憾佛窟之悬塑被盗窃殆尽。遥想佛窟开光之初，金碧辉耀，光彩半空，甘谷僧俗，前来参拜观礼，声动山谷，影乱渭水，其盛况是何等壮观。而今只我等数人，立于大像座下，凭栏俯视，但见渭水纭纭漾漾，不舍昼夜。远眺甘谷城闉，新楼四起，烟树人家。

下大像山，路经关帝庙，是处建筑亦见匠心。略一观瞻，遂返旅社休息。

四月二十六日

上午作字多多。

中午县人大、文化局等领导设宴招待。下午三点离甘谷，四点返回天水，入住"天水迎宾馆"西楼。

四月二十七日

上午十点离天水，乘车往宝鸡，中午十二点就午餐于东岔，下午两点至宝鸡。有收藏家赵先生者，为我订得返晋软卧火车票，邀至其家，又以小宴招待，饮西凤酒仅几小杯，便觉醺醺然，有点醉意，席间出示所藏文怀沙、刘自椟、范曾、韩美林等书画，一经赏对，酒意顿消，噫！书画也可解酒？

下午三点三十分，赵先生送我上火车站，四点零九分，乘车东去。

四月二十八日

早七点四十五分抵太原，王建国等朋友来接站，同往迎泽宾馆就早餐。

上午顺便参加"山西省诗书印艺术家联合会"成立大会，本人被推选为副会长，虚名而已。笔会、参观展览、午宴，整整半天时间，亦感忙碌。下午到亢佐田家小坐时许，待返回忻州，已是下午五点许。

赣行记 （2002 年 10 月 12 日— 10 月 21 日）

十月十二日

下午五点由忻州抵太原，偕山西省书协李晓林乘七点十三分由太原到汉口 2334 次列车东去，经石家庄而南下。

十月十三日

下午一点抵汉口，转乘由汉口到温州 1518 次列车东去，经鄂州、铁山、大冶、庐山而南下，于晚上九点许抵达南昌，有工作人员来接站，入住江西宾馆。

十月十四日

上午，中国书法家协会 2002 年组联工作会议召开。郭雅君讲话，吕如雄作组联工作汇报。

下午，张飙作 2002 年的工作报告及几点意见。江西省副省长、江西省书协名誉主席蒋仲平接见与会代表并讲话、照合影像。

在晚宴时，得见旧识张鑫、许亦农、方国兴等江西书家。许亦农先生已是 84 岁高龄，仍如当年在烟台初谋面时硬朗，而今十数年后重逢南昌，颇为快慰。

十月十五日

早六点起床，七点上大巴，就早点于车上。七点三十分开车出南城，经青云谱，走抚州路，经进贤县，转上饶路，往鹰潭而来。于十点三十分，到上清镇，参观天师府，多是新建之殿宇，唯院中古木，比肩竞上，浓荫覆地，其中七八百年古樟，尤见气派，干粗叶茂，欣欣向荣。有罗汉松，奇姿怪态，倚石而立，松针挂露，光亮闪烁，翠羽焕彩；又一丹桂，花香馥郁，迷漫庭院，亦令人驻足观赏。花木间，赵孟頫书碑，挺然如堵，所憾来去匆匆，未能卒读碑文。

中午在天师府就午餐，桶装大米饭，热气蒸腾，米香四溢；菜肴中，鱼与豆腐尤为可口，细、滑、嫩、软，入口即化；菜中时见板栗，嚼之，亦复有味。饭后品乌龙茶，小盏，未能解渴也。

下午一点游览上清宫，亦多新建，过棂星门，经钟鼓楼，入东隐院，观镇妖井，故事多多，不复能记也。而院中修竹摇曳，木芙蓉正花，亦甚宜人；有老樟一株，达一千五百年树龄，亲历上清镇之变化，风叶瑟瑟，如诉历史。

两点泛舟泸溪河。乘坐七杆竹筏，溯溪而上，丹山碧水，凉风习习，好不爽快！两岸村庄茅舍，风烟丛树，牛行于田埂，鸡鸣于桑枝，美景迭出，凝视久之，颇感困倦。同筏而坐者，有广东书家王楚材兄，竟已酣然入睡。忽有泛小舟趋前卖粽子者，花十元钱买十只，分诸同船书友，楚材兄让我推醒，而或有惊美梦吧。粽如核桃，剥去粽叶，糯米中夹一板栗，米软栗香，一口吞一只，亦可见其娇小精致了。楚材兄似乎也吃出滋味来，又花十元钱买了十只，让大家尽兴。

一路多奇峰怪石，皆丹霞地貌也。筏行二十四里，历时三小时，至仙女峰下，舍舟登岸，以观悬棺之表演。表演者如猿猱矫健轻捷，升危崖，如履平地，且将棺木从船上拉入洞穴，时见险绝之状，令我等观者屏息而惊悸。

时过下午五点，乘车返贵溪，入住铜苑宾馆419室，与西藏李运熙兄同室。晚餐后，谈西藏种种。

十月十六日

早上六点三十分吃早餐，饭后由贵溪往弋阳县，游览龟峰胜景，车停展旗峰下，徒步穿展旗洞，到桂花园，即瑞相寺遗址，有千年古樟树，七人方可合抱，亦见其壮伟不凡。有荷花桂一株，历岁一千三百年，分枝十数歧，花开十个月，人称四季桂，清香四播，得似荷花者。由园中四望，皆奇峰怪石，有"回春谷""锁春洞""三叠龟""老人峰"，就中以"骆驼峰"为最高，为408米，以"天女散花"瀑为最奇：飞流洒落崖下，如珠帘垂地，似雪霰迷宫，游人高喊："过来！过来！"水则应声飘洒，珠沫直扑喊者面颊，诚一奇景。我亦放浪形骸，连喊数声，屡试不爽，造化之神奇，真不可想象也。古之朱熹、李梦阳、徐霞客等于此登临放目，无不为之赞叹。

巨石成嶂，气势逼人，有"上天梯"垂空而下，有望而却步者，有铤而走险者。我也一试腰脚，竟贾余勇，攀缘而升，至于极顶，引得年轻人为之鼓掌欢笑。

下山泛舟清水湖，绕湖一圈，清波鼓荡，水鸟翔空，怡然悦然，乏困为之一消也。

游湖毕，至弋阳县城就午餐，上饶市委宣传部熊部长、弋阳县委王书记作陪。席间，谈弋阳腔，谈谢枋得，谈方志敏。

下午，游方志敏纪念馆。中学时，便读过《可爱的中国》，身临其地，参观展览，重温方志敏的革命故事，颇受教益。

信江之北，有叠山书院，乃为纪念谢枋得而命名。谢枋得（1226年—1289年），南宋诗人，字君直，号叠山，弋阳人，与文天祥同科进士，知信州时，率兵抗元，城陷，流亡建阳，以卖卜教书度日，后元朝迫其出仕，地方官强制送往大都，绝食而死。其诗伤时感旧，沉痛苍凉。

入书院，回廊曲槛，翠竹婆娑，绿意可人，读碑于亭中，品茗于信州第三泉，谈诗论字，有以应主人之邀，作书留念者。徜徉尽兴，往南岩佛洞而来，巨石横陈，岩洞比列，约十二个，入一洞，高深三十米，宽倍之，皆天然生成。内塑佛像四十余尊，有十八罗汉，古朴传神，有宋塑水月观音，有云朵走兽等浮雕，也颇生动，有以"中华第一佛洞"之誉。十数洞，曾作军火仓库之用，洞壁石灰水涂刷之痕迹，历历可见。

出南岩洞，返贵溪，往江西铜业有限股份公司采风。铜厂甚大，在有关领导陪同下参观，听其讲解，大开眼界。所见化解铜中，提取金砖一枚，价值百万元，我一手勉力抓起，知其分量不轻也。

下午六点于江铜"同心园"就晚餐；餐毕，归宾馆休息。

十月十七日

　　早七点离贵溪，在汽车上用早餐。行车经鹰潭、余江、东乡、进贤，绕道至安义县，县委书记由京赶回来接待我们一行。沿街张挂横幅欢迎标语，甚感热情，时值小雨飘洒，又拿雨伞来，每人一把，长队行进街头，也为小城添一景致，至罗田就午餐。餐毕，雨中漫步古村落的街道上，窄窄的，长长的，拐来拐去，夹道的是古朴的民居，间有临街的小店铺，摆放一点烟酒和特色小食品。脚下是横排的石条，已让行人踏踩的很光滑，足见其历史的悠久了。石排下是水道，泠然有声，石排小隙处，水花明灭可见，清澈可饮，水流不息，从未塞堵，因其渠道中多养乌龟所致也。而入其民居，宅深院广，浓荫掩盖，多古樟老树之故也。村民则质朴淳厚，讷于言，偶问，简答之，或仅报之一笑。

　　离安义，返南昌，已是下午四点许，访青云谱八大山人故居（陈列馆），小雨不停，池馆更见韵致，过石板桥，踏鹅卵道，观绕堤湖柳，含烟滴翠，迎风弄影。故居原为道院，有左右二门。入右门，为桂花园，园中有八大山人雕像，但见老人清癯骨立，手提草笠，双目炯炯，似审视来人，亦雕塑艺术之精品，乃潘鹤先生之杰作。

　　桂花园东，为碑廊半抱，廊外则荷塘绕之，时值高秋，残荷历历，叶衰而干折，池清而影乱，诚八大山人纸上之形象。

左为三进院落，各成布局，回廊环绕，古木森森，雨雾笼罩中，别饶情趣。天欲暗，遂开灯，树影灯光，明灭闪烁，有若萤火虫之飞渡。

于馆中，得观八大山人书画原作各二帧。书画从专藏室取出，书案上铺红大绒，工作人员手戴白手套，将书画徐徐开展，我等围案而观，但见一幅《松石图》，上有吴昌硕题跋，别一幅为《鹿》，形象生动。书法二件，皆极精致。八大笔墨，似以松烟墨写出，无光泽，少变化，幽淡高古，天趣超迈，非后之大家能所及也。而馆中陈列之作品，皆为复制，观者不能一见庐山真面，八大幸欤不幸？

晚，南昌市市长在"皂王爷集味堂"招饮我等五六人，就餐厅所挂陶博吾先生书画作品说起，共话南昌文化艺术。餐毕，有小型笔会，以为应酬也。

晚归宾馆，有中国书协张铁英先生见访，临别以拙著《隐堂随笔》赠之。

十月十八日

上午到天香园观赏盆景，园中多奇花古木，又湖中树上多宿白鹭，故天香园有鹭园之称。中午蒋副省长设宴园中，招待莅园书家。

下午登滕王阁，李运熙为我拍照多多。复泛舟赣江，浪

在南昌天香园题字

花飞溅，笑语满船，极一时之乐也。归访黄秋园故居，门紧锁，未能一见其中之景象。

十月十九日

七点早餐，八点三十分与湖北铸公，新疆郭际，并李晓林乘大巴西去，下午一点抵武昌，入住湖北饭店。稍作洗漱，吃快餐，乘车到东湖，雨中游磨山风景区，登楚天台，听随州编钟演奏，有《桔橘》《祭魂》等曲目，皆引我遐想。登磨山之极顶，俯见珞珈山，东湖诸景，尽在烟雨苍茫之中，扑朔迷离，正复朦胧诗境，奈何风雨袭来，不胜寒意，匆匆而去。

晚上，湖北书协在"鑫梦大酒店"宴请我等一行，钟鸣天主席、戴浩书副主席以及陪同我们游览的铸公兄热情款待，甚是感激。席间，郭际以俄语献歌一曲，亦感情演唱，博满堂掌声。钟老为旧识，以大著诗集见赠。

十月二十日

铸公兄陪吃早餐，为地方特色小吃，有豆皮、醪糟粥等。餐毕，雨中游武昌起义革命纪念馆，赏"博爱"二字横幅，读孙中山手札一通。赏张善子、王霞宙合作人物写真一帧，亦甚传神。登黄鹤楼，游归元寺，皆三十年前所游之处所。入五百罗汉堂，有合掌相迎者，有打躬浅笑者，有伸臂接引者，身临故地，如遇故人，自是高兴。

于归元寺巡礼毕，时值中行，遂于寺中就素斋，虽多为豆腐、面精制品，配以绿菜红菱，鲜活亮丽，正香色味俱佳者。

下午两点返回湖北饭店，有监利人来接铸公兄办事，遂与之话别。

下午五点离武昌，由湖北书协吴先生驾车送我与晓林往汉口火车站，六点乘车北去。

十月二十一日

早七点，车经石家庄，下午一点三十分抵太原，车站秩序混乱，面的拉客抢客，行为粗暴，态度恶劣，硬拉死拽，恶语伤人，令外地旅客目瞪口呆，一南京女子说："太原抢拉客人，真怕人！"

此行一路顺利，没想到，回到省城，竟有此遭际，能不令人悲愤。下午四点返回忻州，太原火车站抢拉客人之印象，久久不能抹去。

港澳新马泰之旅 （2003 年 2 月 7 日—2 月 25 日）

二月九日

晨起，与内人石效英等乘车到太原武宿机场集合，旅游团队共 23 人，导游小范。上午七点三十分搭东航飞机南下，十点二十分抵达广州白云机场，转乘中巴，于下午两点许到深圳，午餐。经皇岗过海关，入香港境，时值小雨弥漫，数次换车，其中一次，我将行李箱置车上，忘却携带，几乎丢失，所幸发现及时，方免麻烦和损失。新界地方，尚少开发，惟山林茂密，绿树成荫，山谷中时见高楼隐现，似感幽静。过狮子山隧洞，至九龙半岛，方见繁华，然后过海底隧道（二隧道皆长 4 里），至香港本岛，但见高楼林立，若积木，若高叠之火柴盒，幸楼体色泽素静谐调。经深水湾，至浅水湾，此处多巨富豪宅。若李嘉诚之楼居便在龙头，据云此地风水极好，姑妄听之。然浅水湾所塑之观音、妈祖、财神及小型碑刻等无不烦琐细碎，尚不及货郎担中玩偶之神采。至于黄金沙滩，则感清净可人。

至太平山，府观香港，高楼起伏，略无阙处；维多利亚海，浪花飞溅，船如阵云，往来游弋，颇觉可观。时值下午六点三十分，华灯初上，平添光辉。

于铜锣湾就晚餐，餐毕，参观香港会议展览中心，青铜鎏金紫金花，光彩夺目，香港回归纪念碑以及周边夜景，无不光华四射，五彩迷离，夜风吹过，清凉惬意。至铜锣湾时代广场购物中心，方上二楼，效英尚感头晕不适，便小坐休息，以等待同行者购物归来。至晚上十点，方下榻粤华酒店，自是疲惫不堪。香港似乎没有多少好玩好去的地方，唯高楼碧海而已，逼窄是我的印象，至于免税购物和商品的集散转口，则是我从未了解和不曾关注的事情。

二月八日

七点起床，八点早餐，然后到九龙，游黄大仙庙，香火之盛，为我所仅见，叩拜者、焚香者人山人海，阔大的庙院广场，几无立锥之地，香烟缭绕，迷漫半空，殿前廊下，更是拥挤，似无插针之隙。而我于黄大仙者，又从无了解，在香火和人行夹缝中，硬是挤出重围，急匆匆离去，竟用去了半个小时。接下来便是购物，香港导游苏先生首先领入"皇朝"珠宝店，竟用去了3个小时，购不购物，都得进店走一趟，实在令人心烦而又无奈。下午一点三十分方得就午餐。餐后，又是购物，在一家表店又耗去了 1 个小时。到三点三十分，方得坐缆车到海洋公园去游览。坐观海豚表演、游走鲨鱼馆、海鱼馆，然后下山，至集佛村，六点三十分就餐。餐毕乘车 40 分钟，抵机场，所乘航班晚点 30 分，于十一点二十分方登机起飞，往曼谷而来。

二月九日

午夜两点五十分抵达曼谷，因时差为 1 小时，值泰国一点五十分。下机办签证，又坐等 1 小时。三点三十分方离机场，有曼谷旅游组织来接站，并献上鲜花。然后到宾馆下榻，已是四点许。一夜几未合眼，出游亦复辛苦，所幸宾馆房间尚感宽绰，颇嫌豪华。

早七点起床，冲澡。八点早餐。饭后，参观大王宫、玉佛寺。

玉佛寺建筑，高入云天、金碧灿烂，购碧荷供佛，脱鞋入大殿，但见众生跪地祈祷，几无空隙。礼毕，于一处壁画前驻足，所绘罗魔坚故事，有《西游记》之妙，颇多曲折。于皇宫观赏了国王马车，王室生活陈列展，宫内多皇家特别是五世国王家族照片，给人以深刻之印象。

下午一点午餐。餐毕，往鳄鱼养殖场，看鳄鱼表演。鳄鱼面目可憎，表演又多惊险，对之令人不快。五点往剧场，观"人妖"表演，演出从服饰、舞蹈到形象化装等，似无可挑剔，且甚精彩，只是一想到这些"人妖"都是由青年男士"加工"而来，不独不快，颇感酸楚。好好男子，以卖色相赚钱，扭曲变形，以至成畸形而残废，有的还要"成家"，找一个男子养着，活到40、50岁，便撒手人寰，实在可悲可叹。

二月十日

上午又是购物。

下午乘车2小时，西南行约160里到芭提雅。在半路休息，于一家金三角罂粟花蜂蜜店购物，我和效英各选得一款当地图案的休闲服，虽亮丽而不俗气，亦甚绵软清凉，可谓物美价廉，权当此行的一种纪念吧。

晚餐后，于芭提雅街头散步，但见店铺栉比，灯红酒绿，欧美、日本、韩国以及中国港台、大陆等地游客，熙攘不绝。碧眼黄发的西方老外挽着黑瘦矮小的当地小姐，游来逛去，竟成了街头一景。我和几位旅友，走进一家路边小店，坐下来品尝人参果、山竹、莲雾，任椰风吹拂，听邻座弹拨，兴尽面归。

傍晚，发生不快，补充如下。当地导游在晚餐后，多次发动大家参加自费娱乐项目，且软硬兼施，先是哭穷，再是骂人，名为自愿消费，实则抢逼绑架，出游诸君，当有心理

282

准备，谨防或承受让消闲旅游活动落入了坑蒙拐骗之陷井。

二月十一日

　　上午八点三十分乘车到某一海滨，改达快艇过海，至一小岛，白沙绕岸，碧水无涯，其时已是游人如织，俊男靓女，各色人种，或在浅滩漫步，或在水中游乐，有的升空滑翔，有的潜海探险，我与效英身着昨日所购泰国服装，打着赤腿，在碧水白沙的浅滩上游走，恬然怡然，得无上清凉，徜徉尽兴，坐海边长椅上歇脚，看白沙上一行游人足印，浅浪滑过，白沙抹平，那足印瞬息便了无痕迹，周而复始，游人想在沙滩上留些许印记，然而它终究是一些无用的痕迹，还是让海水抹去的好，还白沙滩一片平静。观海静坐，情逸神迁，不觉已是中午十二点，走进一家叫隆福的海鲜城就餐，人声嘈杂，似乎也没有能够品尝出其地海鲜的妙处来。餐毕循原路渡海、乘车返回住地，冲个凉，一觉睡到下午两点三十分。

　　下午三点登芭提雅最高之大楼，至 55 层，环观海岛风景，一城烟水，尽收眼底，省却跋涉之苦，一饱眼目之福，亦以逸待劳之举也。

　　下午 6 至七点看了一部介绍全泰历史文化与旅游名胜的电影，乃旅游项目推介片，亦增长见识，小有收获，权当卧游。

二月十二日

上午乘车东南行30多里，参观已故潮州客家人黄金亮先生的东芭文化公园，有兰圃，皆热带植物，尤以热带兰花为盛，花团锦簇，绿荫满地，珠露莹润，清香馥郁，且有虎、豹、猩猩等，也甚温顺，供人合影以留念。又至一庭院，观摩民族舞蹈、武术、泰拳、大象等表演，参观稻草房内的古物陈列。虽皆匆匆浏览，泰国风情已见一斑。

下午参观九世国王庙、舍利塔以及高僧蜡像馆。蜡像塑造，技艺精湛，20尊高僧坐像，各具面目、神采毕现，呼之欲出，耐人品读。时值雷雨大作，在蜡像馆躲过，待雨止，至一农家，我与效英骑象而行，步田畴间，颇感惬意。又到一"猴子学校"，观猴子、蛇的表演。我从小怕蛇，对此游观，徒生惊悸而烦恼，急欲离去，遂于下午四点返回酒店。

晚餐后与旅友到酒吧小坐，以观夜市之风情，共话泰行之感悟。

二月十三日

早餐后，离芭提雅，于九点路径四面佛巡礼游览，十一点返回曼谷。

下午往游桂河大桥，路经某地，在车中得观佛统大塔，据说中国所藏佛骨舍利子曾移此供奉。于桂河大桥上，观河山之壮阔，有忆电影二战中桂河大桥战争之惨烈。而今天朗气清，供人游览，放目骋怀，感和平之可贵。五点 30 参观小金三角中缅泰三国佛塔与大佛像。佛像、佛塔气势宏伟，金碧辉跃，导游介绍，此组设施，皆为近两年来新建，为泰国有名的世界大毒枭某，在悔过自省后，施巨资以事佛，建塔造像，以消业障。

晚七点三十分，泛舟桂河之上，东岸为泰国，西岸为缅甸。时值农历正月十三，明月在天，江水浩荡，但见两岸树影朦胧，渔家灯火隐现，水中月色，流光幻化。在船中一边用餐品茶，一边观景叙话。惟游人在音乐伴奏下跳舞唱歌，而忘却月下放舟桂河之所在。跳舞何处不可，唱歌何时不能，桂河夜航，又可多得么？

二月十四日

上午八点三十分离酒店往机场，路上塞车严重，到十一点方达机场。十二点登机起飞，由曼谷飞新加坡，其间 1444 公里，于新加坡时间三点十五分到达新樟宜机场，有闽籍华人陈先生接机。

先后游览伊丽莎白广场、艺术展室、鱼尾狮像、国会大厦、立法院等，时值小雨，倒也清凉，却无淋漓之苦。六点就餐于丽乡园。然后乘车到圣淘沙岛，坐单轨小火车游园，绕岛一周，费时 40 分，窗外山光云影，碧树芳花，兼之细雨如烟，且富诗情画意。在小车厢内，与印尼母女游客邻座，与之叙谈，颇见真情。其母 75 岁，会汉语，女 52 岁。老人有两个儿子，都在上大学。女儿领着母亲出来旅游。老人精神健旺，谦和而慈祥，问长问短，是华人，曾回国观光，印象深刻，话语间，思乡怀旧之情，多有流露。

七点五十分观音乐喷泉，灯光、月光、喷泉，交相辉映；时值情人节，在绿树婆娑下，俊男靓女，更见恩爱亲昵，喷泉屏光中，鱼尾狮塔，方显绰约多姿。

晚九点二十分，入住酒店。

二月十五日

早餐后，七点三十分出发登新加坡第二高山，山高 100 公尺零 5 公分。山登绝顶我为峰，南见圣淘沙岛，北见新加坡本岛，海滩烟水，丛树楼观，车驰人行，尽入眼底。远眺南北，迷蒙之中，印尼、马来西亚，依稀可见。

八点乘车经唐城，游牛车水、晒米街等地方，为华人经商之所，所遗旧观，引人流连。十二点再往丽乡园就午餐。

下午乘车离新加坡而马来西亚，于海关办过境手续，用去 35 分钟时间，经柔佛州永平某广场，人声嘈杂，秩序混乱，车辆往来，令人头晕目眩。

下午五点许抵达马六甲城，参观宝山庙，郑和像前，香烟缭绕，有郑和井、公主井。井虽存，水皆不能软用，历史上曾有两次投毒。登高见圣保罗教堂，建筑虽残，碑石犹立，在暮色残照中，大教堂不独沉静，也显出几许苍凉。

晚餐后，入住马六甲世界皇冠酒店，是一处别墅式楼观，推窗眺望，海风习习，不禁畅想当年三宝太监下西洋时，楼船驶过这马六甲海峡时的宏大场面，碧波无涯，楼船如阵，大明声威，享誉南洋。而今面对长空繁星，万家灯火，虽值午夜，了无睡意。

二月十六日

上午乘车离马六甲市，一路大雨，远村近树，绿意朦胧。十二点抵吉隆坡，先后参观皇宫、1956 年所建清真大寺。

下午参观博物馆，重温了马来西亚简史。后到大马锡锡器有限公司参观锡器加工之流程及产品之展销。

下午时乘缆车约 15 分钟时间，入住云顶峰第一大酒店。此楼高大，可容纳 6000 游客。

晚餐后，结伴到云顶赌场一逛，但觉人头攒动，噪声混杂，我于博彩，一窍不通，身临其境，深感不适，匆匆离去。

二月十七日

今日天气晴好，于观景台赏对山光云影，青摇翠叠，水流云在，呼吸之间，景色变化，扣动快门，拍影留念。

上午离云顶，坐缆车下山，满目葱翠，一身清凉。眼中景象，瞬息即逝。待乘车返回吉隆坡市区，参观一处马来人民居后，时已过午，方得进餐。

下午往游黑风洞，为印度人生活区。黑风洞，曾由美国人探险发现，后有两位美国人在此失踪，骨骸至今尚未找到，黑风洞因此而关闭。只留白风洞，对游人开放，洞处272级高台之上，为石钟乳溶洞，自然景观似无可观，人工所塑，皆印度神祇，沿路且多野猴，不伤人，拦路乞食而已。路伴所售杂物者，亦皆印度人。有一印度青年女子，手推小孩车，身伴幼女，效英趋前致意，那女子莞然一笑，彬彬有礼，遂留影像一张，权作白风洞之游的纪念吧。

下午四点抵政府中心广场，有首相、副首相办公楼，旁有水上清真寺，有外国使馆等，突然大雨滂沱，在车上过首相官邸，一瞥而已。

二月十八日

乘马来西亚航班离吉隆坡返香港，入住新界嘉湖海逸酒店。其地环境清幽、房舍舒适，只是离香港本岛较远，且饭菜昂贵，令同行者多有意见。

二月十九日

本拟在酒店休息一日，以消减旅途之疲劳，奈何效英想购物，遂陪同往尖沙角等处逛几家市场。其间在九龙公园小坐，观其雕塑作品，颇有新意，聊作观摩。

一日外出，甚感疲累，以致喉痛嗓哑，发不出声音，何其苦也。

二月二十日

早七点起床，八点离酒店乘车到轮渡码头，用早点。十点乘轮船西南行79海里，碧波如染，风平浪静，人在船舱，如坐家中，品茶叙话，不知不觉已行驶70多分钟，船抵澳门。

步入澳门老街，行走石铺路面，导游云：当年葡萄牙从澳门运走瓷器茶叶等货物，来时空船，便以大石压舱，以增行船平稳，这些大石到澳门后，则废弃无用，有建筑师建议敲碎后，以铺路面，经400多年光景，这石面被无数行人打磨的光滑平整，也成为葡萄牙人占领澳门难以削去的记录。在"大山巴"牌坊前游走，牌坊本是一处教堂，主体建筑不复存在，仅留此前面墙体，观其建筑雕塑，亦见精美，已成为今日澳门之地标纪念。

下午游妈祖庙，庙在海边，虽规模不大，香火却很旺盛，游人也复多多。在庙中巡礼后，在庙前广场，倚栏观海，浪花拍岸，淘声盈耳，而远眺则海天相接，风波不起，忽黑点三五，正游轮驶过。

晚上旅友约游澳门赌场，了无兴致，遂在酒店休息。

二月二十一日

上午离澳门，经拱北口岸抵珠海，于市区聊作浏览，逛一商场，购物后乘车经中山、东莞而深圳。

在新马泰10数日，几无一顿可口饭菜，归深圳，进晚餐，仅三盘小菜，一大碗西红柿刀削面，不独果腹，亦觉适意。有道是饭不在贵贱，可口则好。

二月二十二日

上午先后到何香凝美术馆、关山月美术馆，观摩其所展出之美术作品，除何香凝先生、关山月先生精品外，尚有日本二玄社所印台湾故宫藏品，印制精良，几可乱真，又有中国水彩、水粉画展，不乏佳制，让人驻足良久。

中午，深圳商报旧友何式昱设宴招待我等一行。下午移居商报迎宾馆，较前所居招待所宽绰而舒适。

二月二十三日

上午效英偕诸旅友游览锦绣中华中国民族文化村。巡游中华微缩景观，观赏黎、侗、苗、佤等民族舞蹈表演。我因早年曾往赏对，此行便不复重游，独自过商报书行浏览，购书三种，携归宾馆卧读，书中情趣似远胜人造景观之魅力，又免却腰脚劳顿之苦。

二月二十四日

效英偕旅友逛深圳诸大市场，我整日在家读书，亦以逸待劳者也。

二月二十五日

　　上午九点何式昱安排车辆，送我等到深圳机场，十一点五十分乘东航飞机飞行 2 小时 10 分，行程 1760 公里，于下午两点二十分抵达太原武宿机场，适有忻州朋友来机场接站，四点返回忻州，结束了 19 日的旅行。

沁水四日记 （2004 年 9 月 10 日—9 月 13 日）

九月十日

上午八点由忻州抵达太原，与亢佐田会合，九点祝秦、汪伊虹夫妇在亢雪舟导引下，乘车往沁水。同往者又有伊虹之眷属贝贝与松松，乃一猫一狗。经交城、祁县、平遥、介休、灵石、洪洞、临汾而襄汾，下高速公路东去，经曲沃，中午十二点抵翼城就午餐，其中有"油托醮蒜"，为当地特色食品，实为发面经油炸后，醮蒜末而食，亦当地过去招待客人之上品，今则仅为小吃而已。

下午三点，抵沁水县城，有县地税局邱局长在路口等候多时，见面相互致意后，随即上车望历山而来。百十余里路程，不算远，却山路拐折高下，行进缓慢，所幸一路苍松相伴，翠色鉴人，山中之清凉，触于体，怡于目而爽于心。

下午五点，抵历山脚下之下川村。此地建有县地税局培训中心，小楼一幢，屹立山村，颇为醒目，入住其中，非只清凉，有感寒冷，不得不加添衣服了。

下面该说说伊虹的猫狗了。猫，松松，是一只老猫，已十三岁了，一路卧在床厢的座位下，不吃不喝，似晕车者之情状。而狗贝贝，仅六岁，在车上，兴奋不已，在中饭时，又吃又喝，吃饱喝足，卧地而睡，一时鼾声响起。大家进餐毕，狗也醒了，随"妈"汪伊虹而出，满院撒欢，活蹦乱跳。

席间伊虹说："我家猫狗，同盘共餐，猫至，狗退半步；待猫食毕，狗复进餐。你说我家狗有多仁义。"

佐田插科打诨："猫狗从小听你讲'融四岁，能让梨'的故事，能不互让，不过松松可有点差劲。"大家不禁一笑。

佐田也爱猫爱狗，不独画猫画狗，也养猫养狗。我说："佐田有三个儿子，长子小名大毛，次子小名二毛，这三子么，叫毛毛，便是他那爱犬了，终日厮守，出入相伴，频频出现在他那笔精墨妙的画面上。"对此，其实大家早已了然于胸了。

佐田又说："我还是贝贝的老舅呢！"说着，夹起一块肉，送到贝贝的座前。读者诸君须知，围圆桌就餐时，应汪伊虹之要求，贝贝可争得一席座椅呢！

历山脚下，时方高秋季节，晚来寒气却很浓重，便早早上床休息，加盖双床被子，才觉暖和宜人。

九月十一日

上午八点分乘吉普车上海拔 2358 米的舜王坪。路况极差，去年"非典"，山无游人，路不曾修理，今年拟建水泥路，却至今尚未开工，以故长路坑坑坎坎。人坐车上，颠簸不休，早饭几从口中返出，筋骨也备受折磨，腰痛头晕，好不苦也。行车十五里，抵舜王坪顶，甫下车，风猛烈，冷极，裹衣而前，未觉有甚好景致，或因心情不佳耳。唯见高崖壁立，小草丛生，沿羊肠小道绕石徐行。至坪之西，翼城之村落，依稀点缀，谷中道路，隐约伸展，坪之近下岩畔，有古木成片，阴风搜林，落叶横飞，声起岩窍。坪之北，则松林守护，苍然天际，立其下，涛松阵阵，壮人声威。至坪之极顶，有油桦二株，叶已尽脱，枯枝老干，颤颤趔趄，似不胜西风，树下有奇石，与二木相匹配，正古画中所常见之景致，遂于此留一影，亦舜王坪之纪念。

南向而行，有舜王爷庙三间，民国三年（1914 年）所建，旧历四月初八，有庙会两天，附近村民多来祭祀，一时间香火缭绕，游人满山。其时也，当一扫今日所见之凄凉。

庙前有"犁沟"一道，言为舜王躬耕之遗迹，为舜王坪最让人说道的景观了。

至南天门，凭石远眺，可见垣曲山村，屋宇历历，山道逶迤，山村外，古道旁，层峦迭起，苍然远去。而其脚下，则为高岩巨壑，古木岩花，境之险，景之奇，不敢下视，又不忍不下视，遂爬卧石上，放胆一观，自是心跳怦怦。再过"斩龙石""龙翻石""小华山"诸胜迹，虽各具特色，皆不离奇、险之境界。

返回坪上，有一角避风处，野花如织，白一片，黄一片，紫一片，令人心醉，绕花而观，不忍入内，深恐践踏了这一区厚天恩赐，灿然如笑的尤物。花外则碧草如茵，间有天雨所聚之沼泽。坪上黄牛游弋，而无人放牧，自然聚散，或行或卧，或食草，或饮水，间有仰天哞叫者，声传坪野，境愈静寂。

邱局言：每到傍晚，坪上之牛，皆相聚一处，成圈而卧，公牛在外，犄角撑空，成一防御体系，母牛在里，小牛在心，山中有豹，也不敢来犯。若单牛逸出，至晚不归，不独为豹所犯，有时竟遭野猪欺凌。

伊虹领狗抱猫上山，意在让她的贝贝和松松也领略一番山中景致。松松似乎无多兴趣，在怀抱中睡眼蒙眬，贝贝则不知倦怠，四处奔波。走过一段陡坡路，发现贝贝不见了。伊虹大急，以为走失，或被他人拐去，放声呼叫，多处寻找，仍不见踪影。还抱怨祝焘对贝贝不上心，尽顾自己画速写。又自言自语道："贝贝丢了，只有家里它（贝贝）戴过的小帽、穿过的花衣可供纪念了！没想到。带它出门玩玩，竟会丢了。"

此后游山，伊虹几乎不再言语，似乎也没有兴致了。没想到，临下山，那贝贝不知从哪里跑来，伊虹只急促地说出两个字："贝贝!"便沁出了眼泪来。至此,舜王坪上又传递着欢笑。

时近中午,游兴已足,遂原路返回下川午餐。

席上多山珍野味,有野猪肉、野兔肉、獾子肉等,"保护野生动物"念头一起,便不忍下箸,后来只拣选肉边菜而下饭。

席间有讲故事者,乃为实事,遂附之:下川在撤乡并镇前,有武装部王部长携枪带领几个青年上舜王坪原始森林中打猎,猎物一件不曾收获,数青年扫兴而归,竟没有发现走失王部长。第二三日,乡里组织了大队青壮年前去寻找,皆不见其踪影,一星期内,下川乡搜山不止,原始森林中,连一只鞋子也没有找到,都以为王部长被野兽所害,已遭不测了,家中人伤痛之余,打制棺木,准备后事。到第七日,有垣曲一老药农来报信,是他在采药的地方救出了迷路的王部长,一场虚惊才告结束。

下午三点三十分外出,往游西峡。山谷深深,野趣横生,山石、杂树、溪流;有卖山货药材者,立物路旁,有人参、党参、丹参、灵芝、猴头、木耳、蘑菇、松子、五味子。山愈入愈深,路愈走愈窄,大岩巨石,乱叠河谷,有瀑,有潭,有池,石有肖龟形者,船形者,床形者,鼓形者,不一而足。水自石间流出,缓如慢展绢素,急如渴骥奔泉,声细如丛竹御风,声壮如冰河铁马。人行夹山间,或上或下,丛树色杂,五彩斑斓。山石间,草坡覆者如蓑衣,水下注者似珠帘,苔色如烂银碎铜,黄绿红紫,斑驳点缀,树荫石谷,幽极静极,非笔墨能状其境界也。

谷中行两小时，尽兴而归。

九月十二日

上午笔会，应约作字数幅，《题西峡》为其一也：

> 沁水西峡之幽，堪与青城媲美，其野趣而或过之，而人之知之者甚少，盖乏文人题咏耳，以故名不彰；所幸名不彰，山中美石苔草得免践踏而趣野常在焉，岂不幸甚，乐以记之。

下午游东峡。

谚云："西峡看水，东峡看石"。由下川东去十里至东川，又南去二三里，入峪，两山夹峙，渐行渐迫窄，南望一峰，挺然高标，直插云天，名为"南天一柱"。水由北而南下注，奔流不息，穿穴过窍，溅石漱木。树木繁阴，群鸟翔集，鸣叫不已。或因我等不速之客小憩树下，遭惊吓而起飞，一道烟而化去，空谷传响，久之岑寂。所见之石，如床如屋，如船如塔，小者五六尺，大者高可数丈，上附苔痕蔓草，藤萝杂树，间有孤松直立石上，几无缝隙可容根系，而能孤高特立，与风雨相搏击，虬枝老干，虽不高大，而见顽强，亦令人敬佩不已。又见一无干之松，仅老枝横逸，而针叶披露

298

石端。曩见傅抱石先生画稿，讶其意造，今于东峡，得观自然之粉本，乃知傅抱石先生所画，并非生造者，缘于造化，内发中源。草疏密有致，或蔓或枝，叶有大小之别，排列若图案，石之顶，苍苔攒聚，可见太古之遗绪，岩之足则杂花纷呈，白者黄者紫者，野芳浮动，蜂蝶争喧，石茶、荆芥穗，茁壮植根石缝间，亦复挺拔而生，不知名之野果，红若玛瑙，在阳光朗照中，更见光华灼人。又有绕石寒泉，披离衰草，皆入画境，诚如潘天寿先生笔下之雁荡景致。斜倚石畔，仰观杂树，繁枝交错，碎叶如筛；下视坐侧，老根盘屈，绿荫满地，野芳发，凉风过，沁心脾，壮腰脚。起行河床间，但见整石铺陈，不见孔窍，天长日久，水穿成槽，惟岩石堆积，横七竖八，曾无章法。谷中也无道路可循，爬高就低，腾挪跳跃，若猿猴往来之情状。入山十数里，精疲力竭，看看天色向晚，林中尤感荫翳浓重，遂不复敢再作前进，依原路而返。同行者祝涛兄七十有一，且春天动过手术，肚上留有刀痕六七寸，夫人汪伊虹，也已六十三岁，体重不足八十斤，可谓身小力薄，加之携带贝贝而来，时须人抱，亦复成累赘了。佐田亦六十三岁，还是一个"无胆英雄"，其胆囊早被切除，且不良于行，跋涉山谷间，叫苦不迭。我虽腰脚为健，领先于前，却也有六十五岁的年龄了，加之佐田早有停步之想，劝阻无效，便不时放些泄气话，最后也让我裹足不前。雪舟为汪伊虹抱狗，兼拍照片，司机则忙于拣选石头、采集野果，主人邱局则奔波前后，为我们录像忙碌，也是备极辛苦了。

返回下川住地，已是傍晚七点光景，匆匆进餐后，大家已无叙谈精力，便早早上床休息了。

九月十三日

上午八点离下川，中途绕道访柳氏民居。但见院落高起低伏，前后数进，古村落中，当年大户人家之宅第也。传为柳宗元犯事后，其后人迁潜于此，繁衍而至今。

十一点至沁水县城，就中餐，然后乘车经翼城、襄汾，至临汾上高速公路，于下午五点许抵并。我转车回忻已六点余，时值大雨倾注，衣为之湿。此行四日，游舜王坪，东西二峡，累极。

闽行记（2005 年 4 月 8 日—4 月 20 日）

四月八日

下午三点与效英偕焦如义赴并，一路小雨夹风雪，天寒甚。五点到太原，先往董其中老师家，送上拙题《泉声》小件，然后到亢佐田处。

晚八点我等四人于武宿机场乘机离并，于晚上十一点三十六分抵厦门，入住"中国园"酒店。楼下施工，整夜扰人，难得安睡，徒唤奈何。

四月九日

七点三十分早餐，九点到轮渡码头，登船绕鼓浪屿一周，但见鹭鸟翔集，飞鸣上下，聚散如布阵，亦复可观。又有郑成功雕像，巍然屹立，面对大海惊涛骇浪，远眺金门诸岛，神情专注，镇定自若。而其菽庄花园，云海山石，庭树时花，别开生面，自成格局，当为卧石听涛之处所也。至于跨海大桥，则如长虹卧波，又如巨龙吸水，出没烟云浪花，难见其首尾，诚为建筑之杰构。

上鹭岛，登日光岩，沿路见诸多摩崖刻石，逐一浏览，时见有引人入胜者之文字，遂驻足欣赏。至岩头，人满为患，挨挨挤挤，几无立锥之地，欲去而不得去，欲立而不能立，前挤后推，人潮涌动。平时尚且如此，若"五一""十一"不知又是何等景况。勉力走出重围，下得岩头，匆匆离去，乘坐缆车，来游百鸟园，其地清静，与鸟雀为伴，妙音婉转，花香袭人。在木棉、紫荆、杜鹃花和茂密的榕树浓荫下，孔雀、白鹇、锦鸡、八哥、鹦鹉、鸳鸯、黑天鹅、鸥、鹭、鹳、鹊以及叫不上名字来的各种鸟雀，无不让人赏心悦目，往复流连。然百鸟园规模甚大，不能遍观，在花香鸟语中尽兴后，于附近一家小店，简就午餐，当归牛肉盈盘，时鲜蔬菜汤碗，炒米粉每人一份，虽粗茶淡饭，却在小店中，得一清静，足以休息，也恰我心。餐毕，渡鹭江返旅社。

下午四点往南普陀礼佛。今日所见，已非我二十年前初访时景况，至入口处，游人排队已若长龙，入寺，烟雾笼罩，可见香火之盛也；游人焚香礼佛，摩肩接踵，大殿处已成人墙，想亲近佛菩萨，恐待良久，遂于寺中方便处走走，在五峰山下小座休息。曾记有《弘一山房》建筑，寻之未得。出南普陀寺，经厦门大学，至海边，得海风吹拂，始觉凉爽。

返轮渡码头，已是下午六点光景。有焦如意同学陈军者，供职《厦门日报》，任美编。在"南海渔村"以海鲜招待，是处生意火爆，凡到此游览者，皆作一品尝，定一包间或在海景区求一座位颇不易，无奈在散座中落脚，人声嘈杂，以致海鲜风味也未能尽得。餐毕返寓，已是晚上九点许。

四月十日

上午九点二十分，乘巴士走高速路，行车一时半，抵泉州，游开元寺。此旧地重游，东西二塔，巍然如待，塔上浮雕石像，含情相迎，寺中大榕树，隐天蔽日，清凉满院，梵吹声幽。先后参礼大雄宝殿、大悲殿、藏经阁等处，已是中午十二点。出寺就近于一家兰州拉面馆就午餐，北人来南，食此精道牛肉面，远比品尝海鲜风味来得痛快。

下午两点，再入开元寺，礼"弘一法师纪念馆"。一楼陈列法师生平照片及有关资料和书籍出版物，二楼有法师手书墨迹与毛笔、印章等实物，逐一赏对，颇得清静雅逸之高致。方之今人之书迹，又有谁能企及法师高雅之神韵。

下午四点达车返厦，于途中，倚座而睡，下车，甫感体力稍复。

晚餐于"川江餐馆"，虽为川菜名目，已不复蜀中滋味。

四月十一日

上午十点许，由厦门抵达漳州，我等四人分坐两乘人力三轮车，先后游漳州古街台湾路和香港路。路皆不长，石板铺道，年久打磨，光滑照人。香港街有二石坊，造型古朴，皆为明建，为国保文物单位，坊下人来人往，有卖枇杷者，个儿大，皮薄肉厚，味甜，食之不厌，复买多多。台湾街亦有石坊，半残，风韵犹存，当与香港街石坊为同时之遗存。后到"文庙"游览，其地清静整洁，游人甚少，亦为国保文物单位。

出文庙，到芗城区"弘雅有限公司"印泥专卖部，花417元购得漳州印泥三盒，大漆红印盒，实在喜人。

在三轮车主辜氏夫妇导游下，过南城，游南山寺，寺院宏大，聊一巡礼。于法物流通处，购书数册。再乘车前至九龙之"百花村"，家家花圃，户户盆景，当年曾极一时之盛，朱德过此赏花，陆定一所题"百花村"字迹，尚见刻石。而今"百花村"正在整修中，不久的将来，又是一番群芳争艳，游人如织的景况。

离百花村，改乘出租车，访"木棉亭"。行车十数里，至亭下。此地有"木棉庵"，建筑卑小，无多可观，唯亭畔有石碑七八通，记"南宋郑虎臣诛贾似道于此"之事迹，字为明俞大猷所题，碑之上半部分为旧刻，下半截为新补，幸得一窥全豹。庵侧有大榕树一株，枝繁叶茂，浓荫如盖，荫下稍作憩息，而后返回漳州城，午餐，餐毕回厦门。

晚餐后，佐田、如意打的往火车站，欲买明日往武夷山车票，未得，遂购后日车票。以故，在厦门还得耽搁一天。

四月十二日

上午九点游厦门万石山植物园，时小雨迷濛，似有若无，天气湿湿润润，奇石、绿树、碧湖和烟雨迷离中的远近游人，充满诗意，也构成了幅幅生动的水墨画。棕榈、枥、樟、葵、竹等乔木花树，充溢着一派南国气息。

沿山石而登陟，摩崖刻石随处可见，名曰"新碑林"，见拙书联语豁然峰头，左为费新我先生所书"花木扶疏"四字，右为沈鹏先生所书七律一首，其尺幅皆小于拙字，植物园何以厚我如此，不可解也。

过百花园，游石岩寺（即石莲寺），但见万石如莲，寺处莲瓣花房之中，有"海会桥"直通寺中，桥下清溪下注，石上题刻高刊，移步换位，皆有可观。

再游中岩寺，下游蔷薇园，暗香浮动，鸟语撩人。复盘桓而上，至天界寺，得《善事》一册，随心布施。

于园中路畔小馆进午餐，餐毕，小雨又起，遂返酒店，时已下午三点。

晚八点，于牡丹大酒楼，答谢在厦门接待我们的陈军先生，并邀其夫人及女儿共同宴饮。

四月十三日

上午由厦门轮渡码头乘快艇行 15 分钟抵达漳州码头，然后乘车到漳浦之港尾，经畲乡到地质公园（中间车坏，等 15 分钟改乘一辆巴士），至火山口，前面为田畴小道，巴士则无路可通，见有骑摩托接送客人者。无奈，我等四人分达二辆摩托前往目的地。在海之滨，过沙滩登火山岩柱区，石柱斜立，相倚相从，如出炉之大铁锭，高可数丈，黑越越密集滩头，加之潮涨波掀，白浪飞溅，不唯气势雄壮，甚有摄人魂魄之威猛。效英等皆不敢登岩一观，只站立远处作一眺望而已。我不听劝阻，竟登上如铁柱之岩头，大浪袭来，衣服尽湿，心跳不止，亦见其狼狈了。

返回厦门，已是下午两点许，于"胡一刀"就午餐。陕西风味之面食，多放油泼辣子，加入少许芫荽，红中见绿，面条精道，汤汁浓郁，连吃带喝，大快朵颐，已现北人本色矣。

饭后到中山路逛一书店，购书二种而返"中国园"酒店。整理行装，打的往厦门火车站，乘晚七点由厦门开往武夷山之专列，软卧每人二百二十三元，晚上方可睡个好觉。

四月十四日

早八点，车抵武夷山车站，就近入住一小旅馆，洗漱、休息、早点后，便往游"九龙窠"。地处山谷深处，一路茶园碧树。至其窠，见古茶树四株，高踞半山岩头，山茶沐浴云雾阳光，吸收山灵水气，日夜有人守护，每年仅产茶叶八两，过去为宫中贡品，今偶拍卖，以天价成交，正"物以稀为贵"之谓也，这便是那名驰遐迩的"九龙窠"大红袍了。

复入山，游"水帘洞"，效英不良于行，遂坐滑竿而上下。观其瀑，水甚细，仅几缕而已，至高岩落下，随风飘洒，时有水珠溅落面颊，一感清凉。崖壁多刻石，有摩崖大字，颇具气势。

离水帘洞，乘车直入"九曲"渡口，已是中午时分，在山中餐馆觅一雅座，待饭之际，吃茶叙谈，也甚惬意。

由"九曲"坐竹筏顺溪水漂流而下，九曲、八曲……二曲、一曲，山环水绕，碧波丹崖，巨石悬棺，山亭栈道，船移形变，真让人目不暇接，观幔亭峰、仙游峰、玉女峰、大王峰诸胜景，甚为险绝，皆极其妙。人坐竹排上，身着大红救生衣，穿行峡谷绿水中，时如天马行空，时如火龙入窟，虽飘忽游移，却沉稳不惊，山风徐来，恬然怡然，人若神仙，山情水趣，妙处难与君说。

兴犹未尽，竹筏已到"一曲"九曲之游，恍若梦境。登岸，访"仿宋街"，谒"朱熹纪念馆"，时已下午五点许，颇觉疲累，遂返旅社休息。

晚餐后，到火车站购得十六早晨开往福州车票。

四月十五日

上午八点乘车往"云窝"，因诸位体力不济，都不愿登"仙游峰"。我一人登攀，也乏趣味。一同下至溪边，坐看竹筏漂过，笑语填谷，头上，白云相逐丹崖；眼下，清风激扬绿水。此其以逸待劳，作壁上观，也复可取。

溪边小坐有顷，步至玉女峰脚，其地除我等外，几无游人，风摇竹响，云移山动，仰观玉女峰，高不见顶，巍然欲倾，虽为幻觉，其地却不可久留。据云，山中无人游观处，多有长蛇出没。

离玉女峰脚，薄游武夷书院，然后乘车经"虎啸岩"，游"一线天"，再到武夷宫谒柳永祠。

中午往"度假村"而来，在众多餐馆中，见有以"山西刀削面"为招牌者，不禁一喜，有如他乡遇故人之感觉。我等不约而同，落座其中。待一品尝，大失所望，不独无一点家乡面食味道，所削面条大有"两面三刀"之感觉。

下午参观"闽越王博物馆"，并登临"古越城故址"，房舍地基、街道水系，历历可见。其地有古井一口，至今仍可使用，汲之品尝，清凉甘甜，心脾为之一爽。往"城村"，观古越风情表演，参观古民居，出入"赵氏宗祠""林家祠堂"，游"百岁坊"，谒"三圣殿"，有假"法师"装神弄鬼以骗人，且暗设"托儿"多多，即"拉黑牛者"颇见伎俩，效英竟也被骗去二百九十元。待清醒，钱已落他人之手。吃一堑长一智，不知他日可记此教训否。

下午返回市区，游崇安古县城，城南街道两侧，多为旧时建筑，拥挤破败，紧靠崇安江，即武夷溪之下游，建有长廊，多吊脚楼，为其特色也。

四月十六日

上午八点二十四分，乘坐南京西至福州经武夷山站之列车，过建阳、建瓯、南平、古田、福清，于下午三点许抵福州站，就近入住"闽盾大酒店"。自武夷山至福州，一路顺闽江而下，群山逶迤，林草茂密，村舍隐现。偶见一处山林失火，高烟如柱，火焰炽烈，尚似无人扑灭，一旦风起，恐灾及四围。正注视间，山回路转，火光烟雾遂不复见矣。

下午休息时许后，购得二十日返程机票，再陪效英购物，似无甚称意者，而为我购得中式夏服一身，以免却空劳腿脚之抱怨。

四月十七日

上午先游鼓山涌泉寺及喝水岩附近宋至清之摩崖刻石，皆旧地重游，则不复以文字记叙其细节也。归市区，登于山，谒戚公祠、补石山房、览胜亭而至极顶。山上额字刻石，有潘主兰、潘甄寿、朱棠溪等福州现代书家手笔，吾与诸先生曾有交往，见其字，聊驻足，思故人，长相忆。

下午在家休息，五点许与佐田、如意外出逛一家书店，购书数册。

四月十八日

上午七点四十分，乘大巴由福州往莆田，走高速公路，行车一时四十分抵莆田。如意见有售枇杷者，物美价廉，每斤才三元钱，遂购得十斤，在莆田到文甲一小时的汽车上，我等四人食之不辍，竟把一大袋枇杷消受净尽。至文甲，佐田又购得糯米糕者小点心，甜软适口，也我之所嗜之味道。

乘快艇渡海至湄州岛。由码头坐"奔奔"车绕山脚至侧门而登山，经中军殿、五帝庙、观音殿，购门票入湄州岛文化园，谒诸大殿，其中天后宫最为宏大高敞，内中所塑妈祖像颇显华贵慈祥之姿容，却不失高雅又能令人亲近，亦现代塑像中之佳构者。东配殿为妈祖文化展览馆，西配殿为祈福殿，后院有"福禄寿"三大字刻石，游人祈福叩拜，亦见其虔诚。侧有龙凤亭，内中游人则聊聊。岛之极顶为妈祖石雕像，高入云天，立其脚下，引首仰观，则不能窥其全貌也。此石雕在电视屏幕上频频亮相，正福建旅游区之地标建筑之一，初识晤对，却不陌生，尤以台湾组团谒湄州岛妈祖庙的祭拜场面为热烈，其景况多在电视媒体上报道。

漫步后山脚下，游览"妈祖碑林"，拙书乃应约之作，书陈若霖联语立石，位于主碑石阶下，左侧第一通即是。碑林依山之高下而建，给人以散乱之感，加之观赏颇费腰脚之劳，聊一浏览即下至海滩以就午餐，品尝海鲜。蟹个头小甚，北人南来，又不善食蟹，费时费力，真有所得不尝劳的感觉，而其石斑鱼，则甚可口，它不是能以网得者，而是坐小船，在海中下钩垂钓之物，以至要价不菲。又烹大鱼一尾，数次问渔家，终未能听清鱼之名目，遂不费舌，举箸品尝，肉质细嫩香鲜，非近海活鱼煎烹者，不能得此美味。

餐毕，漫步沙滩上，身后留下了一窝窝脚印，颇难行进，遂尽脱鞋袜，一路走去，脚下则感轻快凉爽。至海边，观云天碧海，渔船往来，浪花飞溅，沙鸥上下，加之海风吹拂，自是惬意忘归。玩之尽兴，笑谈中返回渡口，循原路回福州，至所住酒店，已是下午六点四十分。

四月十九日

上午游国保文物单位华林寺，寺院不大，除我等外，再无游人，唯凤竹瑟瑟，一派宁静。

出华林，抵"西禅寺"，为省重建之寺院，虽规模宏大，而华丽过之，无一点禅门气息，颇讨人嫌。

参观福建省博物馆，有陈英捐书画作品专题陈列，个中不少精品，乃当代书画家在"文革"中为陈英之所作，尚有吾师赵延绪先生山水一幅，亦见藏家收藏之广泛。有福建戏剧特展，亦多知识性和趣味性，余素喜戏剧，得睹八闽戏剧介绍，凡闽剧、芗剧、高甲戏、莆仙戏和木偶戏，各剧特色，皆极引人注目。尤以江加走之木雕头像，神采尽现，诚艺术之精品，颇耐人之品味。

下午休息至五点，应福建省书法家协会主席陈奋武之邀请，先到其家喝茶，吃枇杷。晚在"朋来阁酒家"招待，以海鲜佐"青红酒"，有苦螺、蚶、桂花鱼、虾菇汤、荔枝肉等菜肴盈席。我虽不胜酒力，然此"青红酒"味若绍兴米酒，酒劲却薄甚，以致我和如意在陈奋武的陪同下竟下二斤之多。效英、佐田、陈奋武夫人和副主席方松峰不吃酒，则尽情品尝海产。后以水饺、南瓜饼等上桌，则已无人下箸了。酒足饭饱，谢别主人而去。临行"老人家"（陈奋武之戏称）又以《福建书法集》见赠。

四月二十日

上午往"乌山"而来，先赏对国保文物单位"乌塔"，后登乌山。山有摩崖刻石二百余处，择其要者而读之，唯不见吾晋雁门萨都剌之题刻，奈何天气热甚，遂下山匆匆过林则徐纪念馆一游，便返回旅寓。其时暴雨大作，倾盆而泻，仅 10 分钟则雨过天晴，亦少见之气象。

午餐后，整理行囊毕，打的往机场，花百六十元，行车一小时。下午五点三十分飞机起飞厦门，晚七点四十六分抵太原武宿机场，当晚十一点许转回忻州。

江浙行记 （2006 年 4 月 14 日—4 月 26 日）

四月十四日

下午与效英往太原，偕焦如意、亢佐田夫妇、王建国夫妇，晚八点到武宿机场，乘 54411 次航班，晚十点三十分起飞，于午夜一点许抵上海，有人来接机，入住中兴路照环大酒店。

四月十五日

上午，先到外滩一逛，然后徒步至南京路入朵云轩，购书一册。

下午，往上海博物馆，只参观了《中日书法名作展》，多为精品名作法书，一睹为快。

四点往访九三老人周退密先生，有专文叙之，此处遂不复重记了。

四月十六日

上午逛城隍庙，内塑霍光和城隍共供之。游九曲桥，登湖亭茶楼，人满嘈杂，不复落座。参观国保文物单位豫园，其建筑、叠山、花木皆有可观。

中午十二点，在豫园品尝上海名小吃，名目繁多，不能尽尝也。小憩吃茶，仰观所见匾额，古人有文徵明、陆润庠之手迹，今人有与我交往者苏渊雷、钱君匋、郭仲选、赵冷月诸先生雪泥鸿爪，亦感亲切，不免引颈审视。

下午两点离酒店，分乘两辆出租车往汽车站，因事先未说清楚，结果车跑到两岔，匆作联系，走错站者，方得赶到，以故往甪直长途大巴还等待了几分钟。

往甪直行车两小时，效英晕车严重，入住"梦中水乡"休息半小时后，稍见好转。

八点就晚餐，有鳊鱼、盐水虾、马兰头菜等本地特色小吃，实惠可口，招待热情而有度，质朴而大方，初尝小镇人情滋味，印象不恶。

四月十七日

上午拟游甪直古镇，吃早饭时，有四个拉三轮车者揽客负责购买门票游览，过一小巷，多不过 50 米，至入镇之转弯处，甫下车，说话间四个车主便消失得无影无踪。悟得上当，所幸仅骗去 80 元车费，每个人 60 元的门票钱尚不曾交付，买一教训，也值。

在甪直，先后游"萧宅""沈宅"，再入遐迩闻名的"保圣寺"，欣赏传为杨惠之的泥塑遗珍罗汉堂。半堂雕塑，仅存九尊，跌坐高山大岭的巉岩幽洞之中，沉思冥想，各具神态，也复让人迁延良久。园内尚有陆龟蒙墓和叶圣陶墓及其纪念馆，四处参拜，流连拍照，追古思今，在此人文胜迹中，优秀文化遗产恰如山中明月和岭上清风，也让人尽享和汲取的。

午餐后，再入古镇徜徉，游"万盛米行"。早年读叶圣陶先生《多收了三五斗》的小说中，已有其印象，今作游观，又复忆起书中的人物来。

街头小店购得中式蓝色麻布上衣一件，仅 40 元钱，虽粗糙却透气，穿起来颇感舒适，数十年来已不曾再穿中式服装，得此一件，将会穿着一段时间了。沿路买"绿团"和"蹄膀"作一品尝，别有风味。

下午四点，回旅社"梦中水乡"，倚枕读《甪直记韵》，以广见闻。

四月十八日

　　早餐后，上午九点离甪直，乘巴士至周庄，入住"古韵风客房"。

　　中午十二点就餐于一"农家食堂"，楼上置三桌，临河而坐，水色可人。一桌坐我们一行七人，一桌坐外宾一家，夫妇俩人及孩子三个，谈笑逗乐，其孩童天真烂漫，尤觉可爱。而另一桌仅两人，一个外宾，一个翻译，点菜叙话，声音低缓，文质彬彬。只是那女服务员，态度稍感生硬，有失水乡吴侬小妹之风韵，或因一个人上楼下楼送菜奔忙，不胜工作之劳累，而致面失亲和。

　　下午，游览周庄诸名宅，先后浏览"叶楚伧宅""张厅""沈厅""迮宅"以及众多桥梁，并南湖、金福寺等处景点。此地与甪直多顾廷龙与钱君匋等先生题刻，每有所见，则驻足赏对。诸景点中，无不游人如织，接踵摩肩，难尽优游之乐，每觉烦扰而无兴致。

　　晚饭后，随意漫步驳岸人家，游人皆散去，初得清静闲适之境界，河灯高照，绿柳垂丝，灯影迷离中，游人三五，于河畔石道上，缓步而行，一片清寂，唯闻足音。河头五七家店铺酒楼，尚未打烊关门，灯火处，烹制小吃者，扣压糕点者，把盏谈心说笑者，当垆清歌浅唱者，人影散乱，笑语嘤嘤，方见得古镇之风情。

四月十九日

早六点起床，沿周庄古镇驳岸补拍照片数张而归。上午八点再外出，沿一小街而行，往游"澄虚道观"，院内一株琼花树，仅二三十年树龄，其花大放，玉洁冰清，冷逸中不失繁华。又有含笑者，亦复花满枝条，与琼花相映成趣。

出道观，再上"三毛茶楼"，购书一册，于"迷楼"中，见柳亚子等四人塑像，知此处曾为南社诗人有宴饮聚众之举，壁间有钱仲联撰文，沈子丞书写对联一副，以记其故实也。

至"双桥"之侧，到"陈逸飞纪念馆"作一巡礼。

下午十二点三十分，乘巴士离周庄，经锦溪、甪直而抵苏州，入住"园林宾馆"。已是下午三点许。

下午五点外出，逛玄妙观，于古吴轩购书三册，已届晚餐时分，却无食欲，遂回宾馆。到晚上九点，再外出就餐，饭菜昂贵，其味道却不能适意，多么想喝一碗家乡的小米粥，竟生"莼鲈之思"了。

四月二十日

上午游"狮子林""盘门"诸胜迹。午餐于"紫金楼"，七人才花去八十五元，实在是物美价廉，想来，进餐不在高价，"适我口味"就好。

下午至"寒山寺"，旧地重游，枫桥街大变其样，往日之景象不复可见了，寺院多有新建之殿宇，光彩鲜焕刺目，游人攒动拥挤，古寺清远悠扬之钟声和幽静禅寂之境界只能在古诗中寻觅了。遂于下午四点回宾馆休息。

在狮子林时，见到了一位钱姓工作人员，谈起苏州书画家情况，得知沙曼翁先生不独年事已高，且有点痴呆了，我与先生结交后，多有翰札往来，曾为我印治一枚，至今时有钤印，没想到竟衰老如此，本拟往苏州"一人弄"拜访请益，听其介绍，也不便再去搅扰了。

四月二十一日

早七点三十分，亢佐田夫妇、王建国夫妇相偕往杭州而去。

八点三十分我与效英偕如意乘公交车至木渎，换车到光福镇，而后坐三轮出租车抵"司徒庙"。庙祀东汉邓禹，因庙内有"清奇古怪"之汉柏四株，而闻名遐迩，传为邓禹所植，历岁月风霜之磨砺，遭雷电雨雪之洗劫，因折因摧，或卧或立，立如壮士顶天，卧如蛟龙出水，或斜倚如兽蹲，加之藤绕苔生，又如虺走蛇奔，不可端倪，以故刘海粟、黄永玉诸家莅临写生作画，题咏赞叹。而今古柏，以矮栏围护，我绕栏外，四面观照，移步换形，各具姿态，相倚相映，更见天趣自然，假鬼斧神工，也未必能成。

庙中，古木掩映，鸟语传声，山门内，有白皮松一株，紫藤一架，紫薇二棵，皆见老干斑驳，岁老弥壮，花繁叶茂，尽可入画也。大雄殿前，有黄杨一株，亦千年之古树，去年四月十七日因台风而摧折，而所留下半截尚立阶下，高可四五尺，所幸根部抽出新条，千年古木又见生机，可喜可贺！而摧折之上半截，正是大殿地上所见的那根粗大的横木。此殿为新建，殿内以香樟木所雕一佛二弟子，文殊、普贤及十六罗汉尚未金装。佛国生辉，更待时日也。

徜徉石径小道上，又觉清风徐来，迎面金桂银桂各一株，比肩而立，翠叶泛光，浓阴匝地。至一长廊，墙上置"楞严经石刻"一铺，为明崇祯间书刻，其中有王时敏所书小楷一章，极工整而不失飘逸之致。

司徒庙很大，有新拓之园林和新建之"邓禹草堂"，逐一游观，中午十二点出司徒庙，往"香雪梅"而来，因非梅花季节，白梅、红梅、绿梅、墨梅，皆无缘一睹其颜色。于岩头崖畔，寻观摩崖刻石，小坐路边亭台，畅想梅林雪海，恍入另一境界矣。

离"闻香馆"，至山下，于农家乐雪海饭店就午餐。一汤三菜，外加白米饭，皆农家风味。一汤为鲫鱼汤，三菜为炒马兰头、野竹笋炒肉丝、香椿炒鸡蛋，看似家常便饭，却能嚼出菜根滋味。因其时间已过正午，一个饭店，仅我们三人，临窗而坐，清静舒适，女主人也颇健谈，面目清秀而质朴，待人入微而热情。饭店有小黄狗一只，见客至，不吠叫，摇尾相迎，颇见亲切，碰碰每个人的衣裤，引起注意，你若看它一眼，它便高兴地走开，转眼间又过来和你亲热，这是何等的灵物。

饭毕茶余，待结账，仅收了五十二元，既新鲜又实惠的农家乐小饭店，给我留下了美好的印象。当我们步出"雪海饭店"时，女主人和她的小黄狗很有礼貌送出柴门外，这便是苏州农村的新农民。

下午返光福镇，寻董其昌墓之所在，再三打听，方得知在"昙花庵"附近，却无公交车可通，也无出租车，勉强租得一辆三轮柴油车，又破又脏，所幸还能跑得动。离光福，沿太湖边路行一程，见有"昙花庵"之说明，向一位身着护林人衣服者打听董其昌墓地。那位路人很是热情，亲自带领我们步入路边草丛中，有黄芥夹道，小篱护持一块农田，绕过田埂，爬上缓坡，越过小沟，又穿一片草地，见丛树间有小丘一区，仅黄土几坏，乱石堆围，正"明礼部尚书董其昌之墓"，碑石卑小，因慕其法书，路过其地特来寻访，坟头破败如此，是我先前不曾想到的。

离董墓，谢别护林带路人，复乘那辆破旧三轮车，转过一山头，见"太湖大桥"直通洞庭西山，下车稍作观望，且待他日，作洞庭东西山之游。

那三轮车送我们到"蒋墩"的地方，便有公交车可达市区。下午六点返回观前街，与效英逛苏州人民市场购物，然后于"黄天源"进晚餐，到晚上七点方返回旅社。

2006 年 4 月在南浔

四月二十二日

上午十点四十分由苏州抵南浔，下榻老街通津桥畔之"三兴"客房三楼。然后游览"小莲庄"，参观"嘉业堂藏书楼""文园"（内有"徐迟纪念馆"），张石铭故居，虽匆匆一过，然南浔之人文精神皆深有感触也。

时过中午，在"千翁大酒店"楼头就餐，又看到了一幕"风景"或称之谓"演出"，似无不可。

邻座一席，七女三男，衣冠楚楚，听其说笑叙谈口音，知为上海人，点一桌饭菜，颇为丰盛讲究。但见下箸频频，唯无恭谦礼让之风度。忽一位五十来岁的女士大叫一声说：饭菜内有一粒砂子，碰了她的牙，便把碗筷一掷于桌面，叫来送菜的服务员，说饭菜"有问题，怎么办？"服务员说："换一盘吧，或再加一个菜，不收费，为赠送。"

一桌人不置可否，服务员站也不是，走也不是，竟不知如何是好。坐中一位三十来岁的青年女子说道："吃饭碰到砂子，影响了情绪，便没心情再吃下去了！"便也停下了筷子。另一位戴眼镜的五十来岁的胖女人眼镜边垂着一条晃动的链子，补充道："在上海遇到这种情况，是要索赔的。这桌饭菜不付钱了！"

服务员再三赔礼道歉，诸女士不依不饶。一位文质彬彬的男士开口了："这可不是一件小事，您得想清楚了。"

服务员无奈说："对不起，我向经理请示吧！"说着离开了那一桌难缠的顾客。

我坐在邻近的餐桌上，对自己点的饭菜，却没有吃出什么滋味，尽顾观看和聆听那邻桌的表演了，只是那"啊拉"的上海话，实在精彩极了，而自己不谙方言，写出来便大为失色了。

戏还没有谢幕，请接着看。说"砂子搅了吃饭的心情"，然当服务员离去后，诸女子不让须眉，大吃大喝，把红烧大虾，咀嚼的有声有色，米饭吃了一碗又一碗，先前那个文质彬彬，说话慢条斯理的男士，也忘却自己的斯文，竟然站起来，将汤盆中的汤水倒了个干干净净，一吸溜便送进了那张薄唇皮。

那一桌丰盛讲究的午餐，直至风扫残云，杯盘全空时，诸男子众女人，从容地扯出纸巾，揩擦那一张张油渍的嘴脸。其时也，一位中年男士，提前离位，到收银台心气和平的却说出一句狠话："如不免单，便要举报！"收银员虽面带愠色，却还是点点头，让他们离去。诸男女，一个个腆着肚子，扬长而去，一副打了胜仗，得胜荣归的样子，实在是让人作呕，我游览的"心情"确是被搅得不佳了，便叫了三轮车，径回老街客房。

下午虽出去走了几处景点，却懒得作记了。

晚餐时，想喝一点酒，浇浇不快的情绪，如意买来了一瓶八年浔酒，虽具色泽，然其味道却甚寡淡，便再要了泸州老窖，佐以红烧鲈鱼，直喝得脸红耳热，效英在一旁品尝着

"野荸荠桔红糕"，她说那口感有如北方的高粱饴，实在没吃头。

晚与桐乡章柏年兄通电话，说明我们明日将往嘉兴，有机会，当谋一面。

四月二十三日

早六点起床，独自外出，行东大街，由通津桥至洪济桥，再北去，绕"百间楼"东西路一遭。初出门，见街巷初极清静，甚少行人，见有一二妇女生小炉，柴初燃，烟飘荡。渐有卖鲜花者，有遛鸟者，卖蔬菜者，卖茶叶者。有卖眼镜者，卖木梳者，皆以箩筐小担而杂陈。继有在河畔或戏台下晨练者，也有吃早茶者，下象棋者，逐渐人来人往，买早点者，三轮车接送游客者，清晨已转热闹，更有摆地摊卖药者，有草药和干蛇或展或盘于摊位上，卖药人，口中振振有词，引来不少路人围观，却少有所购买者。这便是南浔早晨的景观了。

早餐后，于上午九点许乘车离南浔，十点抵嘉兴，入住武警招待所。

中午十二点章伯年先生已由桐乡赶到嘉兴，并在中山西路"新嘉园"酒店招饮，餐后邀往在嘉兴的书画室吃茶叙谈，临别以其所书横幅手迹、书画出版物及新产安吉白茶为赠。

下午两点离章宅，往姚家埭仿沈曾植故居。先生之书，余之素爱，每多临习，而其著述《海日楼杂记》《海日楼题跋》，亦欲一读，遂过新华书店，寻购不得，只能以待时日，或可觅得。

往游南湖，登烟雨楼，凭栏而望，尽得湖光之旖旎，烟树之迷离，行人来往，画船迢递，诚画中之景致也。

四月二十四日

上午九点乘车离嘉兴往上海，在路上接绍兴沈定庵先生电话，沈老重听，只能简致问候，并请先生在方便时到晋一游。

十一点抵沪，仍住照环大酒店。

下午效英偕如意外出购物，我在旅社读书休息，此行难得这半日闲暇，颇感快意。

四月二十五日

上午十点三十分，访问丰一吟先生。采访先生当年陪同新加坡广洽法师巡礼五台山情况。先生找出当年的日记本，为我复印了其中的有关章节，日记记录详细，成为我《广洽法师与五台山》一文的第一手原始资料。先生又以所临其家父子恺先生的漫画大作为赠，至是感激无喻。

离丰宅，往上海书城一逛，购书三册而归。

下午七点往虹桥机场，遇雨。原定晚十点起飞的飞机，因大雨而关闭跑道，至十一点十分方得放行返晋。

四月二十六日

午夜一点，飞机抵太原武宿机场。入住某旅馆休息。上午十点往佐田家小坐。十点三十分与效英、如意离并，中午十二点返忻，结束了此次紧张而疲累的旅行，似乎需要休息几天的。

东北行记 （2006 年 9 月 17 日— 9 月 25 日）

九月十七日

晚乘软卧，于十一点零六分往北京而来。

九月十八日

早八点，火车抵京，遂上四号站台，与先期到京的焦如意会合，转乘八点三十分由北京至哈尔滨特快列车往东北而来。经秦皇岛、沈阳、长春，于下午八点三十分到哈，找三家酒店，最后方得入住桃源大厦。

九月十九日

早点后外出游览，先游"极乐寺"，规模宏大，有七级宝塔，为 1939 年兴建。又新建、复建殿宇多多，则无多留恋处。

再游文庙，为 1936 年张学良所建，面宽十一间，于此亦可见其阔大了，已列为国保文物单位，内中有少数民族生活资料展，聊作游观。出文庙，打的往松花江北至太阳岛，过俄罗斯风情园。参观于志学美术馆，陈列于画数十张，手法虽新，似有创意，然所作雪景山水不免单调雷同之感觉。另一展厅有新疆书法展，有赵彦良、于小山、郭际诸书友之作品豁然入目，不禁作新疆相聚时之畅想。

离展馆，至码头，渡松花江，水浅甚，无复风景可言也。徒步逛中央大道，行走三里长的步行街，建筑多为俄式风貌，而其货物，则无多特色。已近中午时分，步入一家快餐店，吃一碗加州牛肉面，聊作充饥。后逛二书店，购得《苗老汉聊天》三册，《名家手札》一册，以为旅途闲暇时解闷耳。

过圣索菲亚教堂，为国保文物单位，正在修缮中，只能远观而不得细赏也。不远处，又一东正教教堂，则体格不大，且今作为小商场使用，人来人往，已失教堂之本色。

打的回旅社休息，时方下午三点。晚于百年老店春记蒸饺馆进餐，各色馅料，拼盘而上，逐一品尝，尽具特色，尤以蕨菜肉馅者，令我喜欢，为抵哈后第一可口之食物。

九月二十日

早八点乘大巴离哈尔滨，行车四小时，至牡丹江市，就午餐。下午租小车一辆，行二百三十里，至宁安市镜泊湖边，观吊水楼瀑布之胜景，复坐游艇绕湖一圈，山光水色，尽收眼底，花木丛中，高楼别墅，庭院人家，奇石伟岸，游人上下，渔歌晚照，光景旖旎，难怪当年傅抱石、关山月等先生在此留恋作画，创作了《镜泊湖飞瀑》等享誉画坛的精品力作。

晚归宁安市之东京城，无一家像样之酒店，入住农机旅社，颇简陋，自然是十分廉价了。

下午六点，于街头，竟然觅得一家山西刀削面馆，虽非正宗，其味道尚感可口，自能果腹。晚后，路边购一大西瓜，仅四元钱，携回旅社，借刀剖切案头，黑籽红瓤，十分沙甜，奈何北国傍晚，已是凉秋天气，吃两块，则感满足了。余之大半，以赠所借切刀之主人。

九月二十一日

上午八点达牡丹江至敦化经东京城汽车。车上已坐满旅客，我和如意只得坐在通道中所加小马札上，拥挤不堪。待坐定，方看清车中皆为民工，为通化农村到虎林某公司采集松子的劳务工。我与临坐一名兄弟叙谈，他说他们把孩子留给父母，带着行李，背井离乡，出来前后共计二十五天，每人才赚得一千多元工资，工作却十分辛苦，这次出门，基本上算"没钱赚"。说着"嘿嘿"地笑了一声。车中还有四人打扑克，以为长途解闷，其余人皆身倚座靠憩睡着，有的张着嘴在打鼾，有的人把自己的胳膊不由自主地搭在邻座人的肩膀上，邻座人正歪着头似乎在做着梦，口中念念有词，满车的劳务工，都呈现出疲累的众生相，有的人手中还抱着沉重的包裹，任行进在鹤大公路上汽车颠来簸去，全然不觉。从东京城至敦化二百八十二里，因路上多处施工，行车三小时。

我和如意到敦化后，再转乘往二道白河的汽车，十二点发车，又行进三小时，方抵目的地，入住火车站附近的丁家宏达宾馆的三楼。说是宾馆，其实是一家简易的小旅社，倒也清静整洁，因为一座楼，却没有几个游人光顾。

从东京城至敦化路上有雁鸣湖，风景亦有可观，从敦化至二道白河则森林夹道，秋色灿烂，而焦如意却一言不发，似有不适，或为疲累所致也。待入住旅馆，方言道：他在东京城上车时为小偷从裤子后口袋中掏去三千元，所幸另一口袋中的钱物尚不曾被窃。听他一说，我才想起上车时有多人前堵后推，作行窃之勾当，如意为精干人，遭此不测，自是不乐。

一日车行，在敦化转车时，也不曾进餐，到入住二道白河旅馆后，方想起到楼下吃午饭，已是下午四点许。饭后在高高的美人松林中散步，绿绿的草地上留下长长的身影和松影，明暗斑驳，实在是大自然编织的绝妙图画。

在松林的草地上，有午饭时在餐馆相识的那对老夫妇，也在散步，男的 78 岁，女的 70 岁，他们从通化坐车而来，今日已登上长白山，一睹天池之景象，心满意足，晚上再坐车返回通化，借此夕阳朗照，在松影芳草中漫步，可见其身心之健康，情致之闲逸了，令人赞叹。

九月二十二日

上午七点离二道白河，每人花十元达车至长白山北门，门票一百元，山门内有环行车，每人四十五元，再达越野车上"天文峰"，每人九十元，处处收钱，亦可见长白山收入不菲也，今登山，已不是旺季，尚游人如织，若在夏秋之交，山中又是何等景象。

至峰顶，风特大，莽莽天池，波光浩渺，诚为壮观，正是：

> 长白山不白，峰头水一池；
> 山风莽荡起，天语恍闻时。

于峰头择地而观，唯大风裹袭，虽在上山时租得大红紧身棉衣，似不能抵御凛冽之寒风，拍照片数张后，匆匆返下山脚，乘车往观长白山瀑布，经道热水区，水温高达八十度，白气蒸腾，有于此中卖煮鸡蛋、玉米者，供游人品尝。

再游小天池，其地幽极静极，林木尽染，红黄绿色之中，白桦林也极瑰丽醒目。出小天池，沿溪水而下，巨石夹岸，青苔黄叶，水若白龙出峡，声则山鸣谷应，亦见野趣秋韵之横生。

为往观地下森林，在原始林木中，来回徒步六里多，于山头之边沿，在护栏前，俯察深谷，唯见树冠茂密，不知其下深可几许，云浮鸟叫，更见其幽邃，深谷之奥秘，自不敢往探的。待返停车场，林中空气虽极好，腿却不听使唤了。

下午三点，回到二道白河，与吉林省书协吴竞兄通电话，知其不在长春，询及刘廼中先生近况，说刘老年届八十六岁高龄，已刻不动图章了，且明日将赴美国。以故，我改变了旅行计划，不拟再往长春访刘老。

三点三十分，就午餐毕，如意租车外出拍照，我在松林中散步，小坐芳草地上，闭目养神，有所思而无思。

九月二十三日

午夜零点三十五分由二道白河乘火车南下，于早晨八点三十分抵通化，遂找一家小旅馆存放了大件行李。进早餐后，于十点三十分达车往集安而来，所经村镇名字多怪怪的，除"清河"外，有"团结""幸福""热闹"等名目，老村新名，让人难记其特色，一路谷地，溪流有声，宽绰处，稻田一片金黄，尚未收割。入集安界，则两山夹峙，丛林四起，秋色如醉，落叶飘摇。过五女峰风景区未几，便入国家历史文化名城集安郊区之"大碑村"，乃此行之目的地。

"大碑村"因"好太王碑"而闻名，而"好太王碑"则因碑字朴茂雄强，发现后，为后世书家所重，历来访碑者不畏路途险远，来此造访，以一睹其真容为快意，能有力量捶拓三五份者，则无不录入书法史册。今石碑置于碑亭之中。碑亭四周罩以玻璃大窗，建于二十世纪八十年代，我来造访，入于亭内，仰观俯察，审视抚摸，以接其温。碑为火山岩石，呈黑灰色，十分高大，其体为不甚规则之四面体，上尖而下壮，分列刻石，有纵行而无横格，字之大小，也复随意，生动而得体，妙有天姿，非谋篇布局者所能成。

出碑亭，至王陵，墓穴早已开启，似乎被盗残重，穴内仅存棺椁之底座，也不完整。在王陵外，仅乱石黄土堆而已，既无人介绍，也无人保护，任其破坏，让人匪夷所思，它可是高句丽历史上的胜迹呢！

在"大碑村"逗留时许，远见集安市与朝鲜隔鸭绿江比邻而居，山峦起伏，江流城下，奈何时间短促，便不能进城浏览市容了。

下午两点，离集安行车两小时，返回通化，方得就午餐，有野菜数种以佐地道的"通化红葡萄酒"，其色红亮，有如

2006 年 9 月访好大王碑于集安

玛瑙光泽，其味甜酸而绵软，可胜玉液琼浆。也许是走累了，过去也多次吃到通化葡萄酒，总不如今日之滋味，酒后再尝通化特色水饺，也觉大快朵颐。

餐毕返回小旅社，稍作休息，携带所存物件，径往火车站，于下午六点十八分乘车往北京而来，仅购得硬卧车票，且是上铺，此行不免辛苦了。

九月二十四日

由通化至北京，行车十七小时，上午十一点许，方抵北京站，打的往琉璃厂，入住某小旅社，然后用午餐。

下午五点与如意到天坛南门看望了王绍尊老师。九五老人，精神镬铄，思路敏捷，尚每日不废读书晨练，亦我等晚生后辈之楷模。别恩师，于前门外吃正宗北京炸酱面，此特色食品亦我之一向所嗜者。

九月二十五日

整日无事，逛东西琉璃厂，购书十余册，遂在旅馆倚枕翻阅，以解闷耳。

晚九点十三分乘201次快车返晋，购得下层卧铺，正好休息。将于明日早晨六点抵忻矣。

浙行记 （2007 年 4 月 4 日——4 月 14 日）

四月四日

上午十点三十分与内人石效英偕如意往太原武宿机场。
下午一点老同学亢佐田也到机场来，结伴行。下午两点四十
分乘机起飞，四点许抵上海，然后转乘汽车，于晚八点许抵
杭州，入住武林路长运旅游集团公司旅社。稍作休息洗漱，
用晚餐，小菜数品，水饺两盘，一荤一素，颇见食欲，或因
中午在机场就餐未能称意。

四月五日

早晨七点起床，八点就早餐。上午过西泠印社之柏堂、
三老石室、观乐楼（吴昌硕纪念馆）、题襟馆，此数处皆为

旧游之地，寻迹而已。出印社，沿孤山寻放鹤亭、林和靖墓，时值清明之日，至林墓前，见周多梅树，然花期早过，唯香樟参天，绿荫浓郁，而游人寥落。于墓侧，读碑记，知墓在元时曾为某僧人挖掘，得一簪一砚而已，今墓为新建。聊作观瞻，拜别，沿孤山后北里湖至西泠桥，搭车欲访黄宾虹故居，因忘其所在，竟到了葛岭，方觉不对，复回栖霞岭下，觅得黄宅。入院，小楼一幢，竹树掩映，楼前宾老塑像，超然传神，室内陈设，一仍其旧，而壁间之山水画，为王伯敏所复制，也算精美，能传黄画浑厚华滋之特色，唯笔力不逮也。

出黄宾虹故居，西北而行，访新建林风眠故居。建筑颇为别致，陈列先生生前出版物多多，对其生平事迹等照片逐一浏览，对这位美术教育家，也颇肃然起敬。

午餐后，复过西泠桥，经武松墓、苏小小墓，沿孤山路，行谒"俞楼"，有忆当年在北京拜访俞平伯先生时的景况，也想起了俞先生写的几篇有关杭州的精美的散文，曾让我反复地诵读。

于西湖边，佐田哼起晋剧《白蛇传》中的大段唱词，我则默诵着白居易的诗句：

孤山寺北贾亭西，水面初平云脚低。

几处早莺争暖树，谁家新燕啄春泥。

乱花渐欲迷人眼，浅草才能没马蹄。

最爱湖东行不足，绿杨阴里白沙堤。

沿湖而行，残阳夕照，水波涌起，垂丝袅娜，碧桃如醉，至"平湖秋月"阁，临湖小坐，每人吃藕粉一小碗，佐以豆腐干，放眼湖光山色，也甚恬淡。晚风徐来，方感凉意，遂起身打的返回旅社。

四月六日

早餐后，八点三十分到汽车东站，九点离杭州冬至绍兴而来（每5分钟发车一趟，高速路快车每位22元），十点许抵绍，入住后观巷东口之"鲁家宾馆"。稍憩，即访"青藤书屋"，前年适绍，曾来问津，正值修葺，未能参观。今方来，住之就近，入巷仅数百步，即至其处，门外即有国家文物保护单位之标志。书屋前有水一泓，正所谓"天池"者也，游鱼十数尾，往来倏忽。小院东侧古藤一株，奔蛇走虺，则"青藤书屋"之由来。正面女贞一株，树龄225年矣，仍复生意盎然。池畔有联云：

　　　一池金玉如如化，满眼青黄色色真。

书屋为大屋一区，分前后室，前室陈列有书案、文房四宝、书画等，自然都是复制品。后屋之屋后有小天井，细而长，植金桂、银桂各一株，树可参天；古井一口，水尚湛然，兰花数盆，清香馥郁，青苔满地，幽极静极。

出书屋，徜徉庭院，见书屋山墙嵌"自在岩"三字，前天井有月洞门，上书"天汉分源"，皆青藤手笔。下见石子铺道，曲径通幽，花木扶疏，浓荫斑驳，有修竹摇曳，芭蕉卷舒，杂以黄连一丛，葡萄一架，石榴三株，兼之棕榈、桃李，满院青翠，绿意可人，留恋赏对，不忍离去。遥想当年文长纸上之笔墨，得诸庭院天然之生机，有悟造化之神采，方传丹青之妙韵。

中午在"咸亨酒店"就餐，半斤花雕下肚，醺醺然似有醉意，餐毕，过"鲁迅故居""三味书屋"门前，皆不入，旧曾过访，此行便割爱了。往东街寻国保文物单位宋建"八字桥"，于桥头巧遇绍兴桥梁专家罗先生，为之讲解，始得欣赏门径，并介绍广宁桥、东双桥等一水五六座石桥，得窥水乡景致。

天气热甚，身感疲累，遂回宾馆休息。下午三点与绍兴书家沈定庵先生通话。沈先生为旧识，住东双桥畔二层楼内，即相见，82岁老人，甚热情，端上清茶，香气飘溢。叙话间，取出乃师徐生翁所绘六尺巨幅"双柏图"共赏，古柏、灵芝，衬以寿石流水，用笔生辣，颇见金石意味。后由客厅往书房，以观先生书法近作。先生问及我等行程，知将有天台之行，他说与国清寺、方广寺住持皆有交往，将作电话联系，以为接待。

与沈先生晤对久之，别沈宅，先生夫妇送下楼来，连连鞠躬，老辈文化之修养，顿然再现。

下午五点 30 返回宾馆，又偕效英、佐田等绕塔山，寻得"秋瑾故居"，已经下班关门，未能入内参观，遂于路旁一家餐馆就晚餐，餐毕返宾馆休息。

四月七日

早七点起床，天半晴，八点早餐，餐毕，到汽车站，购得九点五十五分往天台车票，十一点四十五分到天台县，打的往国清寺景区，入住慈缘宾馆 206 号。稍作洗漱，于街素餐馆进午餐。然后往游国清寺，望隋塔而来，一路古木参天，林荫夹道，水声伴鸟语，花香杂菜香，游人三五，间见僧侣，其境清幽而不寂寞，山水情深招我造访。

至寺前，过拱式丰干大石桥，有大影壁一铺，上书"隋代古刹"，豁然入目。转寺侧，入寺，见主持允观法师，言已接沈定庵先生电话，请在寺内小住，我们说明已在寺外安排了住宿，不愿过多打扰上人。与住持小坐未几，便拜访了老方丈可明法师。师耳背，且有点中风，谈吐稍感吃力，未能多作请教，遂拜辞而出。师在侍僧扶持下，执意送客至方丈门外。

在知客师印通陪同下游诸殿堂。大雄宝殿，颇高大，内有 16 罗汉，为元塑，自北京移来。有隋梅，盘曲似老藤，有古梅亭，供人憩赏。有樱花，正盛开，繁花映新建日本、韩国天台祖庭，各呈姿态。在寺院 5 条中轴线中游走，因与知客师叙谈，有些地方则未能尽情观赏。有一行堂、丰干拾得寒山堂、五百罗汉堂，皆新建，浏览一过，至鹅字碑、放生池，仅一驻足。于法物流通处，购《天台山志》等两种，出山门，谢知客师之导游，立丰干桥头，观山中景色，翠霭轻笼，薄雾如纱，老树古藤，香樟奇松，皆如画出，蔓草岩花，野芳风发。国清古刹，与山水相辉映，千二百年，享誉中外，天台教义，意蕴深邃，名不虚传。

于9层6面的隋塔下返程，绕路巡礼，仰望这20多丈高的建筑，经千百年来的风剥雨蚀，挺然苍穹，不摧不折，有如觊者之学说，永放光彩，让人研读，让人品味，让人咀嚼，更让人仰视；个中之精神，当如山中之清风，岭上之明月，取之不尽，用之不竭的。

下午六点返回宾馆。

四月八日

八点早餐，八点三十分租专车上华严顶，每人门票40元。效英与佐田不愿受攀登之苦，留半山茶园中等待，我与如意快步上山，一路云锦杜鹃相伴，树大者，不可合抱，然因天候较晚，天气冷甚，以致杜鹃方簪蕾而未放花，亦复可观，正朱希真"春寒雨妥，花萼红难破"之境界。若值花期，华严顶上，一片花光灿烂，如火如霞。其时也，游人如织，山道每为塞堵。我方来，虽无缘一见花海，却独享花蕾

与老同学亢佐田游天台石梁

之待放，且清静幽远，适性自在。经太白楼，至拜经台，或因步履疾速，以致心脏跳动加快，似感不适，小坐休息。然后缓步华严顶上，下视茶园，见效英、佐田正与茶农交谈，亦复恬然自适。在岭头尽兴，循原路下山，至停车场，复乘车往天台石梁而来。山道弯弯，山景每变，至上方广寺，进入景区付180元租车费，司机他去，我等四人漫步深山古寺。这上方广寺，早已被火烧殆尽，仅存地基残垣，通道上，遍布摊贩，以售香纸、食品以及旅游纪念品。过上方寺，始为石梁飞瀑景区山门，遵沈定庵先生之嘱，在山门与中方寺住持定荣法师通电话，免去每人60元门票。方入山门，定荣法师已经前来相迎，甚是热情，导入客堂小坐。时值中午十二点，师留饭，说："山寺小甚，没什么好吃的，只可一饱，请勿客气，也勿见笑。"见师之真情相留，便随师步入饭寮。师又说："我已用过午饭，僧人是过午不食的，请各位方便。"饭虽简单，每人一大碗汤面条，有竹笋、香菇、青菜、胡萝卜哨子丁，不独色泽十分鲜亮，味道也十分香美，初入山寺，品一碗素斋，心生欢喜。

饭后，定荣法师引导大家在中方广寺各处巡礼，见沈定老所书元人曹文晦诗联张于壁间，其句云：

两龙争壑那知夜，一石横空不渡人。

此句正状写"石梁飞瀑"者也。其书一派伊秉绶遗绪，雄奇伟岸，古意四溢。穿过茶室，落座半山阳台之上，背倚青竹奇树，下对飞瀑石梁，师汲山泉水，泡明前茶，品茶叙话，能不快哉！

师年42岁，出家20年，宁波人，是沈定老（居士）师弟，谈锋甚健，颇富哲理，云游天下，十进西藏，远及泰国、印度。言所到之处，及见名僧，与之问答，始知"原来如此"。谈及梦参法师，定荣师大为服膺。有施主问师需要什么？曰："需要清静！"而对官僚则多有调侃之词，言谈多幽默且富表情，每及问答，常以"你说呢？""是么？""不是么？"来反诘。

师在后山有茶园5亩，在此收茶季节，每晚亲自炒青不已，已五六日，其精力健旺，面目红润，相如罗汉，言每年剃头一次，均在制茶之前，正今所见之面目。因与我等谈得投机，又邀我等进入酒窖石屋，内贮20年葡萄酒，色白醇厚；又10年樱桃酒，色红微酸，我等各饮四五盏，飘然神爽。而其石室，有气孔，有小窗，有石桌，有小凳，其酒具，亦复讲究，有3只青瓷杯，造型古朴，色泽典雅，瓷质温润；有两只台湾茶盏，上绘游鱼，颇见神采，似与饮人相戏耳。

在中访广寺吃饭、吃茶、吃酒，与师叙谈，不知不觉中，已过去2小时，遂拟离去，欲留些许香火钱，寻"功德箱"，便觅不得，询之师，师曰："此寺之功德箱，均已开会去了——早已集中于一处。本寺现今不设功德箱。"

将离寺，师送至山门，合掌鞠躬，转瞬而去，了无踪影。遇此师，竟想起丰干、拾得行迹。

离中方广寺，立门前石拱桥上，见溪水潺潺，如琴如筑，聚细水而成洪流，直逼石梁桥下，轰然而下，便为石梁飞瀑。此景名垂千古，声震遐迩，少年读唐诗，即记有咏石梁瀑布多首，时过数十年，而今连一句也没有想起来，惭愧，惭愧。今临其侧，得见其胜，大快我心。

踏石磴斗折而下，至下方广寺，为近时复建，额集董其昌手迹，颜其上，可明师曾驻锡于此。于山寺稍作浏览后，下至石梁桥下，仰观石梁横空，天设地造，感造化之伟大，叹自然之神奇，难怪当年徐霞客三过其地，一度石梁，留恋而记叙，曾不知旅途之劳顿。

石梁飞瀑，凌空而下，婉若游龙，声震山谷，我等立岩脚瀑下，水珠飘来，时着面颊，久之，衣袂亦为水雾所湿，似不曾有知，游人与水声、山色、丛树、奇石，融为一体，天人合一，物我相忘，不知水之乐欤？而或我之乐？

本拟循溪而下，奈何山色向晚，只得返回上方广寺停车场，达最后一班旅游车返回慈缘宾馆，尚感石梁一日之行，未能尽兴也。

四月九日

六点三十分起床，七点早餐，餐毕，离天台山慈缘宾馆，乘车至天台县汽车站。八点三十分转车奉化，至奉化东站，寄存部分行李。出车站，巧值雪窦寺僧人法舟法师，遂租车两辆，共计60元。在法舟师引领下，来到雪窦寺，于客堂吃茶一盏，遂同知客师在山寺诸殿巡礼。后到寺北里余外瞻礼大虚法师塔院。塔院几无游人，古朴静穆，得以从容阅读文字介绍，重温法师"人间佛教"之要义。尽兴，步出山寺，时值十二点，就午餐于一素餐馆。餐毕，每人56元游千丈岩、妙高台。

一路下山，萦回曲折，至半道，效英、佐田坐路畔休息，我和如意直下磴道，至"观瀑亭"，回望"千丈岩"，一水下注，高可千尺，直逼岩脚，红崖玉泻，绿树轻烟，亦一高远之图画。从"观瀑亭"岩下至谷底，不独尚需脚力，还得占去不少时间，遂废然而止。循回路而返，即见到坐在半路的效英和佐田，我已是气喘吁吁，佐田笑我说："这里已可看到瀑布和山谷，非要下寻'观瀑亭'，真是自找苦吃！"我以东坡诗句回敬说："'横看成岭侧成峰，远近高低各不同'。你可知我在'观瀑亭'所见瀑布之乐也？"佐田说："子非我，焉知我在此不知观瀑之乐也。"

谈笑无长路，几未，便来到了古松掩映，青岩白屋的"妙高台"，当年蒋总统下野与夫人来到这里，虽山风习习，岩花烂漫，恐不曾有一刻留心其山云飞渡，也不曾一睹星河皎洁，心中纠结的仍是楚河汉界，天下纷争，那知曾几何时，蒋家江山，便已灰飞烟灭。我今来，立身长松之下，放目青山依旧，满目松涛如诉，遥想妙高台上的故事已为陈说。

下午四点由雪窦寺乘车返回溪口，每人70元门票，游蒋宅"丰镐房"，在导游引领下，游走庭院，听在此发生过的蒋家故事，多无兴趣，匆匆逗留而出，经观音阁、过武岭门、武岭学校，至溪口汽车站，乘车往奉化而来，车颇脏且破，没想蒋家故里，交通工具何以如此状况！

车抵奉化东站，将下班关门，急急取出所存行李，购得往宁波汽车票，时值五点五十分，行车50分钟，至宁波，于街头饭店就晚餐，就近入住公运宾馆508号，遂下楼办理明日普陀山一日游手续（每人310元，70岁以上老人优惠为每人260元）。

四月十日

因往普陀山朝礼观世音，午夜三点醒来，怕睡过时间，便辗转反侧，难于入睡，遂于四点三十分起床，五点三十分吃早餐，六点乘车出发，离宁波北仑区，至白峰码头入轮渡。八点二十五分抵舟山定海鸭蛋码头，复乘车前行，至沈家门，改乘快艇，只15分钟，已至普陀山码头。登岸，沿普陀西线而行，游"古观音洞"，至"二龟听法处"，仰见"盘陀石"，下经"梅福庵"，过大"心"处，已届中午，遂就午餐。

下午，游普济寺，古樟浓荫中，大圆通宝殿巍然雄峙，香烟缭绕，游人如堵，熙熙攘攘，若赶庙会。忆昔在山小驻，曾于寺中吃素斋，壁间见苏雷渊先生书赠妙善法师墨迹，时过十八年，法师生西，唯苏老著述在隐堂中傲然半架。今来普陀，旧地重游，不复当年之清静，南海古刹，何以修行诵经，商潮入寺，清规不存，奈何，奈何！

餐毕，过长寿桥，观放生池，读雍正碑。后乘车到紫竹林，见拙书对联高悬大殿之上，字迹虽有斑驳，所幸尚能卒读，此联为普陀书家王道兴先生所嘱者。

至潮音洞、观音跳，观海听涛，寻旧游之踪迹。至不肯去观音院，已改当年之局面，新建多多，庞杂而烦琐，不复清修之道场。

由于时间所限，后山之慧济寺、梵音洞，前山之法雨寺、千步沙也无暇一顾了。

下午三点许乘车离紫竹林，到普陀码头，循原路返回宁波住处，已是下午六点四十分。一日之游，行脚匆匆，疲累十分，日记不得不一略再略了。

四月十一日

天热甚，早餐后，乘每人一元公交车，由南站到东站，已入鄞县境，正沙孟海先生故里，无暇一访旧居，不无遗憾。每人花2元乘车，抵终点站，恰在阿育寺门前，浙东古刹，名不虚传，山寺规模宏大，绿云碧水中，高下错落，尤以所供舍利之宝塔为游人向往。在寺中，择其主要殿宇瞻礼拜谒后，小坐放生池前，浓荫之下，稍作休憩，小风过隙，便觉通体清凉，好不爽快。

离阿育王寺，徒步里许，在一公交车站前，待车之际，来一游访僧，与之交谈，知为常州人，名空海，曾在五台山碧山寺修习半年，今来参访天童寺，遂为同行，且以所携

《华严经净行品·梵行品》见赠。叙谈间，公交车至，上车行约15里，车停伏虎寺，不见寺，站名而已。行石子道上，芳草夹道，乔松疏立，山茶怒放，除空海师和我等行人外，唯游蝶喧蜂。小径2里，颇感漫长。转过天童寺放生池，天王殿山门豁然破目，其地，东、北、西3面翠峰环绕，南面一口，则为我等来时通道，平旷幽远，碧草芳鲜，杂花缀之，犹如地毯。天童寺院不算大，其名却卓然不凡，日本画家雪舟等扬于明代成化年间到此驻锡，曾将山寺景致收入卷素，传诸至今，享誉海外，而其历史，早在唐代，则多有高僧大德，往来不绝。

出山寺，时已一点多，遂就午餐于太白山下饭庄。餐毕，寻寄禅上人纪念堂不遇，而圆瑛塔院远在路东岭头，未尝往也，远谒而已。明旸法师墓地也在山中，则无暇一探了。待车返回南站已是下午四点五十分，购得高速快车离宁波，经2小时，便返抵杭州，真是便捷。晚八点许入住交通饭店B1308室，九点三十分晚餐。此行也，于宁波，未访"天一阁"藏书楼，抱愧不已。

四月十二日

早八点外出，徒步至龙游路就早餐。早点后，参观"沙孟海故居"，因故居方开门，除我等4人外，再无一人，见沙老已坐墙角丛竹前阳光中晨读了，趋前问候，知为雕塑也，方悟老人早已过世。忆昔1965年晋浙书法联展，有幸参加西泠印社"观乐楼"的书法交流，得识先生，此后曾求墨宝，以所书王安石《半山即事》10首横卷与元好问《台山杂咏》一首条幅见赐，今墨翰仍藏隐堂中，而先生物化多年，于其故居，不禁追怀而慨叹。

出沙老故居，至西湖边小坐吃茶，闲凭栏杆，望葛岭烟微，赏西湖水远，见游人，往来不绝如醉，这次第，方觉杭城美。茶残，起逐画船破云天，停桡湖心亭畔，寻幽境，谁知亭中商品云集，难觅宗子笔下清绝。遂去小瀛洲，泛舟"三潭印月"。

游湖尽兴，再到花港，访马一浮纪念馆于蒋宅。二层小楼，临湖而居，有芭蕉滴翠，有修竹临风，有玉兰二株，老干撑空，枝叶茂密，好一个绿天书院。缓举步，轻上楼，唯恐有惊楼上读书人，偷觑，银须飘洒，聚精会神。再看，原本是照片一帧。而今而后，知马一浮者，能有几人。

离蒋宅，至南山路，已下午两点许。草草进午餐，往杭州丝绸博物馆聊作浏览，有真丝织物销售，为上品，甚昂贵，一观而已。出馆，乘车过九曜山隧洞，抵虎跑路，入园，沿山麓松径而行，青石铺道，山林荫翳，溪水叮咚，杂花竞放，好鸟和鸣，其时也，人行夕阳残照中，身入画图，诗意无穷。上得虎跑泉，天色已晚，除我等再无游人，茶室已关门，无可奈何，每人只得在门外石桌上吃桂花藕粉一碗，以增精神。我与如意再贾余勇，登后山寻"弘一法师纪念塔"一观，塔字是马一浮先生题署，暮色苍茫中，更觉端庄劲健。

虎跑之游，未能尽兴，然天色昏黑，时不待人，遂匆匆而返，时过七点，就晚餐而休息。

四月十三日

上午与效英逛服装城购物。中午在南山路吃便餐。餐毕，访"潘天寿故居"，因值星期五休息，未能参观，遂就近逛一书店，效英小坐书店一侧打盹，我寻购所需之书籍，效英嗔之："你又要增加负担！"

下午两点至五点坐"柳浪闻莺"处，边品龙井，边翻所购读物，偶尔抬起头来，看看周边景致，才见残红，又见落絮，最爱入眼南山碧。喜今朝，心生快意，叹昔游，竟劳腰脚。

四月十四日

早餐后，离旅馆过钱塘江，往萧山机场，十一点50分乘机离杭州，下午两点抵太原武宿机场，有朋友酒驾来接机，跌跌撞撞，从驾室下来，几坐地面，口中喃喃："中午与朋友喝了几杯，几杯，我没醉，我没醉！"无可奈何，佐田唤小儿子二毛送我等回忻，接站朋友留宿太原，第二日酒醒而返。此接机者所仅见，特附记之。

鄂赣行记 （2008 年 4 月 26 日 — 5 月 10 日）

四月二十六日

上午十点三十分，焦如意驾车，接我与效英往太原，到亢佐田家。中午与佐田、明月夫妇就近一家饭馆进餐。餐毕，在佐田家休息，出示为我所嘱《元遗山先生野史亭著书图》，此数年前曾致长函以索画，时至日前方得完成，疏懒耶？慎重耶？或兼而有之。画作二横幅，置入大信封内，外书"还债"二字。

下午五点许我与效英、佐田、如意四人离并，乘火车南下。下午八点就晚餐，颇难适口，虽乘卧铺，效英身体又感不适，遂服药休息。至十点，方见好转。

2008 年 4 月在庐山

四月二十七日

　　行车约 16 小时，上午 9 时半抵汉口，有佐田外甥女婿开车接站，入住武昌东湖之畔华东电网公司培训中心，环境幽美，客房整洁而明快，且有佐田外甥女小红（龙志坚）热情接待，在汉口之旅行，颇感方便了许多。

　　中午，小红夫妇为我们接见洗尘，设宴款待，饭菜丰盛，且具本地特色。

　　下午参观湖北省博物馆，其中镇馆之宝曾侯乙墓出土的随州编钟之宏大与精美，尤其令人惊叹不已；还有郧人头骨，越王勾践剑、清花瓷牡丹瓶等最为引人注目。

　　出博物馆，游蛇山之黄鹤楼，于我，已是第 3 次登临，似无新鲜之感，然效英等兴致甚高，我不拂其兴，遂与之共进。登楼至顶，望大江之东去，诵古人之名篇，诗思不尽，凭栏兴叹。下楼游白云阁，小坐丛树之中，游人甚少，免去喧嚣之烦扰，绿意可人，却看蜂蝶之悠闲。

　　下午七点三十分归住处，于培训中心就晚餐，武昌鱼甚可口，蔬菜亦极新鲜。

　　晚以拙书条幅托佐田转致小红，用报此行叨扰之劳。

四月二十八日

上午李亚安（小红丈夫）开车送我等到东湖之楚城，直至磨山之峰顶，观朱碑亭之题刻，方知为朱德之手迹，故名。玩有顷，徒步下至"楚天台"，观编钟之演奏。至下山，出楚城，其铿嗒雄宏之音，仍余音不绝，犹在耳际缭绕。

下午四点许，逛古玩城，无一可观，虽有一些名家字画，几为赝品，遂返。明日将往黄冈，晚龙志坚、李亚安夫妇设宴招待，为我们饯行。

四月二十九日

上午八点，小红派车及一位陪同人员，送我们东去黄冈。武汉市内堵车严重，至十点三十分，方抵鄂州，因司机不熟悉路线，竟绕道穿鄂州城区而过，虽费去一些时间，却得以一观鄂州市容。再绕道过长江斜拉大桥，于十一点二十分，抵黄冈，到十二点方找到黄冈电业公司，有张女士接待，入住东源大酒店。午餐后，各自上楼休息。

下午三点访东坡赤壁，此乃多年之夙愿，自读东坡先生前后《赤壁赋》和《念奴娇·赤壁怀古》后，便不曾放下对赤壁的向往。而今，游诸赤壁之上，徘徊楼观之间，此地虽列为 2006 年国保文物单位，其赤壁奇伟瑰怪，远非想象中景象，故因长江改道，而其保护却感差甚，所见之脏、之乱、之差，为我游文物单位之仅见，况其真正之文物，亦无多少可观，于此逗留一小时半，废然而去。再访"安国寺"，更见破败卑小，虽在复建中，起一大殿，自非当年遗构，大则大矣，与东坡先生何关。再访"雪堂"，其境尚清幽，多竹木，然区区三间新建主屋，虽前有黄亮所题"雪堂"小匾，后有乾隆御笔"雪堂风韵"四字复制品，在柱头又挂上了某某"武术馆"的招牌，不禁令人酸楚，遐迩闻名人文胜地，竟遭此荼毒，悲夫！

下午五点，武汉陪同人员与司机返回武昌。晚上，黄冈电业局领导来酒店看望，并于"景福酒家"设宴招待。

四月三十日

上午八点三十分离东源大酒店，花 50 元打的到黄州火车站，购得九点五十七分由北京开往赣州经道黄州之车票，车晚点 35 分。于中午十二点三十分抵九江下车，花 80 元打的上庐山。至山，每人收 180 元进山费。入住兴隆宾馆二部，就近于姐妹饭店就午餐。

下午三点花 80 元租车游"花径""白居易纪念堂""天桥"（一步桥）、"锦绣谷""仙人洞""御碑亭"，再往"大天池"，观"照江崖刻石"，游"龙首崖"。其地奇险，深谷苍岩，老松挈空，古藤挂石，仄径沿壁，于平旷处游观留影，也不免心悸魂惊，稍停辄去。当到"乌龙潭"，已是薄暮冥冥，不复与水石相戏，一观而已。庐山诸处，除却"龙首崖"，皆为旧地重游，前游皆有记录，此行无须再费笔墨，仅作同行诸位之向导者。待返回住地，已是下午七点，稍作休息，遂进晚餐。

五月一日

早餐后，徒步逛牯岭街，于沿街公园内，凭栏俯视，绿荫满眼，红楼幢幢，山色迷蒙，花木竞秀，游人熙来攘往，好不热闹。访"美庐"，参观"庐山会议会址"，乃"庐山人民剧场"也。后行进山道上，忽得杨文成电话，说韩清波转告：王朝瑞病危！听此消息，我则一时语塞，不禁哽咽，后则潸然泪下，跌坐路旁矮墙。妻子惊问："哪里不适？"我只吐出"王朝瑞"三个字，便自呜咽。佐田口中也只挤出几个字："几天的时间，怎么会？"便不言语。时转哑然，不知所措。

五年同窗，半生老友，弥留之际，天各一方，牵肠挂肚，何遣熬煎。

如意劝大家，打起精神，打的往"含鄱口"，"庐山植物园"等处散心。时间过午，皆无食欲，不进餐厅，每人泡一碗方便面聊作补充。如意又买来枇杷，频让品尝，说"很甜！

水分也大，尝尝，尝尝。"在植物园中徜徉两小时，在松柏杉桧中，又见杜鹃花残，樱花满地，则感人生之苦短，正朝瑞之景况，于此残花落寞中，不禁伤神慨叹。

出植物园，匆匆过"毛主席诗碑"、芦林湖1号"毛主席故居""庐山博物馆"等处，均无心一观，只购得《历代名人与庐山》一书携归。返回宾馆下午五点许。

晚饭后，佐田见告：饭前已与王学辉通电话，知朝瑞在当日下午五点已然作古，怕我伤悲难下晚餐，以故饭后再告。

晚吃安定一枚，勉强入睡，竟也噩梦难驱。

五月二日

上午九点下庐山，先访"白鹿洞书院"，再谒"陶渊明纪念馆"，三入"东林寺"，均感索然，废然而返，也懒于记录。

午饭于九江县城，效英疲惫不堪。到九江市已是下午四点，入住甘棠湖附近之小宾馆，倒也干净实惠。

路上接朝瑞夫人文桂芳大姐电话，因我心绪不宁，又加耳鸣，电话未能听清。到宾馆后，再通电话，知让我题写墓碑文字，奈何旅途中纸笔皆无，商定回去后，再作完成，并请节哀顺变，保重身体。此亦无奈之言，其哀哪可节也。

五月三日

决心排除胸中郁结，佐田建议到"石钟山"一游，遂于上午九点离九江而东去，行车 30 分钟，过鄱阳湖大桥，至湖口县城，再至石钟山下。

时值小雨，飘飘洒洒，迷迷濛濛，山色烟树，古亭高阁，竟呈图画。路畔，一石玲珑，立于廊下，以小石击之，砰砰然，镗镗然，敲不同部位，得不同声响，名为"石钟"，东坡见之，能不笑煞。

小坐"江山一览亭"，读所购《石钟山志》，重温东坡文章，导入近千年前，与先生同游石钟山，与之所见盼然两样。

于山亭小憩时许，然后下山雇小舟，出鄱阳湖，泛舟长江中流，风平浪静，水波不兴，久之，困然欲睡，回观石钟山，仅一青螺而已。即回舟石壁之下，但见石钟山巨石崚嶒，犬牙交错，古木藤蔓，蛇奔虺走，下欲搏人，而其罅窍激荡，波涛如惊，其声则崖谷回互，震耳欲聋，此其石钟山之怒也，与山亭小坐时静无声息，迥然而不同。

泛舟尽兴，返回渡口上岸，就午餐于湖口镇上，时值下午 1 时许。

餐毕，乘车循原路返回九江，一路打盹。下午登"浔阳楼"，观"镇江塔"（明万历时建），游"烟水亭"。泪湿青衫的江州司马，大闹江州的黑旋风等故事人物，才在心中，又现眼前，那便是文学经典的魅力之所在。

五月四日

早晨小雨，八点到长途汽车站，九点四十分离九江东去，经道景德镇，十二点二十分抵婺源，入住飞龙宾馆207号。午餐后，稍作休息，打的往游思溪、延村古民居。两个自然村，明末清初之建筑，保留多多，皆为茶商、木材商人之巨富宅第，建筑高深，木雕尤为精细，天井幽邃，老年人不愿离去故宅居住，数十年，朝夕出入，宅中每一物件，门钉铺首，雕花窗棂，无处不系着老人难以割舍之情结，乡愁浓浓，熔铸其中。过一小院，见一妇女，50来岁，说："前边几处大庭院，原本是我家的房子，早年被那些'穷鬼'分去的！"愤愤不平，一脸怨气。土改数十年过去了，她也不曾经历那个时代，竟有如此表现，令我不解，并为之震惊。

下午六点返回县城，晚餐后，散步街头，小城灯火，偶见夜市摊贩，购物者少，唯摊主灯下叙话，谈笑爽朗，益感夜静而街清，小风徐来，花香袭人，一片时间，心头怀人之郁结，稍为之舒缓。

五月五日

上午九点乘车北去，行约 80 里，十点抵理坑，为婺源明清民居建筑群，参观八九处景点，多为官宦人家之宅第，门楣多有砖雕额字，标明诸如"进士第"。沿街一水中流，两岸人家比列，板桥枕河，交通便捷，鸡犬相闻，居人闲适。将近中午，走进一处"农家乐"餐厅，厅堂简朴，木制桌凳，一派素净，在茶烟中与之叙话，知此地"荷包红鱼"为特色菜，其价也不昂贵，点此一品，另请主人依据我们一行 4 人随意配搭上菜，荤素结合，皆为本地所产之物，山珍野蔬、豆腐、鸡蛋，其色泽亦甚鲜亮，青白黄绿，兼而有之。才作品尝，顿起食欲。

餐毕，返途经"清华镇"，游走于有 800 年历史之宋建"虹桥"之上，一河上下，碧水青波，丛树笼岸，倒影迷离，间有白鹅群凫，游弋其中，悠然怡然，相呼相伴。

桥畔山洼中，有"彩虹寺"，为当年僧人化缘建桥时之居所，寺虽小甚，却功德无量，其寺庙且为徽式建筑风格，亦国内之孤例。

返回县城，方下午三点，小睡时许，驱车"江湾道上"，行 24 里，至"李坑"，白墙黛瓦，小桥流水，在古樟翠竹掩映中，风火墙此起彼伏，高檐长柱错落依偎，枕河亭台，长街铺面，村妇临河盥洗，游人纷至沓来，摊贩叫卖声声，与

362

购物者，讨价还价，老街水巷，一派热闹景象，且见写生作画之学生多多，此情此景收入绢素，岂非一卷《清明上河图》，而或《婺源山居图》。我于街头花 100 元，购得一枚三足龙尾砚，青紫温润，煞是可爱，携归收藏，以充隐堂之文玩。

离李坑，于下午七点返回县城。

五月六日

上午七点五十分，乘长途汽车离婺源，原拟购票到紫湖，乘务员见告：到三清山，北线有新建索道缆车，可上山顶，极为方便，不必走紫湖（原是入山正线，今为南线），遂于九点三十分抵金沙，入住"金沙滩酒店" 206 号。十点乘缆车直上三清山南园景区，有"蟒蛇出洞"等峰峦，妙肖自然，诚为奇观，而山顶群峰，攒三聚五，彩错交辉，虽不及黄山天都峰之奇险，而绝胜石笋缸之秀丽。古松老桧，若铁铸、若石雕，苍然岭上岩头，经风雨洗礼，与霜雪搏击，铅华退尽，风骨铮铮，俨然太古之遗物。

中午就便餐后，往游"西海岸"景区，山高景远，栈道绕山回环，几与行云相逐耳，下视幽谷，深不见底，贴壁而进，心为震颤，蹑手蹑脚，不敢行，又不得不行。至稍广处，方得停立喘气，顺便放眼看看周边景致，山光云影，变化无穷，岩花苔石，各呈异彩。不觉天色向晚，已是云霞铺陈，深恐缆车停运，脚步为之加快，竟忘了道路之奇险，心不存害怕，虽履长空栈道，如行坦途通衢，此正见心理作用之重要。

不出所料，返回索道下山处，时值下午六点二十分，而缆车已于五点四十分已经停开。遂请工作人员想想办法，加之我们上山时已购得当日回程票，且在山下已租得酒店，与之再三交涉，过时许，方得开通索道，从山下开上一辆缆车来，送我们下山，对工作人员的辛苦，自是感谢不尽。待回到酒店已是八点有余，且因在栈道上为了赶上末班缆车，连走带跑的下山，当我坐在床上时，才感双腿的疲软和两脚的疼痛。以致不想下楼去吃饭了。

五月七日

九点离金沙，行车十点三十分，抵玉山县城，在汽车站换车，十一点西去，行45分钟，至上饶，十二点改乘豪华高速汽车，行3小时，抵南昌长途汽车站。出站，见有航空售票点，遂购得本月10日飞太原机票，每位1200元。

入住交通宾馆后，方就午餐。餐毕，散步"八一"广场，与效英上百货大楼购物，不觉，已然华灯初上，夜市如织了。我于南昌，已是第三次行脚，此行也，印象不佳，不独街头脏乱，其交通秩序尤差，骑摩托车者，横闯直撞，似不知有交通规则，行人亦见随地抛撒垃圾，而柜台服务员其态度也感生硬，江西老表，怎会变成这个样子，也该重塑形象了。

五月八日

上午往南昌南郊的"青云谱"，去谒拜朱耷墓，在无声的细雨中，步入有四五百年历史的古楮老樟下，墓园凄清，一片寂静，只有蔓草上的雨露明灭闪烁着，静的似乎可以听到珠露的滴沥声。小雨停了，也不曾见有人再步入这个"八大山人纪念馆"的园角。

青云谱，早年亦曾拜访，今方来，雪个老人瘦瘦的身影，仍然伫立在翠竹下，炯炯有神眼光中，审视每个光顾者："你们来是访友，还是踏青？"其实也不能怪他们，因为这里宽绰明洁的厅堂中，张挂的书画，全是赝品，张张残荷败叶，只只丑石怪鸟，仅存躯壳，了无灵魂，以假乱真的货色，你教人如何赏对，如何临习。雪个先生啊，你要怪，只能怪纪念馆的管理者，如我两次相访，千里南下，欲拜真佛，见到的却是假和尚，便只能在花丛曲径中留下个脚印。面对雪个先生的雕像，我发此感叹，主人"哭之""笑之"，请便了。

步出青云谱，且上滕王阁，观赣江之浩荡，忆名篇之芳华。时近中午，乘车过抚河桥，到江西博物馆，先进午餐，后入馆参观，文物荟萃，方见真容，赏对两小时，尽兴而归。数日奔波，身感疲累，下午四点后，不复外出，侧卧床头，梦入南柯。

五月九日

上午购书购物。

下午参观"黄秋园故居"。小巷口，临街门，绿雨初过，石子路滑，花暗墙角，更见些，拳石盆景，松茂兰馨。苔深庭院，登堂入室，但见图书叠架，文玩列陈，丹青四壁，清辉迎人，画师远去，笔墨犹新，默然赏对，为之出神。所作无不笔精墨妙，气韵生动，山高水远，泠泠有声，犹见石涛，貌遗而神存，"庐山"入目，仰之弥高，引我登临，神为之爽，气为之静，大师遗墨，千古不泯。试为短歌，聊记衷情。

今先生故居，加外拓楼居一层辟为《黄秋园纪念馆》，展出真品原作数十幅，无不引人入胜，所临宋画、界画尤为精工，恐今人难有企及者。为私家对外开放单位，仅收门票10元钱，列为南昌市管文物单位，远胜其名远播而仅仅陈列复制品，且临品档次极低的青云谱，八大地下有知，也只能翻白眼了。

五月十日

上午八点三十分到昌北机场，十点零五分登机离港，十一点四十分到太原武宿机场，二毛接站，先与佐田看望文桂芳大姐，谈朝瑞生前身后之事，无不哀痛。

下午坐焦如意车，于六点三十分返忻。

晋陕五日记（2013年5月21日—5月25日）

五月二十一日　晴

　　早七点离忻，由童小明驾车，与石效英、赵庆华一行四人，结伴往晋南而来。于十一点三十分抵曲沃之曲村，顺道参观晋国博物馆，其馆还在建设中，又值中午，经联系，方找到一位工作人员，绕旁门入观晋献侯及夫人墓、车马坑等胜迹，规模之大，亦令人惊讶。而其出土文物，诸如精美之玉器、铜器等尚未陈列，不得一观。著名之"鸟尊"，早已转藏山西博物院，且作为院标，每见于宣传品上。正午热甚，于此仅匆匆一过而已。

　　离曲村未几，到浍河水库旁，入住浍贤庄18号，宾馆为窑洞式建筑，颇高大，甚凉爽。稍作洗漱，遂往小明胞弟童勤亮所开之清亮酒店就中餐。入院，绿树成荫，多榆槐之属，间有泡桐，亦复高大可观。树下，花木井然，丛竹滴翠，芍药花期已过，月季传香，玉簪竞秀，皆极楚楚有致。院之阔处，有碾一盘，又饶农家风韵。餐厅濒湖而建，临窗而坐，竹帘上卷，高木掩映，水光朗照，鸟声入耳，途劳为之一消。未几，饭菜上桌，野蔬盈盘，绿意可人，煮花生、炸小虾、炸湖鱼、油圪塔、葱花饼、南瓜丸子、酸菜揪片，皆地方风味，一一品尝，大快朵颐。是处不独环境幽美，主人尤为热情，令人为之感动。

饭毕，回浍贤庄休息。下午五点三十分外出，先到名为磨盘岭的地方游览，后到浍河水库坝头漫步。因春夏以来，天旱少雨，原本浩然之巨泽，而今水位下降，四围浅堵渐裸、赤泥片片，所幸不乏鸟雀，但见紫燕上下，鹡鸰点水，戴胜鸣叫，白鹳盘空，各见其乐也。更有垂钓者，比列岸边石上，摸鱼捕虾者，半卷裤腿，赤足弯腰，于浅水中捞索。水库之西岸，多饭店酒家，晚来，华灯初上，临河照影，五光十色，颇富韵趣。用饭观景，亦见情调，然地处偏僻，游人甚少，酒家生意，颇觉寥落，见我等路过，竞相邀请。感念晚饭由友人童勤亮招待，岂可在外就餐，遂回临湖饭店落座，灯红酒绿，盛情无限，酒足饭饱，握别主人，往浍贤庄而来。

五月二十二日　半阴半晴

在布谷声中醒来，东坡"杜宇一声春晓"之词句遂现脑海。五点起床，在院中散步，偌大之山庄酒店，似乎仅住我等四人，大家似尚在梦乡中，院中只我一人，沿花池四处蹀步，杂花灿烂，清香四溢，除三五只喜鹊掠过，再无些许声息。屋之尽头，有一只黄狗，见我过来，也不认生，从倦卧中立起身来，摇摇尾巴，也算是与客人亲近的表示吧。

七点三十分，离浍贤庄酒店，往史村吃"羊汤蒸饼"，是为当地颇有名气的小吃，聊一品尝，似无特殊之处，乃羊杂割泡蒸饼而已。

过曲沃县城，游贡院，在曲沃中学校园内，回廊曲槛，清静幽深。在街头，有过街牌楼，建筑精巧，匾额豁然，楼下已见早市，行人多匆匆而过，唯我等在楼之周围仰观俯察，徜徉良久。县城西南街，有瑞应塔，为元物，塔之顶部，不知在何年地震中，开裂为二瓣，望之颇奇特，经七百年劫难，满目疮痍，风雨飘摇，再不护持，将毁于一旦，当局岂可视而不见？

离曲沃，经河津，至黄河边，过龙门大桥，远眺上游石阙夹峙，双壁如门，俯察大河，急湍横渡，浪遇飞舟。而郦道元所言之"岩际镌迹，遗功尚存"则不复能见了。惟"禹凿龙门"之故事，涌上心头，迷离扑朔。

过大河，下高速路，直奔韩城老城，其地文物荟萃，仅国保单位，就有十多处，奈何行色匆匆，无暇一一造访，就近游览了文庙和城隍庙，二处古建皆为明之遗物，庭院深深，古木垂荫，建筑精巧，碑碣林立，游人少而境界清，漫步其中，摩挲石碑，品读造像，小坐石阶之上，静观翠柏虬枝，一株老柏，名曰"五子登科"，树分五歧，连理而生，老干

谒司马迁墓

斑驳，新枝秀发，虽千五百年经历，犹见生机勃发，令人心生快意。文庙之"五龙壁"与城隍庙之"九龙壁"，小巧玲珑壁面上，海潮涌起，群龙腾越，深恐乘云飞去，驻足面对，心旷神怡。

离韩城老城，往芝川镇南而来，拜谒司马迁墓祠。墓祠雄踞于峭壁高崖之巅，东瞰黄河，纭纭漾漾，西枕梁山，郁郁葱葱。我等自山脚循石板道而攀升，过"高山仰止"牌坊，磴道陡起，道路迤窄，屏息而上，过"既景廼岗"门，休于"河山之阳"坊下，虽时值亭午，烈日当头，幸清风掠过，凉意顿生，浮想涌起，太史公《自序》云："迁生龙门，耕牧河山之阳"。聊聊数字，便可窥见迁之少年生活。而其遭遇大不幸之宫刑后，仍能发愤著述，成"史家之绝唱，无韵之离骚"的《史记》，这是何等的志气，又是何等的功绩呢。

至祠院，古柏瑟瑟，浓荫筛影，又忍冬二株，颇具姿态，亦复可爱，院中树荫下，有售旅游纪念品者，无甚可意者，觅一册《韩城史话》，携归浏览。入献殿，石碑罗列，搜读数通，以见太史公祠庙兴建之梗概；入寝宫，谒司马迁像，言为宋塑，姑妄听之，但见是像红袍加身，黑须飘洒，非我想象中太史公之本色也。

转祠院之后，一高耸砖砌圆形之建筑破目而来，此正汉太史公墓也，墓头生古柏一株，亦甚奇伟，绕墓一周，墓前碑字，为乾隆时毕沅所题，其墓，则为元时重修。沿墓园后侧道而上，脚下皆以磨盘排列叠加而上，称之为"磨盘道"，也颇别致，取之民间弃置之物，当为旧物利用者也。路之尽头，有碑林，佳构聊聊，太史公有觉，当叹今之文人多低下，而或建碑林者之草率。

在太史公祠墓巡礼兴尽，循原路而下，入芝川镇，于某小餐馆，吃岐山臊子面，红油辣子，直吃得热汗淋漓。饭毕，赵庆华于餐馆外购得樱桃一包，鲜红亮丽，食之甘甜，清凉解热，口颊为之一快。

下午两点，经由芝川上塬上高速路，直奔西安而来，因输入汽车行驶指示屏疏略，本拟往太白山汤峪，不意竟入蓝田汤峪，以致在西安绕城路上往复行驶，始入正道，经扶风路口下高速，而转太白山，下午七点三十分方抵汤峪，入住民族宾馆新楼 303 号。晚餐于电力酒家，山蔬野味以佐竹叶青，把酒笑谈，筋骨之劳，渐从欢语酒气中逸去。微醺以归客舍，倒枕遂入梦乡。

五月二十三日　半阴半晴

青年时读李白诗，有《登太白峰》一首："西上太白峰，夕阳穷登攀。太白与我语，为我开天关。愿乘冷风去，直出浮云间。举手可近月，前行若无山。一别武功去，何时复见还。"是诗至今常现脑际，此行也，正欲一睹太白仙颜，奈何，时不凑巧，适值汤峪谷内时有塌方，峪口也在施工之中，登顶缆车 2013 年以来，尚未开启。不能入山登顶，岂无遗憾，然而随缘应变，一切任其自然，遂沿环山南路而西去，至营头村，取道红河谷入山，此正古时登太白山之正道。但见峡谷幽深，峭壁陡起，层峦叠翠，草木蒙茸，深谷乱石横陈，幽泉浪花飞洒，山廻路转，古寺迭出，黛瓦红墙，隐现高树垂蔓之间，木屋闲亭，点缀曲径木末之上。行进中，忽闻水声澎湃，空谷传响，遂下车渡涧，踱步谷底，但见双瀑下注，直入澄潭，一泓碧水，珠玉四溅。童小明见状，兴致勃然，手执相机，腾挪跳跃，窜身于奇石丛树间，按动快门，捕捉胜景。我则俯掬青流，洗濯面颊，不独醒脑，又觉明目，不禁喃喃："神山圣水，神山圣水！"

过一线天，经观音岩，入山三十里，为药王谷口，山中多草药，传为孙思邈采药之处。是处二谷，一为药王谷，一为登太白峰之干道，前边又值修路，车不得通行，若徒步，尚有二十里路程，加之缆车关闭，遂就此而返。忽见路侧崖壁，有山泉喷涌而下，飞流溅石，水花烂漫，而清音悦耳，亦拍动相机快门，记录所见，正"山中景趣君休问，谷口泉声已可人"之境界也。

返途至蟠龙湾谷口，拄杖而行，入山四五里，山溪相伴，曲水明灭，高树夹岸，苔石锦花，碧荫满脸，肌肤鉴绿，脚下山花，星罗棋布，花间蜂蝶，嗡嗡作响，枝头好鸟，管弦和鸣。好景无长路，飒然有清风。未几，便到谷之尽头，仰见巨壁横陈，白练飞下，正斗姆瀑也。珠玑洒落，高可百尺，山谷洪鸣，水雾蒸腾，木末山崖，彩虹顿现，一时游人长啸，崖壁回响，此起彼伏。山情水意，适我怀抱，畅然高咏，得似太白登顶之乐也。

兴尽，返蟠龙湾谷口就午餐，农家风味，物美而价廉，且有林峰山色，巨壁栈道，奔来几案间以佐酒，悦目而愉情，未觉案头之饭菜已随之尽净矣。

将返营头村，路东正华西大学之所在，楼房高起，树木掩映，环境清幽，学子往来，诚一求学之佳处，但愿诸同学学业有成，以不负山水之恩泽，师长之心血。

入310国道而东去，一路尽是眉县猕猴桃之基地。过数村镇，路旁间或有卖樱桃者，殷红滴沥，甚是喜人。下午五点二十分抵周至，入住盩厔宾馆后楼212号，宾馆以繁体旧字书之，特为拈出，以记老县之由来。

在宾馆稍作休息，便驱车浏览市容，至"八云塔"，下车观看，塔之形制，与西安小雁塔相仿佛，亦为唐建，列为国保单位，惟塔身北倾，为危塔，外置标志，不得靠近。周至除楼观台外尚有国保文物三处，皆为塔，除此八云塔，尚有二处，一在仙游寺，一在大秦寺，若得机缘，日后当往造访。

七点三十分回宾馆就晚餐，餐毕休息。

五月二十四日　小雨

晚闻雷声，晨有小雨。七点早餐，八点外出。在细雨空濛中东南行四十里，抵终南山北麓的天下第一福地的"楼观台"，洞天仙都，观阁嵯峨，青山屏列，白云迢迢，远而望之，已心生欢喜。至望仙亭下，舍车徒步，拾阶而上，入山门，翠竹婆娑，摇曳多姿，叶缀珠露，晶莹滴沥。观中庭院阔大，古木含烟，香气氤氲，玉兰、椿树、珊瑚朴，相映成趣，各见姿态。而一珠古银杏，丰围茂叶，笼盖半院，身系红绸彩绢，想来颇有灵气，游人抚摸膜拜，虔诚有加。路旁杂花竞放，栏中古碑林立，过老子祠至说经台，适有法事活动，道士二人，道姑六人，一老道面目清癯，长须飘洒，正所谓秀骨清相，道貌岸然者，拈香跪拜，种种如仪。

由说经台南下，至斗姆宫，见工人正在塑像，是处还在建设中，除我辈，尚未有造访者。于观中，观摩楹联匾额及碑刻，颇有可读者，沙孟海、沈觐寿、钱君匋、沙曼翁诸先生，皆吾忘年交者，赏读手迹，倍感亲切。于此碑林墨海中，自然想到了东坡先生游楼观台题《说经台诗》："剑舞有人通草圣，海山无事化琴工。此台一览秦川小，不待传经意已空。"诵诵老子《道德经》，颇多启示，今值老子传经授道处，而任法融道长远赴京城，无缘一面。立高台上，南望终南群峰，山云吞吐，气象万千，云开处，一老子雕像飘然升仙，不禁令人叫绝。而观中游人甚少，除我等四人外，仅宝鸡来的六七位中老年妇女，雨细云薄，竹秀风清，行游其间，怡然恬然，不知不觉中竟花去了两个小时。

游观尽兴，取国道310而东去，至"赤峪"谷口，又见有售樱桃者，鲜红欲滴，遂购两箱。复转高速路，于下午两点至潼关城港，新建古城楼，巍然雄峙山河之中。又令我想起1965年10月初渡黄河，往游华山，经道潼关之情景。今复来，老街依旧，店面如昨，数十年过去了，万盛园酱菜店门面虽有改观，荆条小篓子改成了竹编制品，而酱菜的口味却不减当年，遂购上四五桶以佐进餐。又于一家老店，点几宗地方小菜，每人一小碗灯面，一个肉夹馍，算作午餐。餐毕取道黄河大桥至风陵渡，忆昔四十多年前，初过黄河，其时旧桥早毁，新桥未建，在东岸待渡船之时，得《黄河激浪》一幅山水画，后为老同学武尚功索去，而今尚功已早辞世，拙作也不知流落何处了？

上大运高速北去，在闻喜服务区休息，购煮饼数盒。赵庆华代童小明开车北行，至霍州下高速路入城。霍州，素闻为中国五大重镇之一，今方来，颇感脏乱，入霍州宾馆，古老破旧，不堪入目，又连寻数家，方得一处勉强入住，时已下午六点许。

七点三十分晚餐，九点洗漱休息。

五月二十五日

早餐毕，匆匆往游国保单位霍州署，其时工作人员尚未上班，我等只好于街头立牌坊下，观往来之行人。待拱辰门洞开，售票人步入，遂得购门票入衙署，四处游观，正"多堂厦廊庑"之感觉，尤以元建之大堂前之抱厦为奇特，难怪梁思成先生说："霍州大堂之建筑形制是：滑稽绝伦的建筑独例。"据说官箴"公生明，廉生威"的名言，就是出自霍州学正曹端之口。于此州衙徜徉，从政修为榜样是不能忘怀的。

上午九点离霍州而返，未及十二点已抵忻州，于"天外天"吃农家饭，结束短暂而匆忙的秦晋之旅。

2013 年 9 月 15 日

轩岗四记

　　骄阳七月，酷热难耐，忽接书友高建业先生之电话，相邀同往轩岗小住数日，一则消暑，二则共话，岂不快哉。

一、轩岗道中

　　出原平市区，经西镇而大牛店，未几，至阳武村，见村南路旁一石牌坊，挺然而立，高约三丈，四柱三门，形制古朴而典雅，雕刻精工而脱俗，此乃陕西延榆绥道盐运使武访畴为其母亲朱氏所立之节孝牌坊，建于咸丰五年（1855年）。余数过其下，抚摸建筑，诵读碑文，感石雕艺术之精湛，叹人文精神之厚重，而余家与武家之戚谊，则随时间的推移而淡漠。吾之大姑为武访畴之孙媳，英年早逝，留一对儿女，在一张我曾祖父寿辰的照片上，还留有他们的身影。我手头曾有一本"求益斋"诗稿，是武访畴的墨迹，原不知珍重，在一次搬家中丢失了，能不遗憾。所幸后来又购得武访畴友朋翰札数种，偶一展玩，便可窥见芝田先生的豹斑的。

　　在车中，石牌坊一晃而过，竟勾出如许的思绪来，委实

与书友高建业先生在轩岗道上

是跑题了，赶紧打住。前行，过浮图寺，既不见山寺，也没有佛塔，仅一山村而已，想必山村以古寺而得名。

过上阳武村，山渐陡起，谷渐迫窄，坡田堰坝，庄禾树木，一片碧绿，满眼生机，雨水充沛，山泉喷薄，小风吹过，一阵清凉。经沙峪而沿长会，山自人面起，云傍马头生，下得车来，仰山巅之浮云，吞吐峰峦，瞬息万变，俯幽谷之激湍，水石相搏，浪花飞溅，河声泉色，山水清音，山庄窝铺，牛羊下来，宁静而和谐，正吾少年时山居之景况，虽不可多得而向往之。

一列火车沿山脚风驰而过，穿崖过洞，状若长龙，一时间，山鸣谷应，古老的山谷才感到些许的时代脉搏。方片刻，山中复归平静，两只长颈的捞鱼鹳在半空中打了个圈儿，又落到密林深处，不见其踪影了。旅友童小明按动相机快门，将那遨游的双鹳收入了镜头。

车过芦家庄，询之高建业先生：

"这是武访畴的老家，你去过没有。可否有一些武家的故迹？"

"二百来年时间过去了，故迹全无，恐怕武家的后人也不会到此寻踪吧！"

将出峡谷，两山犬牙交错，峭壁高耸，似乎是一座高山，让天神拉开了一个口子，才让这奔流不息的阳武河穿谷而过，才给北同蒲铁路的铺通提供了地理条件。车出峡谷，便是马圈村，其地豁然开朗，过黄甲堡，便是轩岗镇。

从上阳武入口到马圈出谷，其间数十里，山高谷深，景色多变，行进其中，左顾右盼，目不暇接。清人江苏震泽钱之清有感《轩岗道中》七律一首，首四句则是描写此中景致："峭壁悬崖百折幽，泉声不断夹飞流。风尘僻取楼烦道，冰雪寒通去武州。"想当年这位保德州牧由富庶江南北来塞上，蹇驴踽行，虽山景宜人，也不免发出几缕感叹来："数载关山嗟梦鹿，一心烟水狎盟鸥。"

二、东寺湾

轩岗有一条商业街，西起矿务局大楼以东桥头，东至黄甲堡桥西。街不算长，然道之南北，商店比列，高楼错落，小车往来，行人不绝，更有临街瓜果摊、小吃点，叫卖声声，不仅热闹，还有点嘈杂，所喜夹道林木，浓荫覆地，人行其间，得一份清凉。长街东端，路北有西山宾馆，入住三楼，推窗南望，青山逶迤，翠绿满眼，铁塔依稀，白云迢递，正云中山微波站之所在。

西山宾馆之北侧，有广场一区，北临高山，长渠环绕，古柳时花，境极清幽。每早晚，必散步其下，恬然怡然，乐何如之，此地名之东寺湾。

东寺湾，因寺而得名。寺曰东泉寺，原建有三进院落，毁于兵火，十数年前，依山建"广济大殿"，坐北面南，殿宽七间，雄踞高台之上，下置台阶十数级，远而望之，颇具气势。檐下悬匾额，额字为吾手迹，甚为稚拙，偶然相见，不禁汗颜。

寺下台阶西侧有白龙宫一间，泉自宫中涌出，乃供村人饮用。每当农历二月二，家家凌晨即起，争相到这白龙泉边汲取泉水，以祈一年家人平安健康，财源如泉涌不绝。这便是当地"二月二，龙抬头"祈福之习俗。

白龙宫上建有钟楼，钟楼后有窑洞三孔，当年内供石佛，石佛早已他去，踪迹难觅，唯留下老人们点滴的传说了。

寺因泉而名东泉寺，湾因寺而名东泉湾。旧历七月十三，为轩岗古庙会，香烟缭绕，钟鼓声扬，游人如织。看戏者，聚精会神；购物者，审慎物色；对饮者，颖颖谈叙；划拳者，吆三喝四；一时间，这东寺湾，竟见众生相。

我行于东寺湾中，沿北路，走长廊，廊外，有高柳掩映，柳下有蜀葵、红蓼、万寿菊等，杂花竞放，幽香四溢。至神泉下，掬水小饮，甘甜清冽，直沁肺腑。泉以管道引入池中，水平如镜，倒映蓝天白云绿柳红花，俨然一幅锦缎，五彩缤纷，美不胜收，风来水动，其景致则随之幻化，时有游鱼相戏，往来倏忽。我不知鱼之乐其所乐，鱼岂知我之观鱼之乐钦。水自池中经管道注入渠中，沿广场南沿到东逝，泠泠然，不舍昼夜，浅吟低唱。渠之外，有数十年老柳树十余株，粗可合抱，树冠撑空，密叶间洒下无数光斑来，落在石板道上，落在行人衣服上，斑斑点点，亦复可爱。

广场上有廊、有亭、有假山、有球场、有健身器械等诸多设施。清晨，日出东山，光洒高柳，散步者，跳舞者，划拳者，打球者，还有孩子们追逐嬉戏者，入夜有借灯光，下棋者，打牌者，自然也有俊男靓女依偎石畔长廊谈情说爱者，这也是古镇新村的众生相。东寺湾不复是旧时的古寺湾，除上述之旧历七月十三的古庙会，这里每月每天都会展现出一幅幅生动活泼的生活画卷来。

不无遗憾的补上几句，这令人神往的东泉寺，竟然在大殿台阶下的东侧放置了高高的铁笼，圈养着几条凶猛的藏獒，路过山门，那矢溺的恶臭便会袭人鼻息，偶一入寺，那吓人的狂吠，便令人心惊。此举有渎神灵，大大破坏了寺院清静。他日重来，但愿还东泉寺之清幽静寂礼佛如仪之境界。

三、轩岗老街

轩岗乃崞县西之重镇，扼晋西北交通之要道，虽地处崇山峻岭之山中，然古之驮炭道上，驴骡往来，形如长蛇之阵，幽谷铃响，声似钧天之乐；喜逢集会，则远近山民，咸来祈赛，一时间，热闹异常。二十世纪五十年代初，轩岗矿务局成立，大批煤矿工人涌入古镇，一条自东而西的新兴的商贸大道渐次形成，百货大商场出现了，大礼堂拔地而起，饭馆、旅店、杂货店等应运而生，这便是前文中所提到的轩岗繁华的那条商业街。而今，绿荫夹道，车水马龙，行人熙攘，各适其适。而原来轩岗古镇的大街则变成了静谧闲适的所在了，其名称也改为"后街"了。

晚饭后，我们自东泉寺起，漫步西行于"后街"的大道上，原来的土路或石板路已不复存在，几年前已变成了平坦光滑的水泥路面，行人摆脱了"雨天两脚泥，风天一身土"的窘境，骑着自行车的孩子们在宽绰的大道上，绕过行人追逐嬉戏，一路欢声，转入街角。

道之东端，原为耕地，现路之南北，已新建房屋多多，红漆大门，金色门钉，铺首铜环，一应俱全，十分气派。想那旧时达官贵人，地主豪绅之家，门庭建筑未必有此豪华。而门之左右，又植绿树时花，数株蜀葵，高过墙沿，而爬山虎之长藤碧叶则半覆院墙，墙下瓜棚斗架，果实垂挂，与朱门映衬，仍不失农家本色。偶见小犬卧门下，见主人出，忽然起立，摇尾相随，甚是亲昵。

渐往西行，老屋渐多，坐北向南者，一排三间，当心间为门洞，街门大开，庭院深深，院之东南种豆角，豆架高起，浓绿满眼，院之西南垒碳，晶光返照，院之北，老屋翻修一新，高大敞亮。街门左右，各有瓦房一间，双柱五檩，颇见固实。檩下花窗，上半部，糊纸贴窗花，下半部，装玻璃挂窗帘。窗台下，置板石，整洁光滑，供人小坐叙谈。西去另一家，稍感破旧，瓦房上，碧草芳鲜，已不见瓦垄。门楼前檐下折，门西两间，原为铺面，年久失修，人去房空，早已歇业。檐下高台上打架檩一对，以护屋檐。此等店铺鳞次栉比，所不同者，稍加修葺者，尚可住人，唯檐台上，有堆放砖石者，有横着木料者。而其共同者，老屋门前，住人与否，皆清净整洁。柱头下，春联虽经风吹日晒，然鲜红亮丽，光彩照人。

路之南，正老屋之后墙，翻修者，青砖包墙，了无缝隙，下施水泥以护墙基。未修者，则多有"栏柜"之移存，虽不再开启，然昔日买卖之场面，尚可窥见其梗概。又见一家后墙角开一窗户，设推拉门，为一窗口，内列货架，上置食品烟酒等日用品，为一便民小店，在灯光朗照下，琳琅满目。暮色时侵，华灯初上，在街头，有洒扫门廊者，有依门共话者，行人稀少，境极安适。徐徐而行，不觉已到老街西头，红楼高起，庭院宏大，乃村委会之所在。

数过轩岗，造访老街，此为第一次。古镇山居，虽不复往日之热闹，而由热闹转入宁静，岂知是福。唯所虑者，人们有钱了，老屋将为之拆盖翻修，而或村民弃之他去，古建民居（虽不具保护资质）任其风剥雨蚀，久之，亦必灰飞烟灭。所幸有心人，拍点照片，作点记录，留点资料，也将是一件有意义有功德的事情。

四、云中山

早年有印章一枚，印文为"家居云中"四字，以记吾祖居之所在。吾外家荆芥村，仰头可见石猢嘴，巨石高标，形似猢嘴，故名。又玉皇峁，近在咫尺，有言：此正前高山，诗人元好问有记并诗，我不曾造访，姑妄听之，似未有实据。

曩过轩岗，有云中山之游，登水背尖，海拔 2360 余米，为云中山第三高峰，上建山西电视转播台。登顶之时，雨过未几，忽云烟蒸腾，大雾迷漫，虽时有开合幻化，然山中方位不辨东西，山中景致，难觅万一。且山风袭来，寒意彻骨，不得不步入电视转播站，与工人共话，消解寒冷。彼行也，未能尽兴，云中览胜，还待机缘。

今又值轩岗，高建业先生知我前登云中山未能称意，特安排再次登山。上午九点，一行七人，乘一辆小面包车出发，出轩岗六亩地矿区，经东沟村，山道崎岖，沟壑纵横。至何家水，瓦屋高下，稼禾满眼，高坡之上，苍松五七棵，松下古庙一座，颇见风韵，有如画中山水。前行，遇一深沟，下垫碎石子，不慎车陷其中，几番修理，开足马力，尚不能冲过。欲半道而返，奈何路窄，车已不得回头。再作铺垫，擦路边硬冲，连续四次，得以成功，大家复上车入座。路侧松杉林茂，桦林时见，路渐升高，车绕山道拐折而上，颠簸中已至半山矣，因窗而下望，来时之路，竟现谷底，若羊肠小道焉。而仰头上望，一巉岩凸出半空，赭红峭壁上，一棵虬松依岩而凌虚，姿态盘曲，天设地造，恰如董寿平先生之画境。奈何车一转弯，眼中之山水顿现另一种面目。

十五公里山路，走了个半钟头。车凌绝顶，大家匆匆下车，虽值盛夏，而感清凉遍体，身旁碧树丛花，仰头蓝天朵云，近则转播台铁塔冲天，远则云中山群峰逶迤。登高凌虚，四围山色，尽收眼底。幸有转播台同志解说，指顾间，那云隙开处，光照中一抹山村，是"黑水圪堧"。村南大岭，为老君洞，主峰海拔2384米，为原平市第一高峰，因山有道观洞窟，祠老子，因名。而偏南，又有双峰插天，为双山顶，地处车水洼村东南，为原平第二高峰。"老君洞"、双山顶与水背尖为云中山三大主峰。身立水背尖，面对老君洞、双山顶，下视群峰环护，丘壑万千，碧草呈鲜，绿树滴翠，一派青绿山水之粉本，远则水库如镜，镶嵌其中，时有薄雾如纱，飘忽不定，山为之活，景为之动，令人目不暇接。询之吾外家便在玉皇峁下。那玉皇峁，稍为平缓，正云阴覆盖，碧草转呈深蓝色调，偶见嫩绿光斑游移，甚是诱人心目，有如船行大海，波光无限。

电台转播站的同志们工作是十分辛苦的，长年驻守高山之巅，在机房隆隆之声中专心致志，不敢倦怠、不知疲累。步出机房，立于山头，看看山，听听风，竟然将眼中的山水了然于胸中，面对众壑，指点江山，那是马头岩，那是芥才贝，那是太子崖，那是燕儿岭，那是神山水库，那是观上水库，山崖水际之村庄，肉眼不得尽见，他们说起来，却也如数家珍，尽在指顾间。

在山巅，见铁塔四五，仰冲云天，传递信息，造福人寰，童小明按动相机快门，摄取着这壮阔景象，蓝天白云、群峰大岭，这便是云中山，这便是我的故乡。

在山巅观景，与工人共话，不觉时近中午十二点，游已尽兴，驱车循原路返回轩岗镇。等待高建业先生的是一家好友的婚宴，我等则到矿务局的食堂吃自助餐，满脑子的还是云中山的山色，或是因了山中"秀色可餐"的原因吧，那食堂丰盛的午餐似乎便没有在意。

2013 年 8 月 2 日

佳县、榆林二日记

知道佳县的名字，是因为那里有一座有名的白云观。据说在白云观的"抽签"是很灵应，且闻1947年毛泽东主席转战陕北时期，曾两次登临白云观，抽没抽签，可否应验，谁能说得清，传闻只是传闻，姑妄听之。然而传闻给白云观带来不小的名人效应，却是实实在在的，以故不少人踏上了寻访白云山的道路，我便是其中之一吧。

癸巳八月我与内人石效英适静乐，偕书友王利民，有佳县、榆林二日行。

二十一日早八点驾车离静乐往陕西佳县而来。行经岚县、方山、临县境，于上午十点抵达黄河东岸克虎寨，隔河西望，遥见佳县城高踞石崖之巅，为吾平生所仅见之上接云天之城池者，不禁慨然，得俚句以志之："一山飞峙黄河边，山头石室千百间。香炉孤峰依天立，挂崖一径云外悬。"指顾间，车已下河谷，激浪奔涌，声回崖壁。过黄河大桥，车逼山脚，转而南、而西、而北，一坡陡起，沿坡转折而上，方抵山头，正是佳县县城。询白云观之所在，知在城南十里。遂复原路而下，山下施工动土，车辆相错，尘土蔽空。至城南，见山峦漫起，绿树成荫，始得清静。行车未几，便抵白云山下，下车仰望，一径高起，细路沿云，六百多级，直上山脊，此正白云观之"神路"也。路之崖壁，危岩古松，彩错如画，奈何我等望之气馁，如此陡直磴道，高可千尺，如何登得？正犯难间，有道观工作人员见告："南去，过此不远，有新路，汽车可直通山顶。"挂钩之鱼，忽得解脱，快然而去。

观于白云山头，皆明清之建筑，其规模为陕北寺观之最，为国家级文物保护单位，松柏之间，殿阁错落，起伏高下，颇见建筑构思之巧妙。沿云路、神道，售香纸者多多，我等到各处游观，真武殿、三清殿、三官殿、东岳大殿、玉皇阁、魁星阁、藏经阁、碧霞宫、五龙宫，以及更多的庙、祠、楼、堂，出入其间，仰瞻神像壁画，俯察碑石题刻，一时间，头昏脑涨，竟不知其所在矣。于四天门外，临风远眺，丘壑万状，松涛阵阵，更见黄河南去、纭纭漾漾，不舍昼夜。小坐有顷，心清神静，复返真武大殿礼拜，于殿前见吾晋民国书法大家赵铁山所题额字，豁然高悬檐下正中，气势轩昂，令人赏对良久，竟忘了在真武神前求一签条。于魁星阁外，见一长须老者，头缠白纱布，似有碰伤，一手提木棍，一手持瓷碗，向游人乞讨，遂舍以零钱。布施神灵者人多钱多；施舍乞讨者人少钱少，又岂知乞讨者之急需远胜神灵也。不过今之乞讨者也全非真贫穷，以乞讨为职业，骗取钱财，坐神道旁，不劳而获，阻碍交通，有伤观瞻亦复让人生恨，然而我非神灵，不具慧眼，又哪知孰真孰假呢？唯感叹而已矣。

中午，进餐于道观食府。餐毕，拜见白云观老道长张明贵，八三老人，银须飘洒，谈吐之间，知见耳聪目明，思路敏捷，记忆惊人，且蔼然平和，无些许生分。临别，老道长以近著《山野流萤》签名为赠。

离白云观，时值下午三点，径往榆林而来，其间不到一百五十里路程，却用去两个多小时时间，足征其道路的状况了。过佳县山脚，经通镇、王家砭、方塌等村镇而之榆林。沿途多土路，多弯道，尘土随车而起，时值八月，正山清水绿之时，而所经之处，尚感荒凉，未经一条河，或有之，亦早干涸，树木亦少，更难觅丛林，山丘屋角，唯见枣木点缀，榆杨偶值之。经道方塌，我误读为"塌方"，为之一怔，不知何以起如此村名？车穿街而过，"方塌"之村名却常在思索中，其地，若得数年绿化，林木城荫，芳鲜满地，老屋新居，杂花芬菲，引清流以绕田，送瓜香于沃野，届时也，改"方塌"为"芳榻"，其芳名必远播，必将引来多少游客来此观光，以一宿"芳榻"而畅然。胡思乱想间，车已抵榆林。

九边重镇榆林不算大，而声名久远。吾乡武芝田先生在晚清时在此作道台，此行，亦欲觅得其点滴踪迹也。绕新城寻住处，顺路以观市容，由南而北，由西而东，再由北而南，绕城一周，复归来路，于榆阳南路入住今日潮宾馆，已是下午五点一刻，遂洗漱小憩。六点外出，经南门瓮城，入榆林老城，南北大街上有六楼四牌坊，委实可观，至南而北，分别为文昌阁（亦称四方台）、万佛楼、新明楼、钟楼、凯歌楼和鼓楼，有所谓六楼骑街者也。择登万佛楼，楼二层，康熙年间所建，一层南面为孔雀明王殿，北面为观音殿，虽非节祭日，而游人拜谒，香火不绝。至二层，凭栏四望，老城瓦屋鳞次，晚烟浮空，朦胧中略窥数百年气象。下万佛楼，

在榆林镇北台

沿街北进,东西两侧,店铺比列,匾额高悬,市拾破目,时见百年老店,尤为引人前瞻。亦见应时百货,流行商品,堆积于时髦商场,复有琴行乐社、婆姨剪纸艺术馆及古玩店、书画廊,还有客栈、当铺等招牌间杂其间。其中尤以炉食店铺为多,忽见有卖干炉者,正吾乡所谓的"干锣",有人叫"镶环饼",遂购以品尝,以解乡愁。又有卖"枣夹子"者,初见之,亦购以咀嚼。过新华书店,购得《中国名城·榆林》《名家笔下的榆林》二种,暇时展对,以广见闻。而"羊杂碎""羊蹄"各种小摊,多有占道经营。更有甚者,榆林老城,本为一条步行街,却挤入了无数的小车、摩托车,抢道飞行,令人提心吊胆,深恐伤及行人。过鼓楼,转西行,入新建城西大街,登一地方风味饮食城,奈何疲惫不堪,已无食欲,仅喝稀饭一小碗,吃油煎酸菜角子一只。同行诸位,各捡有地方特色者两三种而下箸。餐毕,返宾馆路上,已是晚上八九点光景,而夜市正炽,夹道经营地摊者,几无阙处,行进者,左右择道,时遭碰撞。至住地,时值九点三刻,略作洗漱,遂倒床睡去。

翌日早餐后,往访红石峡。素闻红石峡,多摩崖石刻,有陕北碑林之誉,我好书法,身适榆林,自然以一访为快。出城北,仅行五六里,即抵其地,入山门,东西两崖岩岩壁立,南北一水溅溅奔流,长廊峡谷,果然一形胜之地也。沿河东岸北去,迥廊复道,重檐杰阁间,更有石窟四十余处,石窟之外,大字摩崖比比皆是,一一观望,令人振奋。字多雄强壮阔,言多猛志豪情,诸如"力挽狂澜""还我河山""雄镇三秦""中外一统"等等,也有写景抒怀,引兴而咏叹，却看左宗棠所题"榆溪胜地"四字，正写实者也。而其联语"白云初晴，如月之曙；黄唐在独，与古为新"。观景之余，亦复发人深省。步入石窟，洞室阔大方整，而窟顶所雕之藻井，简洁大方，读窟角石碑，知洞多为明成化中凿筑，数百年后，今窟中石佛一尊不存，足见胜迹屡遭劫难，破坏残重。所幸一窟已补作泥塑，虽尚未彩绘，而其造型精绝，眉目传神，呼之欲出，颇感生动，亦见今之民间艺人技艺之高超。

凭栏听榆溪河吟唱，见翠柳茂密，老树新条，丰姿婆娑，掩映河谷。至普渡桥头，见有售香烛食品者一老人，峡中游人甚少，生意自然清冷。至桥西石壁下，凿石成渠，引水窟中，穿墙而过，泠泠然，清音宜人。而洞外题刻，字大有六米见方者，虽竭尽目力，亦神龙见头不见尾，唯从东岸望西崖，方可见其全貌。沿西岸小道，过草坡，穿丛树，至南尽头，上铁索斜拉桥，复归东岸，于红石峡兴尽，乘车北去，行二三里，至明建镇北台。台踞高岗之上，气势宏壮，望之岿然，台分四层，内夯黄土，外砌砖石，据云总高 28.5 米。登临其上，放眼北望，正毛乌素沙漠，苍茫无际；近则长城虽残垣断壁，仍不减雄浑之气派，兼之烽燧屹立，古木横秋，令人生发出几许悲壮来。南望榆阳古城，尽在指掌间，老城东倚驼山，西枕榆溪，北凭脚下之古台，南见凌霄之高塔，烟树瓦屋，老城如画。徜徉镇北台上，视通八极，思接千载，临风咏啸，伟哉！伟哉！此诚"万里长城第一台"。

由镇北台返回榆林市区，时值上午十点三十分，遂循来路返佳县。

至佳县县城山脚，仍由城西北坡盘山而上，路陡折，少行人，青壮年，多以摩托车代步，若步行，少说也得走上半个小时。在冷兵器时代，这里真是"一夫当关，万夫莫开"的城池了。至山顶，既不平展，也不宽绰，房屋因地形之起伏，遂势而筑，高下错落，略无规制，门前有小坡，或为台阶，斗折上下，窄巷连络。转入后街，稍感宽绰，也颇为安静，见有坐门廊下三五婆姨叙话者，也有白须老翁歇凉者，间或在窗外因陋就简，设一小柜台，卖些油盐酱醋或日杂百货。转入东路，似为一条商业街，则商店多多，物品也算丰富，与一般县城商场比较，似无多少区别，人出人进，也颇热闹。车在山头县城，东转西转，忽上忽下，新楼高起，不乏气势，老屋叠架，有如积木，车行其间，不辨南北，自然缘于外乡人初来乍到之感受。山巅地窄，道路自不能宽绰，路边找一处停车位，久久不能寻得，无奈，将车停泊佳县政府大院，就近在对面的一家邮电美食城就午餐，时间已是下午一点三十分光景。或因过午，餐厅内，只有三四人吃饭，倒也安静。据餐厅服务员介绍："这里是县城最好的饭店。"我们一行四人便捡一处落座，点几种本地的特色菜，有烩豆腐、黑愣子、炒羊杂碎，还有一盘炒野菜，询问服务员，这野菜的名字始终没有听清楚，就叫"佳县山珍"吧。效英因长途颠簸，头晕恶心，吃不下饭，只点了"豆钱钱稀饭"，我与利民、冯师傅每人一小碗臊子面，也算是陕北的特色吧。

　　要说这饭店的特色，只有两个字，那就是"粗糙"，要说是这里是"县城最好的饭店"，那恐怕是价格最高的饭店了。一小股"豆钱钱稀饭"，真稀得要命，清汤寡水中煮着些许小米，要捞豆钱钱，几乎无迹可寻，却开出了二十七元的天价，其他菜肴，价格更是不菲，唯糁子面每小碗八元钱，算是公道合理。在"美食城"，没有吃到美食，借此休息一会儿，也算好的，何况还领历了一下舌尖上的佳县。

佳县，建在山头上的城池，确实是黄河边上的一道景观，这里的人们，长年累月，祖祖辈辈，练就了一双爬坡上山的脚板，在骨子里，有吃苦耐劳的精神，然而在经济迅速发展的今天，如何才能与时代同步，稍一改变时下的居住条件和生活方式，当是县委和政府的领导们要深思的。

餐毕，知有近道可以下山，然而路甚陡峭，非老练之司机则不敢下。冯师傅于此一试身手，履险如夷，平稳至山脚，我才舒了一口气。将离陕入晋，返观佳县县城，一石柱凌空而立，上建小庙，正为有大名气的佳县香炉寺，画中、照片上多见之，因欲速返，未能登临，远而望之，更见奇特。过黄河大桥，经克虎寨至兔坂，上高速路，望静乐而来。至楼烦，往汾河水库一观，于坝头眺望，水势浩渺，壮阔无边，游船往来，悠然于水镜山影之上，真天开之图画，人间之仙境。小作观览，返回静乐，时值下午五点。

2013 年 9 月 1 日

韩国行记 （2013 年 9 月 28 日— 10 月 2 日）

九月二十八日

上午十一点三十分离忻，与效英偕同童小明同行。小明驾车于下午一点抵达太原武宿机场。

下午两点四十五分乘韩国飞机飞约两小时，行程 1216 公里，抵韩国仁川机场。飞机将降落前，见仁川西海岸之海边陆地，高下起伏，断续显现，有小岛时现碧波中，岛上植被甚好，海中如青螺拥起，颇多景致，奈何转瞬即逝，飞机已至停机坪上。此地与太原时差 1 小时，下机为太原之六点，而仁川为七点许。遂乘大巴往首尔（汉城）而来，奈何一路小雨，加之堵车严重，猛煞猛走，以致效英又晕车难耐。到某餐馆吃参鸡汤，煲小鸡一只，几无油盐，以泡菜佐之。锅中尚存少量白萝卜丁等蔬菜，微甜，食之，清淡之极。询之主人，言韩国几不吃炒菜。效英对此食品，一口也未能下咽。

上车复行，过汉江大桥，两岸灯火灿烂，满河灯影，流光溢彩，也让人眼花缭乱。据导游介绍，此地为达环保之目标，公交车与出租车皆用天然气，尾气为零排放，又公交车与地铁，皆赔钱经营，由国家补贴，鼓励大家享用，提倡少用私家车，以故韩国空气质量有所保证。

效英晕车，又作呕吐，自然无暇顾及首尔夜景。勉强入住某宾馆523室，遂即卧床休息，待小明买回方便面，已是晚上九点二十五分，也无食欲，只喝水几口，又倒床而卧。

九月二十九日　有小阵雨

早晨六点醒来，六点三十分起床洗漱，到七点三十分宾馆方叫早，八点携行李下楼，早点为自助餐。餐毕，外出往游青瓦台，其地似感风水甚好，背倚北岳山，西有仁旺山，东有朝阳山，望之，峰峦起伏，浮云相逐；下则迎宾堂、总统府拥出丛树碧波中，与青山相映，分外妩媚。徜徉广场之中，适小雨方过，湿漉漉，气清风细，周边松柏、银杏，以及枫树之属，摇青滴翠，而广场中央，有凤凰造型之雕塑，在初阳朗照下，金光四射，游人多以此为背影，摄影留念。

离广场，南去，游景福宫。就建筑而言，虽殿阁嵯峨，皆为新建，正假骨董者；若以公园视之，树木、池塘、楼观，则颇具匠心，安宁、静谧、整洁，皆可人意也。

乘车，游南山韩屋村，有首尔建市600周年所筑工程，内藏当今实物用品资料，待 400 年后开启，正汉城建市 1000 周年之历史，其构想亦颇可嘉许。其地又有辟古王公旧宅五处，皆从他处移来，规模虽不大，然甚精巧，多有可观处，值一对新人在此举行婚礼。一韩女子嫁一西方男子，以韩国传统风俗而举办，着韩装，行韩礼，且以韩音助兴，观其仪式，有如台下看戏，一场一幕，亦颇大开眼界，不少人按动相机快门，捕捉精彩之场面。

在婚礼上，唯感怪异者，此地有送"花圈"之习俗，在中国只有为葬礼而送者，绝无为婚礼上可看到，此正"千里不同风"之谓欤？具云，宴请宾客亦极为简单，只在小店中供吃自助餐而已。

十二点就午餐，白米饭中放一生蛋黄，菜则平底锅内煮菜，加少许猪肉片，以甜辣酱、泡菜等佐之。唯一小碟炒紫菜，颇有味道，若晋北老家之炒春椿，以此下饭，似适胃口。

午饭后，驱车往南山园游览，有老银杏树，比肩而生，老干撑空，枝叶蔽天。路之侧，有高墙体护之，若城垛之形状，蜿蜒起伏，亦甚壮观。步高阔处，俯察首尔之南北，汉江分割，虹桥飞架，高楼林立，道路纵横，车行如蚁，指顾间，云影落地，阴晴变幻，亦感万物之神奇。仰观首尔塔，直薄云天，亦汉城之庞然大物也。山巅一隅，有情人墙，垒积如山矣，可见此地游人之盛也。

下南山公园，往一商店购物，竟耗去两个小时，于我来说，深感难耐。

下午四点三十分，往首尔机场，提前就晚餐，所食与中午大略似之。餐毕，到候机楼小坐。晚七点登机起飞，往济州岛而来。一小时之航程，待抵目的地上空，因跑道起降所限制，不得降落，只好在空中盘旋20分钟，方得落地。遂再改乘大巴行40分钟，入住岛之东北"威德市之海滨酒店"1712房间，待洗漱完毕，聊记行迹，已是晚上十一点许。

九月三十日　阴转晴，有小阵雨

早六点起床，推窗外望，见东北濒临大海，茫茫空阔无边，近岸风平浪静，水呈粉绿色，浅滩则泛黄，三只黑鹳立水中，一动不动，若雕塑然，甚是醒目，颇具姿态。久之，一一飞去，不见踪影。未几，一只白鹭掠水而降，逐水而行，头颈频频伸屈入水，当为觅食。时正潮起，波卷浪涌，漫浅滩礁石，拍岸而来，浪花飞溅，初阳映照，珠光宝气，四散开来，对之良久，亦让人心旷神怡。远海则深沉蓝碧，一船鼓浪而行，船尾拖出一道长长的白痕，煞是明丽。

七点三十分早餐，八点三十分沿东海岸南去，至城山小镇，若中国广东肇庆之七星岩，小山罗布，碧水环绕，丛树掩映，芳草成茵，有三五行人往来其间，一派安宁祥和恬静自然之状态。东回路转，忽见一高山，突兀临海，高可二百米，正"城山日出峰"者，车自山麓，徒步登山，沿石磴斗折而升，不禁吁吁。效英走一小段，便不欲行，小明劝我也就此止歇，我心想区区200米，其奈我何？然山道陡甚，走不上几步，其实应该说是爬不上几步，因是手脚并用，便得停下来喘粗气，幸沿磴道斗折处，多有小平地，则可停脚扶栏而歇。且歇脚处，每见栏外奇石高标，佳木笼罩，加之细雨朦胧，远望城山小镇，烟笼雾锁，轻纱缥缈，忽一阵清风吹过，小镇则尽现真容。我见小镇多妩媚，料小镇见"日出峰"亦如是。走走歇歇，过半小时，方临绝顶。顶为漏斗状，正死火山之遗迹者也。偌大漏斗中，碧草铺陈，略无阙处，凭栏眺望，绿意可人。于极顶观海看山，摄影歇脚。待精神复原，循回路下山，按规定时间回停车处，已用去一个小时。而效英迟迟不到，令人着急。小明遂再四处寻找，方在一购物处得见，真不让人省心。

离城山，复南去，时见路边韩屋，小巧而简朴，有以火山石垒作矮墙者，有以花果之木映衬，有以小渠流水环绕者，有以农田篱落护持者。车行景现，风景迭出。忽高岭横空，跃入眼中，正济州岛第一大山者，高 1950 米的汉拿山也。无暇登临，不无遗憾也。经"中文面"（"面"：韩之最小行政单位），至"西归浦"，认韩文三字，即서귀포，参观一驰名品牌，制熊工艺品商店，建筑颇具匠心，登高可观园林，曲径楼阁，亭台茅榭，巧石半蹲，高树垂荫。游人或坐或立，或倚栏共话，或扶栏眺远，尽得自在。入店，有陈列室，熊制品罗列四处，各具形态，妙造自然，或大或小，小熊可置手中把玩，大者顶天立地，可作背景，摄影留念。亦有仿世界名人者熊之造像，就中有一"奥巴马"尤为肖似传神，人多赏对之，竟被围拢。我于商店，购得小白熊一只，以为此

行之纪念物也，携归晋北，置之隐堂，他年见之，亦必发一清思。

离工艺品商店，车东南而行，已至济州岛之南端也。在一家餐馆，用午餐，聊作休息。徒步过一长桥，登一小丘，丛树间绕行数十步，忽闻水声鸣溅。寻声望去，一挂高瀑，泻于两山崖谷间，飞练直下，直坠潭渊中。潭不大，泻碧摇青，洄流于崆岈怪石间，以致风生花落，满谷骚动，亦让人魄动魂牵，流连忘返。此地名"天宫瀑"或"天地渊"，亦济州岛之名胜者。惟瀑在悬崖对岸，若欲步入谷底探胜，尚需绕至瀑顶，循石间磴道拐折而下，方可如愿。奈何时不我待，未能临流掬饮，一品天宫玉液。

离天宫瀑，车沿中线（偏西）而北行，经一"奇怪路"——看似上坡路，车歇火，尚能滑行高处。游人至此，皆驱车试验，屡试不爽，虽一交通要道，竟变成旅游之景观，此或与台湾莲花道上"水往高处流"之景观所相似者也，视觉之误差呢，抑或是特殊引力之所致也？匆匆而过，未作究竟也。

到济州市，逛步行街，效英四处购物，花去一小时半，我则感到索然，坐一商店外，观行人之往来：或行色匆匆，似为生计之奔忙；或懒散漫步，如我者多感疲累；拎物者，大包小包，皆为负担；谈笑者，步履轻疾，一任潇洒。

购物毕，然后看演出，因一日劳顿，深感疲累，在剧场，竟然入睡，节目之精彩已不敌睡乡之甜美了。

憕憕步出剧场，就晚餐。餐毕复行车40分钟，返回威德

在韩国济州岛

市之海滨大酒店，时值晚上八点许，聊作洗漱，便上床休息了。

十月一日　时雨时晴

六点三十分起床，独自下楼步海滨，观潮起潮落，看浪花击岸，亦复壮观，今日之潮大于昨日，或因近观之故也。远望，海之色泽，则更见深沉，无鸥鹭、无船只，一片静寂，唯一抹码头上，有二三人如豆之大小，往来晃动，似乎已开始了一天的劳作。

七点三十分早餐，八点乘车离海滨酒店，沿海岸北进，未几西转而行，经一景点，曰"龙头岩"，为火山岩所堆积，成龙头状，故名，巧作巧矣，然雄伟傲岸之气概则乏甚，即如此，不少游人也以此为背景摄影留念。我则与效英沿磴道下至海边，回望龙头岩若龙头巨舰，至海上急驶而来，舰下浪花涌动，船头白云飞渡，船侧鸥鸟相逐，正龙头岩更具魅力之所在。至此，方知名胜之名自有来头，"横看成岭侧成峰"，需换位领略，方得妙谛。

离龙头山海滨，登车先后到某处"做泡菜""穿韩服"，游人多乐于参加体验，我则作壁上观。效英于此尚有兴致，小明为其摄影留念。两项体验毕，往空港乘机离济州岛飞首尔，时正十二点，于就近酒店就午餐，饭菜少油盐，勉强吃少许，以补体力。

饭后，参观首尔 2002 年韩日世界杯足球赛之场馆。据云此场馆建在垃圾堆上，先覆以土，再植树、种草、养花，随有今日所见之场面，除高大之建筑外，四处碧树成荫，花草鲜润，人行其间，诚然一处园林场馆，何曾会想到它原来是一处垃圾场。此举不禁令人发一深思，韩国人对环境保护及其措施实践大有借鉴之作用。

　　韩日两国共同举办大赛，其中合作和斗争又多有故事，诸如吉祥物之设计，开幕式、闭幕式之安排等都有争执，而中国啦啦队参加人数之多，有 6 万人的场馆，约有 5 万中国人入场，亦让韩日两国人不曾想到。

　　我于足球赛是门外汉，也无多兴趣，匆匆在场馆浏览一周，后购得一件印有标志的运动衣作留念，因其款式、色泽以及图案都有引人处。

　　离体育场馆，往"天和市场"陪效英闲逛，似未有称意者。小明看了几款照相机，同样款式规格，其价格比中国还要贵，便亦作罢。

　　后到一处游乐场看表演，游人拥挤，噪音填耳，对之五花八门的节目，更让人眼花缭乱，非为享受，深感不适，遂寻一僻静处，买一桶冰淇淋而食，以静心安神，竟忘却我平时甚少食生冷，一桶尽之，换得肚痛不止，造罪造罪。

　　出游乐场，吃晚饭，是自助餐，有烤馍片，为几天来最可口之食物。

　　晚餐后，顺路到一家赌场看看，其规模、设备比之前曾所见马来西亚之"云顶"小甚，差甚，比之美国大西洋城与拉斯维加斯赌城更不可同日而语。我于此道一窍不通，感受一下气氛，丰富一点生活，观察赌场人物万象，当是出入其中的因由吧。步出赌场，就近到一家商场购物，只购得巧克力、点心之类食品，其他则似未有上心者。

晚八点乘大巴离首尔，往仁川而来，于半道住进一家酒店，已感疲累之极，尤其双腿不良于行，且感疼痛，待入得住处，草草洗漱，便倒头而睡。

十月二日

早晨六点便起床，七点三十分就早餐。早餐在酒店小马路对过，仅一间门面。主人叫金送菜，似为夫妻店，设备清净简朴，室内窗明几净，小窗台上摆着几种盆栽，开着小粉红花，甚是喜人。女主人打理着，端水上菜，有条不紊。早点饭菜也颇可口，大米饭、炸小黄鱼、鸡蛋菜卷、紫菜汤，自然还少不了亮着鲜红色辣椒面的泡菜。观其饭菜色泽，也觉有几分食欲，聊一品尝，胃口大开，一碗白米饭佐以炸的外焦里嫩的小黄鱼，很快便被用尽了，喝上几口紫菜汤，清清爽爽，步出餐厅，看看四周山色丛树，虽值秋日，然尚感秀色满眼，绿意可人。

散步未几，登车往仁川飞机场来，过40多里的仁川大桥，看桥外壮阔之大海，朝阳朗照，恍如珠贝金银，光焰如射，直让人目逃神移。

在机场，寻一本中文版介绍韩国之书籍尚不可得。遂呆坐待机，至中午十一点55分登机，十二点二十分起飞，过黄海、渤海，过华北大平原、经太行山，机下或重峦叠嶂、群峰撑目，或茫茫苍苍，充溢宇宙间，初秋时节，尚是葱绿满眼，岗峦之间星布山树，或为县市，又见一线延伸，似无间断，弯弯曲曲，乃公路、铁路之象也；赏对间，群峰跑出视线，黄土高原继之现之眼帘，高下起伏，沟壑纵横，天风雨雪之致者。梯田层叠，坝堰如画，人工之雕琢也。入太原盆地，高楼渐密，道路如织，车辆如蚁，城市之所在者也。此行也，海天之空阔，峰峦之连绵，也平生之仅见者。因飞机起降之时，方四五千米高度，加之天朗气清，机下之景物，得以清晰可见。行程用1时50分，抵达太原，时值韩时下午两点三十分，中国时间下午一点三十分。取行李后，由小明开车离武宿机场返回忻州，结束韩国之行。

太岳山纪游 （2015 年 7 月 25 日— 7 月 30 日）

七月二十五日

上午八点三十分，与效英等一行十人，分乘两辆车，往霍州七里峪避暑。行车两小时，在平遥服务区稍事休息，然后经介休、灵石而霍州。至高速路出口，有朋友来接，沿霍县往沁源公路东去，过李曹镇，入峪口，行廿余里，见一石牌坊巍然峙立于两山间，上有"霍然太岳"四字颜其额，乃太岳山新建山门也，甚是气派。自山口入，已是白杨翠柏夹道，红花绿树满眼。方过山门，更见层峦叠嶂，丛树密林间山道斗折，渐次升高，峰回路转，好景迭出，石壁如刀削斧凿，耸然天际；绿树红岩，得似东山魁夷笔下之景致，山则马牙斧劈之皴，诚刘李马夏纸上之丘壑。前行，一巧石肖似石猴，跃然路侧高处，正灵猴望太岳者也。路七转八转，多至十转，移步换景，令人目不暇接。厌道沿山，溪流傍路，

2015 年夏与内人石效英在七里峪山中小憩

忽出左近，而又右旁，飞花溅石，出入林木间，颇多幽趣，正所谓：山中景趣君休问，谷中泉声已可人。

下午一点许，车抵七里峪林场，入住"东方国际狩猎场"之后楼。我与效英居二层套间，前作书房，后作卧室，满壁饰以鸟类之摄影艺术，皆太岳山之珍禽照片，亦让人注目赏对，驰神良久。客厅外有大阳台，台下白杨亭亭，荫天蔽日。有核桃树一株，核桃累累，伸手可触。有青杏，尚青涩木讷；山外杏子，早已过期，此地杏实，再过半月，或可成熟，可见山中节令之迟也。又有丹枫数株，亦复枝叶婆娑，生机旺盛，秋来，定是叶红如燃，灿烂醉人。树下，清渠如带，小泉豹突，其水寒冽，有以西瓜置水中者，可收"冰镇"之效果。

稍作洗漱，遂进午餐，山狍野鹿，山鸡野菜，满桌的野味山珍，也让人大快朵颐，舌本留香。

餐毕休息，似感寒意，只得加盖厚厚的棉被。或因此地富负氧离子，脑子清醒，毫无睡意，遂起坐窗下，观四围景色，得一联云：

窗含南岭五峰秀，
目送西岩一泉香。

客厅南眺，南岭深秀，五峰起伏；西壁瀑布，珠玑迸发，夹山花之馨香，御清风而入窗内，亦令人心生欢喜。

下午四点，一行人乘车沿山道东北行五六十里，于山道上，时有黄牛、花牛占道漫步，悠悠然，游来荡去，车鸣不已，牛若罔闻，无奈，车停半晌，待牛让路。效英说："这牛，真牛！"一语中的，众皆认可，为之鼓掌。

至高山观景台，但见四围开旷，山峦拥起，丛林积翠，芳草铺陈，游人徜徉林间磴道上，亦一道风景线。登高啸咏，凭栏拍照，目尽丘壑之美，喜得游观之乐。不觉夕阳在山，兴尽而归。

晚饭后，沿小溪散步，至林场门外，有水一池，水平如镜，有鹅十数只，畅游其中，正童年所记之古诗："鹅鹅鹅，曲项向天歌。白毛浮绿水，红掌拨清波。"绝妙好句，得自天然。

晚九点，在阳台上看月，四围山色，昏黑模糊，而半月如规，粘天徐度，清光朗照，明洁如洗。久违之北斗七星，豁然入目，赏对久之，不忍离去。忽起山风，墨叶瑟瑟，枝影晃动，不禁打个寒战，便匆匆入室。其时也，室内暖融融，寒气不复存在，知由晚来送入暖气之故也。何曾想到，时值酷暑，此中晚上还得送暖气，其地之清凉，可以想见矣。

七月二十六日

夜如厕，不慎将右脚大拇指碰伤，晨起仍见出血，翻检包裹，创可贴不曾携带，亦一疏忽，以致用时所急。

六点独自外出散步，于林场门外，西瞰"飞瀑流云"，但见瀑布细流分数缕若珠帘飞洒而下，高可数百尺。迤南水瘦，仅一缕串珠坠落，明灭闪烁，溅于石上，飞花如锋芒，而石畔之苔藓，绿茸茸若堆锦；偏西之水稍肥，几缕合抱，斗折岩石间，淙淙有声，至下跌怪石上，又分数缕，漫小坡直捣清潭，水声空笼，复有回音焉。潭之南有小口，下注为一小溪，淡水穿岩过石，鸣响溅溅。谷上架索桥至西岩，阁道勾连，长廊红柱，曲槛花亭，有四五女士，往来游弋，寻景拍照，临流观鱼。

潭之北，隔水沿山为公路，路窄甚，仅通小车而已。其时尚早，无游人喧嚣，忽见有鸟十数只，飞鸣相逐，一路西去，此鸟形如喜鹊，红嘴红爪，尾羽典雅而不乏华丽，跟踪观赏间，已灭没于丛林深树中。

再北去，见一沉潭，深碧如墨玉，倒影一泓，绿树红岩，纭纭漾漾，皆成妙绘，正印象派画家绝笔。所憾未携相机，所见之景致，风起影动，稍纵即逝。路旁之乔木，有白杨，有红枫，有野核桃，比肩竞上，滴翠摇青，流连其下，佳可人意。

八点归，早餐。

上午九点外出，沿门前西侧北去，此地正七里峪之起点，过"元宝谷"口，至"修仙谷"口，舍车徒步，上石磴步道，方入谷，有二古木当谷口，俨然仙谷之守护神，皆数百年之高龄，虽显老态龙钟，尚见枝繁叶茂，询之路人，都不识其名目。喜见一位林业职工，知其为"山杨树"，为余之初见之树木，姿态奇伟，给人以石雕石铸之印象，收入绢素，自成佳构。小坐树下，听溪声，听鸟语，心为之静，神为之清。起复前行，路分歧道，左去仍为磴道，右去可上栈道，自感力不从心，遂舍栈道而取磴道，徐徐而进，走走停停。一路，青林白桦，光影历乱，苔痕鉴绿，石畔艾草披离，高可三四尺，草香弥漫，野趣横生，水声、鸟声，步行得得声，声声驳杂，清风、石罅相和鸣，其时也，物我两忘，身心和畅，竟然步履轻捷，不知路过几何。忽见一巨石方方正正，横陈路侧，芳草为垫，佳树护持，此非太岳山神之巨印也？过此，又见奇岩迭出，若仙人床，若面壁石，若狮蹲，若虎踞，不一而足，此正仙人修行出没处。效英似感疲累，席地而坐，小牛、小张等与之共话；我鼓余勇，复作攀登，行行复行行，渐感脚力不济，尚不知道之尽头。忽听得林表有人语声，知为岭头栈道行脚者。是处，仅我一人，遂放声长啸，山鸣谷应，林木回响，惊鸟飞翔。未几，山头、山谷之游人，亦皆回应，修仙谷中，一时间，几成交响之乐，岂不快哉。

兴尽而返，效英等仍在路畔叙话，尽享山光云影，此行也，于修仙谷，又享半日之清福。

下午在驻地休息，晚与效英仍到阳台上品茶共话，观星观月，星月皎洁；山如剪影，岿然天际；树叶沙沙，夜风甫起；微感凉意，加披外套，忽闻虫声唧唧，起于护栏之下，竟得欧阳子《秋声赋》之意境。

七月二十七日

晨起外出，方下楼，出楼之西门，楼前便是一个树洞，有枫树、青皮椴、藤萝、文杏等，枝叶交互，长条纠缠，遂成绿洞，人行其中，幽意不绝。转弯处，有石条、石碾、石槽列置路侧，一石狮蹲花下，因风化，眉目模糊，而苔痕斑驳，更见其古朴。楼前，月台上下，有茂密之樱桃、百合、芍药、萱草等，有的花期已过，有的则含苞待开，有的则迎阳大放，樱桃果实虽殷红欲滴，入口则酸涩不堪，至于装点楼台院落，楚楚有致，似不可少也。

八点早餐。

八点四十分，离七里峪驻地，由林场大门外东去，继而转南，出峪口，离霍县境，入沁源。山渐开旷，路转平缓，坡谷山峦，彩错锦绣，油松拥翠，连岗夹涧；近处则草坡农田，一片嫩绿，间有三棵五棵白杨点缀其中，深青浅翠，如行瑞士道上。路边豆架簇簇，长势喜人，高岗瓦屋三间两间，狗吠鸡鸣，原是宁静之乡村。

前行，道分东西，西去可抵沁源县城；南去则为灵空山北道之山门，入山购票，每人72元。穿石牌坊未几，抵一停车场，为"北山村"，几不见旧时人家，场之周边饰以彩旗，迎风招展，亦具生气，新建农家餐馆，或标有某某超市字样者，比列左右，入其内，仅见销售食品、饮料和土特产而已。

由停车场西南角转下步道，石磴相连，石栏护持，栏外杂树争奇，岩下山花竞艳，人行其中，风轻香细，笑语穿林。

行进间，一株油松破目而来，匆匆步入树前，上下打量，左右徘徊，但见一干九枝，仰观不见其顶，俯察不见其根。因人在山巅，树自山下长起，长松如龙，不见首尾，凭栏而观，无不赞叹，此正名声在外的"九杆旗"，为灵空山第一奇观者，树龄六百年。此油松之高大，为世界之最，入吉尼斯世界纪录，有碑立观景台上，遂摄影志之。

观松毕，拄杖而行，以助脚力，此杖为陪同者张冬君在路旁为余所购，亦一纪念物也。沿磴道斗折而下，道之左，下临无地，幸松栎丛生，直起人面，生凉蔽日，亦免惊悸；路之右，为岩石草木，亦富姿色，甚可人意，间设路灯、藤篓路灯开启，与月争辉，夜行者，免却摸索；藤篓乃垃圾箱也，犹如鸟巢，与山水相和谐。又见岩头标识："鸟雀过路，行人相让"等字样，礼贤鸟雀，保护生态，爱心可嘉，惠及虫蚁。

不知下了多少石磴，不知赏了几多景色，谈笑中，已至山脚牌坊下。仰观牌坊，上有梦参法师手书"名山宝刹"四字额，小坐瞻对，心生法喜。百岁高僧，曾多次参访，承赐开示，每启钝心，既见手迹，心已飞入真容寺中。

过坊，即到圣寿寺山门，入寺礼佛，钟磬声起。这圣寿寺，为国保文物单位，寺之天王殿、大雄宝殿、左右跨院、配殿等为古建，在原寺格局上，近年来又复大兴土木，复建新建殿阁多多。我等转大雄宝殿后，过"净身窟"，沿峭壁磴道而上，至半山阁道而止，上有"登云道"，直抵文殊殿，奈何其道险绝，遂生老迈之慨叹。

效英在岩下休息，几个年轻人迳上文殊殿探胜，我独自转山寺东路，访"茅庵"胜迹。庵在半山之上，曲径拐折，山门半掩，入门有小院一区，下视古木摇青，清泉流碧，小池如盘如盏，水光潋滟不溢。院之西北，有楼阁倚岩而建，细路沿云，大有丘壑；若悬空寺院，内祠送子观音，此也游圣寿寺者，不可错过之幽绝处。即庵外那棵"茅庵杉"，已让人驻足流连，树龄四百三十年，高干撑空，碧叶苍古，衬以峭壁丹岩，亦倪迂髡残之笔墨。

游之尽兴，小坐山门外歇凉，观游人购香纸、选念珠、敲木鱼，亦感山寺清静中之热闹。

待效英等在山门外聚齐，出石坊，步下陡道，沿南山坡脚西去，道旁有圣井泉，自建寺始，供寺僧取水食用，今似废弃矣。谷头有郭岚墓。郭生前为作家，新中国成立初，供职文化部，所作《平原枪声》，拍成电影，似曾观摩。"文革"中，曾遭批斗，坐监八年，于1975年返故乡灵空山，自缢身亡，哀哉！于此，不禁想起"文革"大劫之灾难。

西过"峦桥"，桥架寺前左近双岩涧流上，檐角飞张，横空出世，与山水相呼应，颇具气势。出山寺，若东去，则可见"仙桥"，为入山正路，由古县来，为必经之巨观。此来，不复东去，遂与"仙桥"失之交臂矣。

出"名山宝刹"坊，循原路上山，至"九杆旗"方用20分钟时间，亦见我之腰脚，尚能差强人意。

返至北山村停车场，小坐吃西瓜，忽有日前在七里峪所见之花尾鸟雀，五六只飞翔鸣叫，竟落在不远处围墙垛口上，让我一饱眼福，遂即放下西瓜，起身走到"超市"门外，询诸当地长者，方知此鸟名叫"麻野鹊"，亦喜鹊一类，起飞、降落，尾羽一展一合，更见其风采俊逸。几见其踪迹，今始得其芳名，亦可喜也，特为之记。

中午十二点回到驻地。午餐毕，上床休息，却不能入睡，灵空山之景色重现脑底矣。几年前，即有游兹山之梦，总未能成行，今夏避暑七里峪，以半日之时间，完多年之夙愿，亦机缘之凑合，人天之相助，感甚，谢甚。

晚饭后，复步于林场大门外，看烟柳池塘，赏白鹅绿水。其时也，见七八只鹅，行进在路边，有人欲赶其下水，我随鹅后，观察拍照，以索羲之从中感悟笔法之所在。待我逼近鹅群，群鹅皆竖起膀子嘎嘎大叫，以为警示或示威："不要再靠近我们！……"我不懂鹅语，拟再作靠近，是时，一只大鹅猫起身躯，伸缩膀子，猛向我冲来，一派搏斗的样子。我则转身并加脚步离去，那鹅一直追十数步，方肯罢休，然后才慢悠悠返回鹅群。此或为之"鹅怒"。这"鹅怒"过程中，鹅颈的伸缩和扭转，其健劲、灵动、圆活和刚柔展现无遗，不知右军当年得见"鹅怒"否？我幸遭遇，乐为之记。

七月二十八日

接电话，知山外高温三十八至四十度，而山中凉爽，真享福者也。

吾乡有滴水崖，此地也有滴水崖，遂往访之。

上午八点三十分，离七里峪，沿沁源至霍县道西去，山高谷深，林木夹道，满眼青翠，车行谷底山道上，如入绿洞仙窟，几不见天日。行约十里，见路左有破屋一区，为当年牧牛人之居室，今山中禁牧，人去房空，惟残垣壁立。此屋正为往滴水崖岔道之标志也。车至是处，见有小溪自南面潺湲而来，此乃滴水崖之水脉者也。自此，舍车徒步，溯溪而上，沿谷中砂石小道，缓步慢行，一路白杨杂树，怪石野花，间有长藤绕树，苍苔覆石，耳畔仍水声、鸟声，仰长天一线，亦见峡谷之幽深。走困了，坐在路边歇歇脚，喘喘气，再鼓余勇，拄杖已感足力不济，尚不见瀑布之踪影，"世之奇伟瑰怪非常之观，常在于险远，故非有志者，不能至也。"诚然箴言。

在山间，已走得两脚发软，满头是汗，本想裹脚不前，折道而返，又不忍前功尽弃，半途而废，还是咬咬牙，再走一程。过石拱桥，行几程路，左转右转，忽见前路将离山溪，再若前行，将断水脉，滴水崖恐无缘一面了。踌躇间，司机小沈在小溪乱流中觅得一豁口，丛树遮掩，最难发现，遂呼陪同者小苗共同深入，以观究竟。但见二人手挽树枝，脚踏巉岩，越过叠石，立于高地，仰头向天，不禁尖叫："滴水崖！滴水崖！"我闻声而乐曰："不虚此行，不虚此行！"效英见豁口险绝，止于路畔，在丛树空隙间，也得山水之一缕。我则决心跟进，在几位青年的护持牵拉下，于无路处，择实地而下脚，最后勉强得一高岩旷地，投身于山水之中，仰见水自崖头飞下，分十数缕，时若珍珠散落，又若水雾飘拂，甫悬空，乍溅石，游移不定，光芒四射，蒸云垂露，变化万状，神奇诡谲，不可描摹。小张、小沈似未能尽兴，又猿升猱攀，登得更高处，在水石相溅的磊石中，腾挪跳掷，恣意游乐，与水相戏，不知止歇。

余小坐石上，赏观移时，"走一路，看几眼"，得瀑布之神韵，我心足焉，尽兴而去。返七里峪，于"一品香农家乐"就午餐。酒足饭饱，回驻地休息，因两三日于山野寺院中徒步，登高涉险，腿脚为之大痛，以致上下楼梯，已不听使唤，奈何奈何。

七月二十九日

晨六点三十分起床外出散步，于瀑下池塘前观鱼乐，一株小小红蓼，倒映碧水中，甚是俏丽。水中游鱼可数，通体透明，皆鱼针也，大者方寸许，小者不足二分，往来倏忽，乐哉自适。游入细沙上，体近沙色，似难觅其踪影；若游于蛤蟆衣绿藻上，小鱼顿现，细尾一摆，机灵敏捷，瞬忽之间，便不知其所在。细审之，有一尾独乐者，有群鱼竞技者，虽作竞游，却见韵致，一尾在前，多尾随后，忽疏忽密，时聚时散，分合之间，皆成图案。目随鱼游，竟得鱼乐，不知我化为鱼，抑或是鱼化为我耶！

上午到七里峪村，山村现居人口仅二十来户，不足百人。村中，旧房新屋参半，不论新旧，房皆高大，多为二层，上层储物，下层住人。庭院多净洁，且多栽花木，尤以西番莲、波斯菊为盛。不少人家开办"农家乐"餐饮业，悬挂灯笼彩旗，以招揽游客。村北正复建一庙，主殿三间，坐西面东，内塑观音，左右耳房为龙王殿和伽蓝殿。主殿对面戏台，颇低小，为原建。中为小广场，现尚荒凉，杂草丛生，野兔出没。

沿村中主街南去，一路上坡，前新建"听松亭"，高置石畔高台之上，步入亭中，依栏小憩，隔沟相望，见一红岩巨石灿若丹霞，雄峙谷中，岩脚半作悬空状，直插百花丛中；岩头生古松一棵，老干盘曲，虬枝横逸，若神龙探海，巨臂擎云，此正远近闻名之"红岩松"，青松与红岩相搭配，为七里峪一大胜迹。村民奉奇松为神树，枝丫上缠以红绸，随风荡漾，煞是醒目。奉红岩为灵石，时作登临，祈福还愿，每见诚心。

离"听松亭"，下南坡磴道，沿半壁曲径东去百十尺，再拐折而北，复上十数级磴道，有一黑石，状若熊罴，雄踞道侧，隐于野杏茅草中，乃红岩之守护神。过此不远，再转细路，则可登红岩石顶。顶旷丈余，凹凸不平，有石栏矮甚，聊可拥持，却难依偎，俯视深谷，碧草如茵，山花点缀，若天女所散者；空谷风起，松声如涛；艳阳在天，却感寒意，岩之高，当可知也，有道是"高处不胜寒"。游观尽兴，循原路返回山村，于村外与村人谈山村之变化，观村边之山水，聊作驻足，遂回住地，泡普洱茶一杯，但见热气蒸腾，已而茶香四溢。

七月三十日

上午九点离七里峪"东方国际狩猎场"驻地，别主人，西出太岳峡谷四十里，于霍县上高速路，于下午一点返回忻州，就午餐于"天外天"。其时热甚，不禁怀想起太岳山中的清凉来。

后 记

年纪大了，生活平淡却不寂寞，闲适中，也有忙碌的时候。读读书，写写字，会会新朋旧雨，游游山水名胜，偶然兴起，写点文字。自 2013 年 8 月《隐堂琐记》出版后，拉杂写来，竟又得十数万字，都为一册，名曰《隐堂漫录》，内容一仍其旧：记人记事记游而已。拙文既无新意，更无宏旨，皆寻常眼前语，作一己生活之记录；至于管窥蠡测之见，乃为杂感随想耳，自不能深启程，当不足为训也。于吾文，或有嗜痂所好者，或无补益，定然无害。

所谓"漫录"，有新作，也有旧作，诸如《隐堂题跋》，皆历年所为，集录而成，闲来无事，重温曩游踪迹，整理旧游日记，成诸篇什，芜杂不精，诚流水账者。

拙稿编就，承蒙三晋出版社社长张继红先生之鼎助，得以出版，于此深致谢忱。更愿读者诸君有以教之，感甚感甚！

陈巨锁
2016 年 6 月 26 日

图书在版编目（CIP）数据

隐堂漫录／陈巨锁著．--太原：三晋出版社，
2016.12

ISBN 978-7-5457-1437-1

Ⅰ.①隐… Ⅱ.①陈… Ⅲ.①散文集－中国－当代
Ⅳ.①I267

中国版本图书馆CIP数据核字（2016）第299338号

隐堂漫录

著　　者：陈巨锁

责任编辑：冯　岩

出 版 者：山西出版传媒集团·三晋出版社（原山西古籍出版社）

地　　址：太原市建设南路21号

邮　　编：030012

电　　话：0351-4922268（发行中心）

　　　　　0351-4956036（总编室）

　　　　　0351-4922203（印制部）

网　　址：http://www.sjcbs.cn

经 销 者：新华书店

承 印 者：山西臣功印刷包装有限公司

开　　本：787mm×960mm　1／16

印　　张：27

字　　数：260千字

版　　次：2016年12月　第1版

印　　次：2016年12月　第1次印刷

书　　号：ISBN　978-7-5457-1437-1

定　　价：56.00元